iHuman

成为更好的人

沙漠与沙

赵毅衡 著

广西师范大学出版社
·桂林·

SHAMO YU SHA

图书在版编目（CIP）数据

沙漠与沙 / 赵毅衡著. —桂林：广西师范大学出版社，2021.6
ISBN 978-7-5598-3194-1

Ⅰ．①沙… Ⅱ．①赵… Ⅲ．①中篇小说－小说集－中国－当代②短篇小说－小说集－中国－当代 Ⅳ．①I247.7

中国版本图书馆CIP数据核字（2021）第039909号

广西师范大学出版社出版发行

(广西桂林市五里店路9号　邮政编码：541004)
网址：http://www.bbtpress.com
出版人：黄轩庄
全国新华书店经销
北京盛通印刷股份有限公司印刷
（北京经济技术开发区经海三路18号　邮政编码：100176）
开本：787 mm×1 092 mm　1/32
印张：12　　字数：218千字
2021年6月第1版　　2021年6月第1次印刷
印数：0 001~6 000册　定价：69.00元
如发现印装质量问题，影响阅读，请与出版社发行部门联系调换。

目　录

001　妓与侠
019　夜与港湾
031　开　局
041　山河寂寞
053　市场街的诗人们
065　芜　城
077　裸　谷
099　俄狄浦斯在深圳
109　晁盖之死
125　易经与考夫曼先生
133　绛衣人
141　蛊　舞

147　敌　档

153　少将与中尉

159　忧郁的布鲁斯

163　在历史的背后
小小说六则

177　注视三章

191　居士林的阿辽沙

251　沙漠与沙

367　原版后记

373　新版后记

妓与侠

一

席与言被让进品香楼。他是老客，熟门熟路。好远，小厮已经在扬声唱："席老爷到。"

"抱歉，到晚了。"他冲着对他行礼的鸨母让礼，"听说阿母又收养了一个女儿，绝色佳人，气韵不凡。"

徐三娘得意地笑了："都在等您呢。小女今晚专服侍席老爷。"

"别叫我做大头了，"席与言也笑道，"我花不起那么多钱。"

"席老爷是大场面上的人，小女齷齪，不堪执帚。"

说着，席与言就被让进楼上一间内厢。今晚是几个文友在品香楼设酒局。席与言没有几个官府上的朋友，那些书记幕僚觉得这个医官太不守本分，狂狷过度。席与言也向来我行我素，不屑于区区医道本业。虽不赴试，但琴棋书画无一不精，遇文人能吟诗作赋，见武人会讲兵论剑。偶作艳词，还在风月场称为一绝。

席与言掀帘进房，席面上已是觥筹交错，男女杂坐。看到席与言进来，都哄哄闹闹地起来让座。几个佳人，都是见过的，上来嘻嘻笑地施礼。有人高叫道："来得好，来得好，叫与言兄对付你。岂不闻'晓风残月柳三变，滴粉搓酥席与言'？"

"可真没听说，"一个女子讥诮地说，"滴汗入粉只能搓了！"

那妓女正背对门口与人调笑，这时转过身来，与席与言正打个照面，一下子满面羞红，低下头去。

"好厉害，好厉害，"众人大笑，"倚红铁嘴不让人，须席兄亲手惩治！"

席与言拱手一让，却一时语塞。他觉得这叫倚红的女子似曾相识。多年游宦幕僚，萍踪天涯，冲州撞府，很可能在哪个地方见过。低首瞬眸之后，那女子粲然启齿："席老爷恕罪，贱妾妄言，该死该死。"

"哪里哪里，歪诗劣句，正要请倚红女弹劾。"

众人大笑："好好，不打不相识。罚酒三盅，倚红侑酒。"

酒席闹哄哄地又转到另一个红粉身上,倚红也被别人拉在膝上谈笑。席与言这才得以仔细端详她的脸容。她可能已有二十多年华,风月场中,这个年纪几乎算美人迟暮,但也正有一种成熟的妖娆。这女子眉眼飞动,虽说不上天姿绝色,但有一种气韵,一种非凡世的姿容,他心中不由得喝彩。

"输了,罚酒。"那边又哄闹起来,"不然倚红唱曲顶罪,唱曲唱曲!"

"太丑太丑,"倚红说,"见不得雅人。"边说着,她爽然站起来,到屋角一张方几上取了早就备在那里的琵琶。

听得多了,席与言也算得半个行家。倚红弹琵琶的姿态看来出自从小受训练,千家养女先教曲,娼家世传。所谓四弦入抱,半面遮羞,错杂弹来,入弦上板。席与言听出那是《一络索》的过门。

天目春色浓如雾

她的歌喉相当清越动听,席与言不由得敛容屏息。

念昔年归去
血色裙罗别君难
一点点

啼红雨

倚红眼扫了一下全场，席与言觉得倚红几乎是嗔怪地朝他瞟了一眼。风月场上故技，他想。但他突然觉得这首曲子在讲一件事，一件他永不可能忘记，偏偏今夜没有记起的事。

嘈嘈切切一段拨弦已毕，倚红吸口气，又唱了下去：

此去马蹄何处
向碧山归路
孤寺夜色看月时
还忆着
朱颜不

琵琶声停时，席与言猛一下站起来，想朝倚红走去。但在满堂喝彩中，倚红已转身应付众人半戏谑的恭维。席与言只好转过身来，面对窗外的夜景。

品香楼坐落在玉莲亭东侧，面朝断桥。浅碧窗纱，映着远山，落日最后一丝余晖正在消逝。西湖湖面上，十多艘画舫驶过，而一边的昭庆寺溜水桥一带街市，已是点点灯火，一派锦绣。

她早认出我了！她在戏弄我！席与言听得见自己的心

跳。点得再明白不过：天目，血色裙罗，马蹄何处，孤寺夜色，记得朱颜否？还要怎么说？真是愚不可及！四年了吧，他想，胡须长了，痴愚依然。

他假作如厕，离开宴席，找到正在照应其他房间的徐三娘。

"倚红是哪个州府转来的？"

徐三娘拍手高笑："席老爷有意了？"

"就算有意吧。想知道来历。"

"明人不暗语。一个衢州客带来的，要价不小，一千两。"

徐三娘的话要打折扣。这灾乱遍地的年月，到处是生计无着的流民。席与言说："我看她是摇钱树，你不会吃亏。"

"席老爷，我们妓家一向只收养幼女，自己调教。我看倚红姿色非常，才破此例。您真是独具慧眼。"

"今夜我不走了。"

"老爷常客，就算鄙楼一点敬意。以后道署上有事还得求您。"

"不敢不敢。你知道我不沾公事。"

他们推来让去，席与言最后开了一百两银票。

二

杭严兵备道里的人，都知道万一有事到什么地方找这位医官。

只要不遇灾荒瘟疫，不闹白莲教或倭寇，道署医官的职务是清闲的。可惜这年头常有刀兵之灾。不然像他这样疏荡不检冶游终日的浪子，年过而立却毫无娶妻安家之意，上峰早就让他另谋高就了。

有时他还得随军出征，例如四年前浙西白莲教起事，道兵出动清剿，在西墅镇附近遇伏。教匪蛮勇冲杀，已击溃一翼，直扑中军。席与言一看这阵势，倒马就走。他是救人的，不想杀人，更不想被杀。他单骑单剑逸出战阵，朝东天目一带的山中落荒而走。

没跑多远，他听到后面的战阵似乎起了变化，从高处望去，可能是湖州道援兵已经赶到，白莲教军正在收缩退却。他无意回到战场去，谁胜谁负都不干他事。他想起天目山中有个普福观，道观不大，但依山而筑，千秋岭在背后莽然横出，气势不凡。多年未游，何妨乱中偷闲，既到近处，不游可惜，到道士那里借宿也好。

他走错了路，等到他远远看到普福观时，已是天黑。使他大吃一惊的是，普福观已经焚毁。借着半弦月淡淡的月光，他看到寺顶坍塌，只剩断垣残壁。

他把马系在坍倒的旗杆上,走进寺门留下的断墙缺口,不禁为世事之易变叹息,心想今夜只能在此将就一夜。穿过外殿,进入原先周遭有一圈房间的内院,他依稀看到某一间的断壁内有暗淡的火光,便朝那个方向走去。

突然他惊觉到有暗器飞来,急闪一边,一把飞镖顺着他脸擦过,噌的一声插在烧断的廊柱上。他顺势一跃,跳进屋角,依稀看到火边有个人影,半躺在地,上身依在内壁上。那人面前是火堆,几根残木架在那里燃烧。

席与言估计这个人受了伤,行动不便。他大喝一声"看剑",却跳到一边,那人闻声掷出第二把飞镖,铁器当的一声,打到墙上,落下地。在这一刻席与言抽出剑来跃到此人身边,一脚踹倒此人。

"不要动武!"他喝道。

那人伏倒在地上,直喘气。

他把剑尖对着那人:"我们不必为敌,我不想加害于你。"

那人抬起头:"听凭你了。"

席与言大吃一惊:竟然是个女人的声音,微弱而纤细。

席与言把剑收起,俯身一看,才发现这个女人男装打扮,穿着短衣,扎着腿。

"你是白莲教道姑。"他说。

女子不言语,也不否认。

"我是行医的。你伤在何处?"

女子还是不言语,她脸上几乎毫无表情,席与言解下从不离身的药包,跪下一条腿借着火光仔细端详,发现她的下身几乎全被血浸透。

"需立即救治,"席与言把语调放缓,"告诉我伤在哪里。"

那女子还是不言语。席与言拾几块断木,把火喂大,转身对躺在地上的女子说:"恕罪,还得解开你衣服。"

那女子看他一眼,把眼闭上,似乎默认了这个局面。席与言解开她血污汗渍的上衣,看不出有什么伤,又解下她的外裤,发现她的内裤被血浸得湿淋淋的。他说:"伤在腿根?"

女子闭着眼点点头,疼痛扭歪了她的脸,但她没有呻吟,只是喘粗气。

席与言说:"小娘子,救命不能拘常礼。嫂溺援手,圣人都讲变通。"

女子睁开眼说:"不用多言,动手吧。"

他用剪子剪开内裤,拿出药包中备的干净布,仔细擦去淤血,才看到腿弯近私处地方一道相当深的箭伤,尚在冒血。

他说:"不打紧。你命大,撞到我手里。不方便之处万望包涵。"他很少治过女人,更没有治过女人这个地方的伤口。但这女人咬着牙,一声不哼。

他取出祖传的九宫红丹散,仔细敷上,然后用干净布给女子裹起来,仔细地给她沾着血和土的外裤套上。

那女子好像舒适多了,躺在火边,只是微微地喘气。席与言收拾了医具,坐到火堆旁,这才有机会看这女人的脸。她满脸是汗水和尘土,间有几道血污,头发像男人一样扎在巾中,看上去像个孩子,一个秀气的男孩。席与言想想觉得好笑:男人闹腾还不够,女人也舍了命来添乱。

女人忽然睁开眼,撑起身子看对面,席与言顺她眼光方向看去,从断壁隙中,他们都看到对面山麓上出现了一长串火把。女人说:"追到这里了。你可以押解我去请赏。"

席与言站了起来:"涌金门挂的人头,不少你一个。"他思索了一下,"你快骑我的马走吧。"

那女子咬着牙扶墙站起,席与言取了一支火,扶着她走到道观前门。漆黑的夜中,火把已越来越近,夜风吹来隐隐的人喊马嘶。席与言解开马缰,交给那女子。她翻身上马,落到鞍上时哑声地惨叫了一声。

她喘着气说:"还没请教恩人大名。"

"在下姓席。"

"能否借你的剑?"

席与言笑笑:"还想厮杀?"但还是把剑递给她。她接过剑,突然把剑尖点住席与言胸口。席与言大吃一惊,但没有动。

"我要杀你,你伤了女儿家尊严。"

她眼睛和席与言对视,席与言这才发现她眉眼相当秀丽动人,大约才二八年华。

"我明白,我轻侮了你,咎由自取。"

女子叹口气,把剑收回,勒转马头,朝黑暗中走去,一转眼就消失在火光照不到的地方。

三

倚红说:"吹了灯吧。"

席与言说:"我想点着灯。"

倚红说:"别,怪羞人的。"

席与言说:"大才女,没读过近日坊间一本书吧,唤作《金瓶梅词话》。"

倚红说:"什么腌臜淫书!"

席与言说:"那才是真正才子书,吾乡一个叫笑笑生的人著的,说是男女欢合,要互相看见,才是有趣。"

倚红咯咯笑起来:"这笑笑生真缺德。我看你就是这个笑笑生。"

席与言也笑了:"倚红知我。"

倚红娇嗔地横了他一眼,从被中抬起身,席与言看见了她肌肤柔腻的玉体。她移身到红烛边，吹灭了烛。

黑暗中，席与言说："你总不至于认为我从来未见过你的身体。"

"此话什么意思？"

"不要装。你是白莲教道姑，我们在普福观见过。"

倚红严肃起来："这可非戏言。白莲教匪要问死罪。"

"我没弄错。"

"你喜欢我吗？"倚红问。

"喜欢。喜欢之极。我甚至想你我能终生琴瑟。"

"今夜奇了，一会儿指我为匪，一会儿认我为妻。贱妾不过是个风尘女子，得蒙枉顾一夜，已是大幸。不要取笑我。"

席与言认真地说："绝非戏言。不管是匪是妓，我想与你终身相守。额外行点医，积一点钱，几个月内我想能给你赎身。"

倚红说："我们才见一面。"

席与言说："我早想离开此地，总未决断。今有佳人相伴，就可远走高飞了。"

倚红不作声，认真地想了一阵。然后她说："赎身太破费了，而且不一定赎得成。后天阿妈说好让我们姐妹去灵隐寺进香，你何不在路上劫了我？"

席与言说："好主意。近来四乡风声很紧，我看白莲教又像要起事样子,你我都早日脱离干系为宜。这大明江山气数看来也不长了。"

倚红一把抱住席与言:"谁是教匪?你才是绑匪。"

半夜,等倚红的呼吸已经平稳,席与言轻轻起床,点亮了红烛,然后撩开罗帐,拉开被子,分开倚红的腿。腿弯是光滑的。他仔细端详了,还用手抹了一下。小腹皮肤柔润细腻,没有任何疤痕。

倚红醒过来,唇上浮出一丝嘲弄:"你不是笑笑生,你是西门庆。"

这下子轮到席与言脸红了。他吹灭蜡烛,想起九宫红丹散可以做到治伤不留疤。他忍不住低声咒骂自己。

四

路劫出乎意料地容易。暮色渐降时,他们已经在驰向天目山的路上。席与言让倚红把女装脱了扔掉,穿上他带来的一包男服,以便在路上冒充他的医徒。倚红说:"我不惯骑马,你帮我一把。"

席与言却怔在那儿看傻了。倚红穿着他带来的短衣、麻鞋和头巾,骑裤扎腿。

倚红说:"你怎么啦?少见多怪的。"

席与言说:"可不,多见不怪。"

他心里暗自下了决心。

那天清早席与言就把简单的行李打点清楚,归还了几笔账,在桌上留下一封给巡史的辞书,只说不惯久居,想再次云游。下午他骑马到灵隐寺回湖滨必经的天泽庙山道等着。看到品香楼的车轿,他认出徐三娘的轿子,便驱马上去。

三娘撩起轿帘说:"席老爷也去灵隐进香了,怎么没见到您?"

席与言说想跟倚红说句话。

三娘说:"哟,真是一见钟情,须臾离不得。今晚来品香楼,为你们设席。"

后面载着众妓的香车,倚红已把门打开,叫道:"席老爷,有话?"

席与言二话不说,踢马就上,冲到车前,从马鞍上伏下,援臂一揽倚红的腰,倚红顺势一跃,转眼就骑到席与言前面。众人还没回过神来,他们已骑马隐入树林。半天徐三娘才明白是怎么回事,叫嚷起来:"抢人了!抢人了!"

倚红说:"怎么往西了,不是说好北上南京?"

席与言说:"这么劫人也太爽快利落,三娘肯定去报官,府署会疑神疑鬼,以为是白莲教有动静,多半会出榜追捕。到金陵繁华地就是自投罗网了。不如西去天目、宁国,泛舟鄱阳。"

倚红笑了:"对了,白莲匪首多是医卜巫相。"

席与言说:"白莲道姑就不会是神女?"

"不是匪成不了匪。"倚红反唇说。

"匪本非匪。"

"你非要我为匪?"

"你怎知你非匪?"

半晌他们没有说话,默默地行走在往西的坡道上。倚红最后说:"席郎,你真是个拗相公。妾把终身托给你,是认为你襟怀高旷,牢落不羁。我不想问清你的心事,不知你曾遇过的是何等佳人,但你何必如此执着?"

席与言说:"我希望你就是她。你的美貌,她的英武;你的聪慧,她的坚韧;你的多情,她的决断。这样就是完人,吾生何复他求?"

倚红说:"你看天上。"

半弓弦月,高挂于天幕。银白的辉光澄照在缓缓起伏的天目山峦,犹如幻境。

"上弦,下弦,不都秀色宜人,何必苦等圆月?"

席与言看到靠在他怀里的男装的倚红,月光泻在她脸上,那迷人之处,他从未见过,他的心一时乱跳起来:"我看你是一轮华月,人间无比,天上无双。"

倚红说:"浪子甜言蜜语。你不过是想占尽天下合意的女子。"

终于看到了普福观的残壁,比四年前更破败。席与言翻身下马,把倚红扶下来。倚红说:"这是到哪儿啦?"

席与言说:"就在这里将就过一夜。"

席与言找到那年他系马的断旗杆,残桩犹在。他系了马,引着倚红往里走,穿过外殿的颓垣,走到内院。他费了好大功夫寻找当年那一间房,脚踢着碎砖搜索。

倚红有点不耐烦了:"我不惯骑马,今日走多了,全身酸痛,随便哪里躺一下吧。"

席与言终于确认了那一间,他让倚红坐到墙脚,然后点起一堆火。

倚红问:"到这地方过夜,你是怕府兵追来?"

"到时候他们自会追来。"席与言说,然后从囊中取出两支飞镖给倚红。"我出去一下,进来时,你用飞镖掷我。不要问为什么,你照着做。"

"我不喜欢这种游乐。掷伤怎么办?"

"掷不着的。"

他回到寺门口,看着黑黝黝的残壁废墟,觉得他真回到了四年前那一夜,觉得命运又把他带向那个神秘之夜,只要他顺着历史留下的痕迹重走一遍。他摸索着往里走,看见了微弱的火光,就走向这间门口。看到倚红半倚着墙,手里拿着飞镖呆呆地看着他,他说:"掷呀!"

飞镖呼的一声掷过来,他往边上一跳,却差点掷在他身上，倚红投得很不准。他贴着墙跳进屋角，在火光中，倚红的脸变得红熠熠的，他觉得越来越像四年前的丽人。他喝一声"看剑"，第二支飞镖掷了出来，这次很有力，打得墙上土屑直掉。他抽出剑来，跃到火边，用脚轻轻一踹，倚红就倒在地上。

席与言俯到她身上，就去解她的裤带。倚红恼怒地说："这么急色相？"

"你受伤了？"席与言说。

"哪有此事？"

"小娘子恕罪，我得解开你衣服，你伤在腿根。救命不能拘常礼。"

倚红手捂住下身嚷起来："我的老爷，你是真是假？现在不能让你看。"

席与言不顾她，拉开她的外裤，白内裤已经被血染红。他的心猛跳起来。

"果然，"他说，"我终于找到了你，你现在瞒不下去了。"他取出剪刀，剪开内裤，看到了腿根和私处血糊糊的。

席与言说："你命大，撞到我手里。不方便之处请你包涵。"

他用白布轻轻拭擦血淤，但没法找到伤口。他惊奇地问："你的箭伤呢？"

倚红说："什么箭伤，你没看到这是经血？今日劳累，提前行经了。恕贱妾罪,西门庆大老爷今夜上别房去吧。"

失望一下子把席与言击倒了,他坐到地上:"这么说,你依然不是她?"

倚红说:"我看你已经不是你,你有失心狂。"

席与言说:"对不住,我失态了。"

倚红也坐了起来:"你到底是要我还是要她?"

席与言垂着头,呆呆地说:"好难回答。"

正当两人沉默相对时,他们从断壁间隙处看到对面山麓出现了长串火把。席与言跳了起来:"追兵果然来了!"

倚红也缓缓站起来,束好衣服。她说:"你可以绑我去请赏,我的确是教匪。"

席与言问:"你真是?"

倚红说:"当然,你怎能不信?"

席与言说:"那你赶快骑我的马走吧。"

席与言捡起一支火,他们俩朝门口跑去。夜风已经隐隐吹来人喊马嘶。倚红忽然变得身手矫健,利落地翻身上马。她说:"把剑借我。"

她接过剑,突然把剑尖对准席与言胸口。席与言高兴地想,对对,就是她。

倚红说:"我要杀你!"

"为什么?"

"你伤了女儿家尊严!"

席与言像背诵一样说下去:"我明白,我轻侮了你,咎由自取。"

那女子看了他半晌,长叹一口气,把剑收回,勒转马头,朝黑暗中走去,转眼就消失在火光之外。

席与言忽然醒悟,他没有想到这戏本还有落幕这一出,他大叫着追上去。

"倚红!倚红!回来!我要的是你!"

没有回答,马蹄声急促地远去,不久就被松涛淹没。整个天目山,依然沐在淡月若有似无的银光中。

夜与港湾

嫄说她要住二楼东头那间房。登记台的老头儿抬起头,仔细地打量她,看得她很不自在。

"窗朝东,早晨可以看到海上日出。"嫄说,"那房间空着,对吗?"老头儿点点头,他的头一直在颤动,嫄不明白他是否真点了头。

嫄找到这家旅店时,已经很晚了。向暮的日光照着字迹拙劣的招牌。不难找:这是镇上唯一的旅店,而这渔镇,不过是夹在山海之间的一个渔村——准确地说,是三面环山,抱着一个小村和一个进口窄小的海湾。

老头儿颤颤巍巍地从一大串铜钥匙中找出一把,递给嫄。嫄不想让他带路,提起包自己往里走。楼梯和地板是木制的,古老得看不清颜色,走起来和老头子一样颤抖不休,只是楼梯扶手磨得锃亮。二楼没几间房,尽东头有个门,门框已经歪斜，要用力才能拉开关上。房间内却极整洁，这点让嬿松了一口气。

嬿推开窗扉，看到岬口中露出的大海和天空，紫红色的，沉沉地，正在熄灭。

三姨挑的地方，嬿想，在干净整洁上是不会出错的。这想法使她感到有点好笑。

半年前，三姨动乳癌手术，手术前打电话给她，要她到医院来签字——三姨的亲戚已经不多，她工作的城市或许是最近的。清晨时她赶到树荫掩映的宁静医院，把三姨坐的轮椅推到走廊转角的窗前，两人呆看着宽大的绿叶在风中上下翻动，很久谁都不说一声话。

嬿知道三姨肯定有重要的话，或许是最后的话，但不明白三姨为什么要对她说。她们一直不太亲近。三姨是个漂亮秀气的女人，外貌、打扮、摆设、趣味，都清雅得很，她从小就只有仰慕的份。嬿粗手笨脚大大咧咧的样子，常让三姨叹气：谁来娶你这么个假小子。

但三姨自己一直没有结婚，这是一个大家都猜不透的谜。

嬿没想到三姨要她到这么一个地方来。

这渔镇太冷清了，街上弥漫着浓厚的鱼腥味，与海水的潮气裹卷在一起。几乎见不到一个人影，也没什么店铺。镇子就贴着海湾，但泥滩极宽，一直伸展到湾口，实际上整个海湾都被泥沙淤平成了废港，只有湾口上有几艘帆船停泊。

太阳已经沉下，海水变得乌蓝。海面平得像铺着一块布的桌面，没有一点波澜，只在极远处，海面似乎在颤动，色调从乌蓝变成深紫，消失在缥缈虚无中。

三姨的眼睛像此时的海面一样缥缈。她抓住嫄的手，握在胸前："小嫄，我怕。"

嫄回过头来，看着三姨消瘦的脸，曾经叫多少女人拈酸含醋的美貌，现在只依稀留下影子。此时，嫄的心充满同情。死亡是个平均主义的上帝，擦去一切差别。

"我不是怕死，"三姨好像猜到嫄在想什么，"是树叶总得飘落。我是怕落个残缺不全。"她怕不完美甚于死亡！嫄以为这是洁癖走向了极端。几个月后，在这小渔镇上住了一夜，她才明白三姨为什么如此担心破相。

赶到这小镇可真不容易。公共汽车每天只有一班。一路上峭壁危崖、深谷急湍，狭窄的公路沿着山壁艰难地盘旋。这一天颠簸下来，嫄这样结实的身体都震散了骨架。她将就洗一洗，就躺倒在床上，她不明白三姨怎么能每年这一天到这鬼地方来，她那么纤弱的身子。

嫄说："三姨，你还是那么漂亮。"

三姨拍拍嫄的手。"谢谢，"她说，"我心很宽，漂亮成一把骨灰也只是我自己的事。我请你来是要你答应我一

夜与港湾　021

桩事……"

嫄朝着这张床发愣：这床太精致，红木的床头雕镂着龙凤花纹，床架吊着帷帐，床后还有一架屏风。竹枕两头有端饰，实在应当进博物馆。但嫄的头一放上去，就感到自己的呼吸沉重起来，头脑带着身体慢慢下沉，陷进柔软舒适的朦胧之中。

嫄是学船舶设计的，经常在船厂工作架爬上爬下，满身铁锈。脑袋碰到枕头，立即就能睡着。实际上打夜班时，她能坐在铁板上，头靠着铁墙偷它十分钟的睡眠。

脑中突然闪过一件事，她激灵一下猛然醒过来。翻身打开手提包，从带拉链的小夹袋中取出一枚镶着红宝石的戒指，戴在左手中指上。戒指略嫌小，有一点紧。她又洗了一把脸，对着一面小镜子，想打扮一下，但她一向不太会打扮，怕弄巧成拙，只仔细梳了头。

嫄说手术会一切顺利的，但三姨说再顺利也没有用。她要嫄发誓一定按她说的去做。嫄觉得这事太违情理，但为了让面临生死关头的病人高兴，嫄就同意了。三姨从来也没求她做过事。她们两个都是好强的女人。

手术并不顺利，癌细胞扩散已很严重。嫄再次来到她床边时，三姨已口不能语，目光混浊，但她抓住嫄的手不放。嫄明白三姨的心思，重复了一遍自己的诺言。

现在身临现场，嫄有点懊悔了：这诺言与她一贯的行事方式不合。她想，我尊重死者，我还得尊重自己。于是她起身把粗厚的门闩插上。这不算违约，等弄清楚究竟要我做什么再开门也不迟吧。

一阵接一阵的喧闹声把她从睡眠中推挤出来。她睁开眼，发现天已经黑透，可能已是半夜。嘈杂的人声似乎来自楼下的街上。她跳起来，奔到窗前，看到这个渔镇唯一的街上人头攒动，热闹得像个集市。一些临时架起的灯盏，照着各种小吃摊子。小贩的吆喝搅和在男男女女的喧笑之中。

这个小镇竟然有夜市！而且，她发现逛夜市的许多男人穿着一色的服装，一种奇怪的打扮，胸前背后印着一个圈起来的大字。还有更多这样的男人从街口涌过来。

嫄顺着街口望去，这才真正惊呆了：一艘巨大的战舰泊在海湾里，几乎直顶着街口。舰体的铅灰色油漆，在黑沉沉的海天背景下，分外鲜亮洁净；三列一排的炮管，罩在炮衣中，甚至两个高耸的烟囱，也没有烟熏的乌痕。

这个淤死的废港还能进大船？嫄觉得不可思议。她看到不少房屋的门打开着——房屋看起来比她白天见到的多，而且建得很整齐，纵横排了两条街，房门口都挂着艾草。她依稀听见屋里传来女人的尖叫声，此起彼伏的尖叫，而其他人仍照常在街上吃喝溜达，若无其事。

这情景太奇怪。嫄想跑下去看看。她几乎忘了她答应三姨不管出什么事她都留在房间里。

这时,她听见楼梯响起来。有脚步声走上来,然后是楼板响和敲门声,轻轻地,很有礼貌。她突然明白三姨说的一切都是真事,她的心乱跳起来。

门自己打开了,走进一个高大英俊的男子,嫄惊奇得说不出话。月光照进房间,使她无处可躲。

那男子穿着长马褂,青色的缎面闪闪发亮,上身罩着镶红边的黑背心,头发整齐地向后梳掠。他脸色苍白,但鼻子和嘴唇却线条分明,显得刚毅果敢。

他走进来,径直走向嫄,捧起她的右手,在窗口的暗光中仔细看她中指上的戒指。当他重新抬起头时,满脸是温柔的笑容。

"我来了,"他说,"你高兴吗?"

嫄望着这个彬彬有礼的男人出了神,几乎没有听见他的问话。嫄的男性朋友很少,她嘲笑男人软弱或愚蠢时,用词毫不留情。但嫄从来还没遇到过如此英气逼人的男子。

她定了一下神,才答道:"当然。你高兴见到我吗?"

他撩起马褂的下摆,在椅子上坐下。

"在海上又一年,就盼回港口,就盼我的女人。"

他朝门外招一招手,几个士兵扛着竹篾编的饭笼走进来,还有个士兵送进烛台,室内立即充满温暖而微红的光。士兵们垂手立在一旁,那男子说:"今夜你们也放假,自便吧,留一个在楼下站岗。"

待门关上后,他转过头对嫄说:"你一年比一年漂亮,越来越年轻。"他把嫄拉到烛光下,仔细看着她,"你看我,一年比一年单薄了。"男人拉着嫄的手臂,眼中烧着欲望的火光。嫄感到她全身几乎要熔化。她好像第一次明白为什么女人想被爱。

"你也越来越年轻。"嫄说。她想象三姨在这男人怀抱中的情景,顿时觉得浑身燥热。

那男人放开嫄,坐回到椅子上,端起茶杯,掂起盖,轻轻地吹了几下,啜了一口:"我没有变老,只是觉得越来越单薄。"

嫄打量了一下他健硕的身躯,不明白他说的单薄是什么意思。

"毕竟一百年过去了。"他的话音中带着一点哀愁。他侧身放下杯子时,嫄看见了,看得很清楚,他脑后梳着一根长辫。

突然嫄明白了一切,明白了为什么那艘旧式战舰看来足有二三千吨排水量,竟然能驶入泥沙废港;明白了为什么满街是士兵和尖叫的女人,为什么这军官到这楼房里来找他的情妇。她也总算明白了为什么三姨非要她戴着这枚戒指在这特定的一夜等在这房间里。一百年来,多少女子,代代相传,自愿来顶替这个角色。

恐惧一下子使她全身僵直。

男人放下茶杯，又站起来，含笑走向站在床边的嫄，伸开双臂拥抱住她，温存地说："又让你等一年，这天际盼归舟的日子不好过吧。"

这种男性沙文主义腔调，使嫄立时恢复了镇定。每次看出男人的可笑之处，都使嫄神清气爽，脑快嘴快。这个相貌堂堂的男人一样可笑、狭隘，她想。于是她笑起来。

她响亮地说："这一年独守闺房，百般无聊，日思夜想盼你归来，不如找个事消遣。于是我作了一点计算——"

那男人呆住了，僵立在房间中，还拉着嫄的手。

"日本海军当年使用的SA108型鱼雷，速度是五十海里，这种鱼雷轨线很明显，当时英制巡洋舰时速十八海里，只需改变一下舵形，就有充裕的机动能力避开鱼雷袭击。"

男人突然把嫄的手摔开，动作几乎可以说是粗暴。他皱着眉头问："你是什么人？"

不等嫄回答，他突然爆发了："你，妇道人家，竟指责一个花翎提督衔勃勇巴图鲁？"

从中学时代，嫄就喜欢看男人着急发脾气。男人的骄傲是他们的致命弱点，稍一打击就可立即消除他们的性冲动，这已屡试不爽。她缓慢地继续说："鸭绿江口海战，证明舰船机动性是制胜关键，你坐下来，让我演示给你看。"

男人仔细想了一会儿，猛然走到门口，拉开门，大声叫楼下卫兵跑步速请詹密逊少校。然后他坐下，离嫄一大段距离，满脸迷惘地看着她。

詹密逊少校很快气喘吁吁地奔上楼来，他全身戎装，还带着佩剑："管带阁下，出什么事了？"

"这个女人说我舰舵形不对，不然可以闪避那枚鱼雷。"

詹密逊好像突然被人扼住了喉咙，看着嬿，好一会儿，他才喘过气，咆哮起来："你不仅是在侮辱中国水师，你是在侮辱常胜不败的皇家海军！"

见这个英国人穿得像个玩具兵，嬿早觉得有趣，听他倨傲的训斥，嬿更高兴了。她慢悠悠地说："英国皇家海军一九四一年十二月十日在马来海战中全军覆没，一九四九年Amethyst号在长江中靠劫持民船抵挡炮火才得以逃逸。"

少校忽地转过身，对管带说："Enough is enough！我宁愿自杀也不能忍受对帝国如此诽谤侮辱。我建议我舰立即出航搜索日舰寻找战机。"

管带站了起来："你说对了，亲爱的老同学。我同意，我们立即起锚。这假日该结束了。"

詹密逊少校怒气冲冲地奔下楼。嬿有点可怜这力战沉没的船长——她每次得意之后总可怜气得不知所措的男人。"真对不起，我没想破坏你们度假的兴致。"

"不妨，"管带说，"少校一百年来跟任何人都发脾气，你不必在意。"他的声音重新变得温和，但已经没有柔情。他疑惑不解地看了看嬿，转身往外走。

他垂着头离开房间时好像自言自语地说:"今后怕也不必返港补给了。"

楼梯不胜其荷地咯吱咯吱叫了一阵,就不再有声音。嫄忽然想起,也许三姨就是想让她为这百年延续的旧情打一个句号?

这个想法叫她悚然而惧:毕竟还是三姨比她聪明得多。

正这么发呆的时候,军舰的汽笛激昂地呼叫起来,在周围的山间撞出一片回声。她听见街上屋门碰撞,水兵们骂着脏话,从屋内冲出来,沿着街奔跑,摊子被撞倒,人们发出怪叫。她听见女人们的哭泣与叫骂。所有这些声音混成一团喧噪,在这闹声之上,汽笛还在永不停止地鸣响。嫄无法忍受这声音,她躺倒在床上,用被子捂住耳朵。

渐渐地,她的眼皮沉重得无法撑开,喧闹变成一片模糊的低语。

等到嫄揉着眼醒来时,天已经亮了。

房间一切如常,门紧紧地闩着。

她冲到窗前,看看昨天闹腾的结果:什么痕迹都没有,青石铺的街面被露水打湿,渔村半睡半醒,与昨日毫无二致,空气中有一股鱼腥味,偶尔见到刚升起炊烟,带出一点呛人的生柴气。

她朝海湾望去,三面陡峭之中,雾正像帘子一样往后卷,湾中依然淤满泥沙,湾口有几艘小渔船搁在泥岸边,微微地晃悠着桅杆。不一会儿,阳光穿过朝雾,照亮了嫄的窗,她看到戒指依然戴在她的手指上,红宝石反射着阳光,扎扎地刺眼。

"好一个梦。"嫄对自己说。

她又大声说一遍:"好个怪梦!"

她把几件东西收拾到提包里,就下楼去。门口的老头儿还是沉默不语地接过她交来的钥匙,没有道别的客套。她走在街上,遇见几个挑担子的男人,风裂日皴的脸,干瘦无神。

然后她朝海滩走去,整个大海似乎在阳光中振荡,从青蓝到红紫,色彩一层层地互相晕染,迅速涂满半个天空。在一个巨大的旧铁锚边,三三两两的妇女正在补网。嫄惊奇地看到她们的脸和此地的男人完全不一样,一个个都是红扑扑的,健康、壮实、兴奋。她们的手飞快地带过梭子,眼光却时时投向在阳光下浮浮沉沉的大海。

开　局

Therefore the man with heavy eyes
Declines the gambit, shows fatigue
　　——T. S. Eliot, Sweeney Among the Nightingales

一

　　一个精心构筑的伪造使你来到这小镇。

　　小镇临河蜿蜒，没有一堵石灰墙不是水印斑驳，散碎地露出砖色，旧式房子透露出遥远的简明，青砖黑瓦与漫不经心的苍苔，融成一体灰蓝的沉着。

　　你在似乎无穷无尽延伸的街巷里漫步，一个自我催眠的梦游者，直到侧巷里传来乡音浓重的叫卖声，猛地把你叫醒。那叫唤悠长而辽远，像首咏叹调苦涩的结尾，穿过世纪的尘封，坠落到你心中荒芜之上。一二声儿童嘣嘣脆的欢叫，切断了漫不经心的悲伤，然后街巷又归于延续了无数年的寂静。你只听到脚步一声声重复，在重复中悄然带走一个神思涣散的孤魂，那是你自己的脚步。

暮霭提前把天光滤成灰红榨成水黑。云层任性地压在河面上。一切人世纷纭都提前停业了，小镇漫长的历史又加上一天。

这永恒不变的历史之流现在却需要你来作一点修改。你不得不沿街耐心寻找，找一种精心养育的情调，一种兴味，一种不落言筌不具形体的感受，一种在万千具象之后流泻的精神。你知道寻找的徒劳，但踽踽独行不也是一种领略？

最后你还是返回旅店。店门面街，俗艳的红漆在门玻璃上描出粗手粗脚的仿宋体招牌。转过影壁，石板路带你进入内院。一围小径，竹丛在半昧半明中绿得潮湿，石板缝中却不见青草，不像旅馆，倒像个人家内院，有洁癖的主妇在精心照拂。

左边第二个门，你记得自己的房间。这时你突然明白你在走进无法解释的否定环链之中：你孤独，小镇孤独，房间孤独，你到孤独的孤独中来逃避孤独。

你明白这悖论的答案在房间里等你。你带一身暮色回来，就是为了与这答案相会。

你搭车来到这小镇，只有她知道。她打开简单的梳妆盒，淡妆使她成熟的美显得理直气壮。她打开沉重的衣箱盖，从里面取出一只玉镯，幽幽的青色，里面似乎流动着隐秘的气息。她用手帕拭了一下，顺着纤长的手指滑上左腕。

此刻，她已经等在那里，坐在你的房间中那唯一的椅子上。耐心，一个有阅历的女人，修长的身子挺拔。她抹开心中焦虑和窘迫的影子，只有鼻尖上沁出微小的汗珠，当她听见你的脚步声。

你沿着回廊下的铺石路，朝左手第二间走去。你在小镇上悠转，都是在准备心绪，准备走进这一永恒的时刻，走进这一没有历史没有时间的相会。

你已经走到了门口。门是打开的，只有一条竹帘挡着。你听见门内坐着的她轻轻叹一口气，那么接近，只剩下一伸手的距离。战栗从你的脊梁往上攀，似在点爆一种郁积过久的期待——

二

他停在那一句上。

他揭开门帘。这将是小说的开局。这部小说，意境应当幽远，语言应当清纯，结构串接有如雨天流过石径面上的水。是那种清隽之美，一如小说的女主人公。

他已经呆坐在那里半个小时,吸了几支烟,还是无法写下去。如此滞重呆板的文字,离他的设想太远。

写这样一部小说,梦已经做得太久。他写过不少作品,甚至写过两部长篇,反映改革开放中的当代社会众生相,写了暴发的个体户,写了困惑的老干部,也写了弄潮的女强人。刚写好自我感觉不错,出版后就无法再读。也没有什么评论,除了地方报刊上几个文人酬酢式的小文字。

他不愿找人写书评,尤其不愿找所谓名家。不是故作清高,而是自己不满意。他相信自己能写出真正的佳作,这本毕生力作已在心里构思了好几年,设想了这样那样的布局。这将是一本使文学界不知如何读的奇文。

为了实现这个梦,他甘愿等待在这个地区级的小城市,做地方刊物的编辑。作为本省在新时期动笔最早的几个作家之一,他本可活动上调省城,但他志不在此。深深地进入中年,他急于写出不枉度一生之作。他能迫使文学史无法对他视而不见。

他已经能抓住这本书了,他已能见到这本小说的音容笑貌。

但一落笔上纸,那几乎触手可及的感觉就消失了,逸走了。这开局,写到这里,就无法往下。缺少的是一种灵性,他明白,一种无以名状却一以贯之的元气。与失望长期对视使他痛苦,使他焦躁难忍。

他推开笔记本，套上钢笔。想想，又拔出钢笔，在这一页上大画两条交叉斜线，"不用"。一个想象枯窘者的意淫，他骂自己。

他取出昨天带回家的刊物来稿，年轻的助理编辑已筛过一道，扔掉了一大半投稿。他一目十行地看这些精心誊抄的稿件，看到世界上有那么多比他还平庸得多的人，不禁油然而生俯视苍生如蝼蚁的感觉，他好受了一些。

然后他看到一份稿上回形针扣着的初审表，上面写了两行字："此散文稿有新意。惜取材过险？社会效果？退？望酌定。"

现在的年轻人真精滑，他想。退就退，何必让我来对"社会效果"负责。但是他还是取过来，看看究竟是什么使初审编辑费一大番心机。

字迹清秀，显然是个女作者。涂改之处却颇多，好像性子挺急。他从第一行往下读——

三

六月，黄昏似雨非雨。

他突然来到此地，这消息使我的心猛跳起来。

一千次冲动和热情，抵不过一次切实的狂热。那感觉就像高塔的风铃，被吹动后，永远无法真正静止，永远在期待好风再来，再次猛烈地敲起。

他必有无数的仰慕者，那天在场听他讲写作经验的人都有那种眼光，使我不禁万分自惭。他不会认出我，一个普普通通的文学爱好者。

我的悲哀，像影子一天天堆聚，幽幽如兰，把我的世界化为一种色调，等着他来把它溶开。

匆匆卷起写了一大半的小说，我带给他看，我将看到他眼中感动的光，然后我告诉他这是为他而写的，我的心一直为他而痛楚。他知否？

小镇的黄昏，无雨也悲，有雨也悲。

我朝他住的旅店走去，好像从闭塞的小镇走向外面广阔的世界。

我敲他房间的门，没人应。我按捺住心跳，镇定一下，推开房门。

他不在，简单的行李放在屋角，桌上有一本笔记和一支笔。我记得那封面，演讲时他读过一些片断，一些美妙无比的语句，像蜡烛流泪，像音乐忧伤，像鸽子的飞行穿过灵魂的天空。

我不敢翻动，我坐下，等他。

我会不会有勇气回应他的每一手势，他的每一笑容？

我会不会有勇气告诉他我的真心，像忠实的鸟，落到他胸口鸣唱？

甚至，我有没有这胆量告诉他我一直是他的？一点萤火引导我的岁月，穿过我思念长得过密的空间？

这又苦又涩的滋味，或许就是最美的爱情？无理可喻，狂风乍起花叶乱飞？

是啊，只要他说他理解，就这两个字，足以使我不顾一切地扑进毁灭，整个儿毁灭我的身体，我的灵魂。

听见了脚步，从院中走来！绕过竹丛，步步清晰。

我的鼻尖冒出细汗。在衣裙里面，无法抑制的颤动，摇撼我的全身。我只能用右手紧紧握住左手腕上的青玉镯，按住我抖动的身体。

他停在门口。

我闭上眼睛。

我已完全明白，这是命运——

四

他一下子傻住了。

这么说，他的开局是真实的，可用的。

这么说，他早应该挑起竹帘，走进去。

怕什么呢？怕自己？怕自己身上携带的一点儿命定之数？怕自己再不能继续希望与失望之间的踯躅？

他啪一下翻过稿件，翻到初审表上填得一清二楚的地址和姓名。一个从不认识,又很熟悉的名字。一个本地区临河带水的小镇。

他看一下手表,还来得及赶长途班车。他猛地站起,摆下满桌纸片,冲到门外,打开自行车锁奋力朝车站踩去。

就是她!就是这个坦率的女人,这个像玉镯一样淡青色的女人。她的文字也许是半个琼瑶加半个席慕蓉,这种纯情不正是他需要的?这种轻盈不正是可以与他过分紧张的思辨互补?这种清淡不正平衡了他着力过重的句式?

他到达时,已是暮色沉沉。细雨若有似无地飘着,青石板的街道似湿非湿——那么熟悉,他对自己说。他来得对,就是这个地方,他将会见的神秘女人,与他一起投入生命之火中,一起死于非命。

那女人的地址不难找,他发现是个临街的旅馆。一切都很自然。他朝里走,绕过清幽的竹丛,左手第二间,是他应该订下的房间。

他走到门口,门当然是打开的,挂着竹帘。

他果然听见了,听见一个女人轻微的喘息,在竹帘后,完成最后的诱惑,等着他一个脚步,一个动作,撩开竹帘。

他屏住一口气,走向希望润湿的眼睛。

就在这时,他听见屋内一个男人沉重的呼吸声,椅子拖动的吱咯声,然后带出一个女人呢呢喃喃的低语。

他的手停在半空,微笑在脸上凝住——明显这屋里已有两个人,明显两个人在做亲热的事,或许是很亲热的事,或许她的嘴唇和身体,已得到期待的压挤……

他感到全身的血,像冲进峡湾的巨潮,呼啸着向上猛蹿起来,抽打他的头脑,迫使他晕倒。

好一阵,他才镇定住。他对自己说:"有什么地方错了。别慌,只是一个布局上的小错误。"他从门帘前退开,转身走回旅馆门口。门房里坐着一个男人,在埋头拨算盘。

他问这是不是某某旅店,那男人略抬头,说就是。

他问七号房间住的是谁。

那男人抬起头,惊异地望着他:"您是公安局的?"

"不是。我来看朋友,他说住在七号。"

那男人不太信任地打量他:"您有事我代您去叫,您请坐。跟他说您是哪单位的?"

他拿出他的证件:"我是作家协会的。"

"噢对了,七号住了一个省里来的作家。"

他愣住了,不相信自己的耳朵。半晌,他禁不住问:"那么房间里怎么有个女的?"

那男人看着他,不说话。他也瞪着眼看这个形容猥琐的男人,这个人正在顺手砸碎他用几年心血雕成的艺术品。

"我们是承包旅馆,"矮男人硬在脸上逼出一个笑容,"小店坚决实行五讲四美打击资产阶级歪风邪气提倡社会主义高尚道德。"他顿了一下,"小店另有服务员一名,负责整理房间。"

"噢。"他说。他想问这名服务员是否年近三十,修长身材,面目依然姣好,左手腕上有个青玉镯。

他还想问这个女人是否嗜读小说,自己还动动笔。

他甚至想恶毒地抛出一个问题:这女服务员是否常在天黑后去给男客打扫房间?

但他什么也没说。走出旅馆,回到杳无人迹的青石板街道中,回到细雨里。他想,或许应当重写开局,用第三人称叙述,旁观式。

山河寂寞

李玉磊在襁褓中时,母亲抱着,跌跌撞撞地奔过炮声已很近的机场。关于他的出生地,他从小就很熟悉,靠图片,靠家藏的书籍,为这次会面,他好像准备了一生。

可是,面对这堆巨大的喧闹嚣动,他依然怔得说不出话来。江边停靠的木船和汽船,汽笛互相威胁;码头上挑夫与摩托车用骂声争道。口音是熟悉的——外祖父和母亲说话的口音——却听不明白在说什么。这些字眼吆喝出来,混上街边担担面、豆花和凉粉摊贩的叫卖声,在空中卷成一个无休无止的噪音漩涡。

这一切,他不知道该如何向外祖父说明。

两天前,外祖父在台中幽静的山居中对他说的话,好像是另一个世界的声音;外祖父交给他的线索,简直像在挤满船的长江水面上找一个水泡。

这城市变化太大，外祖父绝对想不到。

他沿着弯曲破烂的小巷，失去目的地走着。小巷突然扎进一条人头攒动的大街，街面光色富丽，满眼繁华，橱窗被货物挤得不留余地。巴士在人堆中推搡，按喇叭已没用，女售票员一边叫喊一边用手拍打着车厢，叫行人让开。可是，随便转进哪个巷口，就可以看到每座街面房子，背后是一式灰暗的陋巷蜗居，整条街像是画在纸上，只有薄薄的两片色彩。

李玉磊很晚才昏昏沉沉地回到旅馆。

旅馆是所谓中外合资，高踞于城市之上。他打开窗帘，见到的却是混乱的另一种表象：紫黑色的天幕，镶满漫漫浩浩的灯光，向天尽头迈进。他像在飞机上俯视这令人惊诧的灯海，每一个灯都是一个单独的世界，都是一个单独的太阳系，一个光的飓风，随时可以把观察者脚下的世界卷进去，只添一个细点。

外祖父以为他留下了一对亚当夏娃。当世界沉入黑暗，从一对希望的种子，可以萌生一个新的世界。可是，这巨大的灯海中，没有一颗微粒能保有个别性，一切都消融在这黑暗里沉沉推进的潮流中。

他洗了个澡，想重新回到街上去继续他的寻找。这个陈设豪华的旅馆，每层的楼梯口都有个服务台，台边有位女侍者在忙碌。那女孩子身材纤长，穿着像军装的制服，头发上别了一顶橙色的船形小帽。李玉磊顿时一惊——这不就是照片上那个女子？

外祖父把桌上的公文箱拉到近边，手指抖动，缓慢地按了号码，锁弹开了。他从箱中拿出一张照片。

"就是这两个人。"他让李玉磊靠近去看。

照片上三个人，中间一个显然是外祖父自己，看来四十刚出头，精悍的面容，强壮的肩膀，理着军人的短发。身后站着两个人，一男一女，也都穿着整齐的军装，女的那套美式军服尤其贴身，显得精神抖擞。两个人都很年轻，而且都令人吃惊地英俊美貌。

"照片只印了这一张，我把底片烧了，"外祖父说，"你不能拿去，有危险，你记住他们的样子。"

李玉磊瞧瞧外祖父一头稀疏的银发和满脸干枯的皱纹，又看看照片上那雄姿英发的军人，他想记住这照片有什么用呢？但他不愿对外祖父说这话。

那女侍者在柜台后一起一伏地忙碌。李玉磊看不清楚。他走上前，问："小姐是本地人？"

对方一下子站直了。李玉磊看到她果然与照片上的女人一样挺拔有神，眉眼中有一股飘动的灵气。

"对头。啥子事么？"女孩会意地用本地话说。李玉磊觉得这才是家乡口音的本色，本应是这样天鹅绒般柔美。

"要是我想在山城找个朋友，该从什么地方入手？"

女孩忽然嫣然一笑。这一下不像照片上的人了,那里三个人都特别严肃。

"那就看你要找的是什么朋友了。"

她意味深长地拖着声音,一张甜美的笑脸对着他。经常旅行的李玉磊马上明白他搞出了误会。他一时呆住了,不知如何向这女子说明才好。

外祖父是个骄傲的人。他早就打好领带,穿着笔挺的西服,等着李玉磊。

"明天就出发?"

"从香港转,分公司有个工程师跟我一齐去。"

"能住多少天?"

"看谈的情况。虚虚实实弄不清,还得实地看一下有没有建厂可能。"

"在商言商,当然。不过同样回利,与其在菲律宾设厂,不如到大陆设厂。毕竟是为中国人。"

李玉磊不愿意与外祖父争论。或许他心里赞同外祖父,但作为一种中国情结,太古老了。外祖父话说多了,咳了好一阵子;比他年轻得多但也不再年轻的妻子轻轻给他捶背,沉默而忧虑地看着他。

"看来我这辈子是回不去了。"外祖父说,把腰板挺了挺。医生说他挨不过今年冬天,大家都瞒着他,但李玉磊总觉得他比任何人都更明白。

"不知七星观的荷花开得如何了。"

李玉磊说:"您回忆录中提起过的地方,我都会去看看,拍些录影带。"

"不知百姓怎么过日子。"外祖父说。外祖父虽然到台湾后不久就失势离开政坛,弃官从商,但不可能不让他以天下为己任。

李玉磊顺着江坡的石梯往上走,背后江水混浊,沉沉无垠地展开,边际消失在灰雾中。李玉磊朝石梯顶一串儿吊脚楼走去。小街顺坡转弯,街边的房子左右倾侧,随时可能倒下,却仍保持着那个姿势。风吹过绿茸茸的板缝,带着一股猛劲,呼啦啦地泼来凉意。

他顺着石梯走,跟着眼前那条橙色的裙子,跟着裙子下两条洁白的小腿。腿肚肌肉健壮,看来是从小在梯道上跑惯的。小腿一前一后错开剪开,把裙边踢得飘扬。

他觉得应当走得很高了。云层压住地面,他看不清周围的景色,脚下的城市也消失于一片弥塞天地的灰白。

路无穷无尽,那裙子也永远像钟摆般摆动。但突然,那女子站定了。

"到了。"

李玉磊走上两步,前面不再有山,他们是站在山顶一块台地的边上。山顶的土很松软,灰黑色,空气中有一种淡淡的腐臭,似乎整座山是垃圾垫出来的。

那女孩指着台地中间一幢灰瓦黑墙的小屋,孤零零地站着。

"那就是。"她说。

"谢谢,太感谢了。"李玉磊习惯地掏出钱包,点了几张钞票,放到那女孩手中,"你不用再陪我。"

然后他一个人朝小屋走去。走近才看到这是一家老式的街头杂货铺,窗户打开作柜台,陈放着一些针线之类,还有不少打在红纸包里的爆竹烟火。

朝窗里看看,没人,黑洞洞的。转到房子另一边,看到一扇木板门,开着。

他敲了几下门。

没有人回答。他朝里探看,眼睛习惯了黑暗之后,他看到有两个人坐在黑漆的桌边,桌子几乎占了小屋内的全部空间。那两个人看着他,脸上无表情。

他走进去,两个人没有说话,像木雕。

他说:"我从台湾于人龙先生那里来。"

那两个人依然毫无表情。他这才看清两个人都很老了。稀疏的头发是一种不干不净的灰白色,脸上皱纹树皮般密织,夹了许多紫黑的斑点。手指上也都爬满了小虫似的黑点。除了一个人有几根胡须外,两个人的性别都很难分辨。

他想起外祖父教给他的话。他提说:"山河寂寞。"

老太太刚要作声又停住了,老头儿平放在桌上的手指微微提了一下。桌上有两个茶杯,一把白砂瓷的茶壶,杯中没有茶水。

外祖父盖上箱子,说:"惠芳,你能不能去看一下今晚的五参汤?"

看着她顺从地离开,外祖父说:"我特地找你来,是有一件四十年没了结的心事,想托你去办。你不是政府的人,办这事才合适。"

外祖父对惊愕的李玉磊继续说:"民国三十八年最后放弃西南前,我受命布置地下工作。共产党对我系统之渗透,我深有估计,几个组织有意互不相通,最后还是很快被破坏,大部分杀身成仁了。

"但有一个小组的人,一直没有出现在共方公布的死刑徒刑名单上。这小组是我有意越出系统,自己布置的,果然幸免。

"这小组只有两个人,一个是我的贴身卫士,一个是我的秘书,都是有为青年,前程无量。

"我当时真狠得下心,硬让他们留下。谁也怕留下,我也怕,但我就命令他们留下了。"

外祖父低着头,好一会儿,这回忆对他来说太沉重。

"看来我纯是为了与系统,也与共产党憋个劲儿,我只是想创造不被破坏的奇迹,给他们瞧瞧。

"我让他们不参与任何活动,不与任何人联系,哪怕系统的命令也不管,只接受我一个人的指令。

"可是我没发出过任何指令,四十五年我离开系统时,也没把这小组交出去。我已亏负了他们,何必再让两个青年徒然送死。

"你找到他们,你说'山河寂寞',他们会回答'人生几何'。

"像间谍小说?可惜,太平淡了——你是商人,我是个垂死的老头,他们呢?我想知道的只是他们是不是怨恨我。"

"他们是不是夫妻?"

"我给他们的任务是组成一个夫妻小组,我不能强迫他们做夫妻——"

老太太说:"先生您要什么?"

李玉磊说:"于人龙先生向两位致意。"

老太太说:"不认识什么于人龙先生。"

"我明白。"李玉磊说,"你们不用认识他。他要我向二位说一句话。"

两个老人不说话了,只是瞪着眼看他,似乎眼波都不动了,只有老头儿颤动的手指在茶杯边的桌面上摩挲。

"于先生要我告诉二位,你们的任务已经解除,不必再等任务——不会再有任务来。"

两个老人目光收回来,互相对视。李玉磊好像看见他们眼睛里有泪光,不过他怀疑他们松弛的眼皮中从来泪水不断。他自己却不禁鼻子一酸,要掉下泪来。想到这两个人的一生就悬挂在这从未成形的任务上,只有他们脸上的皱纹才明白他们的委屈和辛酸。他禁不住说道:"于先生表扬二位多年的忠诚,他考虑给二位必要的报酬。"

外祖父根本没有说过这话,那老先生几乎与眼前这两位一样无助。只是李玉磊自己感到冲动,想给这两个老人一点安慰,似乎这是对外祖父事业的一点总结。

老太太回过头来面向李玉磊,老头儿却还是朝前看着,他双手捧起桌上的茶壶,壶是方的,灰白的底色,上面有一些兰草之类,还有两块红斑,或是画者的章,看来是在瓷坯上用釉彩画的。

老头儿第一次开口说话。他声音沙哑,似乎在白日梦中说给自己听,但一个个音节很清楚:"看这红,这绿,怎么不褪色?"

李玉磊不明白他的话是什么意思。老太太也没有搭老头儿的话。她抬起手,指指门外。李玉磊转过头,看见门外远远的地方,在白昼的亮光中,站着那个穿橙色衣裙的女孩,原来她一直没有走开。

"我们只有她一个孩子。怕累赘,不敢生孩子。四十多了,才养了她。从小就遭上了罪。"

"好个灵秀的姑娘。"李玉磊说。

"你陪她去走走吧,她一直怪孤独的。"

李玉磊犹豫地看看这两个老人。老头儿放下手中的茶壶，两眼又盯住自己的手指。

李玉磊离开这小木板房，朝女孩走去。女孩站着不动，注视着他走来。李玉磊快走到她身边时，她伸出手臂，好像要拥抱他。

就这一刻，李玉磊感到背后一阵明亮的光射过来。

他回首一看，那座孤零零的房子消失在耀眼的色彩中，一些碎片在强光中腾空飞起，在空中翻滚，而奇形怪状的火树银花从周围窜出，织成奇丽的图景。

这时候，天空已是黑色，初秋的节日之夜，空中满是节庆的红光，焰火万朵，盖没了这小屋发出的火光。谁也不会注意到它的消失。

李玉磊发出一声痛苦的长号，他转身要奔回去，那女孩一声不响，手臂紧紧地箍在他身上，力气大得惊人，他怎么也挣不脱。

惊叫中，他感到一双温热的手臂将他抱住。他抬起头，房间里只有一盏暗淡的台灯照着，他前面站着一个年轻女子，只穿着一条小小的丝内裤，淡红色的，露出一些隐秘的幽暗。她好像正在穿衣服。

"你做噩梦了。"她俯身对李玉磊说。乳房沉甸甸地挂下来，乳尖似乎回应她魅人的笑靥，轻轻抖动着。

李玉磊提起手，揉了揉眼睛，这才发现自己躺在床上。

他想了一想，才想起自己是在什么情况下入睡的。

"你要走？"他问。

"我在值班，不能留长。早晨七时换班。"

"那你父母呢？"李玉磊问。

女孩看看他，看来不明白这台湾商人是什么意思。"他们早就管不着我了。你不用担心。"

"他们还活着？"李玉磊赶紧问。

"你真关心我的事呐！"女孩高兴地说，"他们去世了，多年前。"

忽然她抿嘴一笑："你要的话，明夜我再来陪你。"

李玉磊看她穿好衣服，看她撩人的步态消失在房门的黑暗里。他仰身躺回床上，很长时间无法入睡。

半睡半醒中，突然觉得窗外已是曙色满天，他赶着七时整，走到阒无一人的走廊里，楼梯口的服务台却已换了一个女子。他赶快搭电梯下楼，空荡荡的门厅，有两个服务生在柜台后打瞌睡。他奔到门口，眼光抢到一个转瞬间的背影，那女孩坐在一个男孩后面，摩托车扎耳的爆裂声迅速远去。

整个山城似醒未醒，特有的喧闹好像还包在一个匣里，闷闷地响着，而太阳红红的，像个鸡蛋黄，正从白雾中慢慢浮出。

就在这一刹那，他突然意识到逼上心头来的一种凄凉，好一阵，他心紧得喘不过气来。

市场街的诗人们

远远地看到一个女人走过来,他就站了起来,做好准备。那女人闭着嘴唇,目光笔直向前,像一切知道自己引人注目的女性一样,端庄而矜持。他感到身体里翻涌起一股久违的热流,于是他稍稍改变自己的步履,从侧后方接近她,直到几乎可以用手触到女人柔软摆动的腰肢,直到他微倾过身体就能在女人耳边低语。他知道这冲动无可抵挡无法克制,因此他也不试图克制。

"我倒在十月最后一缕阳光里。"他浑厚的男低音吐出的字句,是大提琴轻柔的慢板。

市场街是整个城市的正式官方称呼,原来的名字"天府",早与旧有的商场、公寓、古堡、城郭一齐被夷平重建,那还是在史无前例的社会大演变前期的事。现在的街道已很不适合踽踽踱步。蜡擦得晶亮的电汽车,像鱼一样疾滑而过,轮胎与地面的摩擦像轻微的泼水声,梳理着街旁的树叶。交易所只有三三两两的人快步跑进跑出,股票的买卖全在各个终端机上进行,终端机架设在每个被认可的家庭里。一切都洁净、正常、整齐、妥帖,像正流行的按配方购买的梦。他散漫惯了,在这里感到一种无以名之的屈辱,几乎类似阳痿的苦恼。但他还要一试。

女人听到他的话回过头来,一脸惊奇。她小巧的鼻翼往后一缩。

"你成为我忍受孤独的唯一方式。"他把手按在胸口。

没等他说完,女人停住了脚,朝旁边闪了一步,警惧地看着他。

"你是个诗人。"她说。她惊恐地捂着嘴,往后退,另一只手在空中乱挥,像个要跌下水池中去的人。她手伸向皮包,看来要按报警器。

这个街心花园修剪得整整齐齐,像盆景一样树树石石各得其所,水从莲花状的喷口中漫洒出来,在看不见的晶面上碰撞出排列整齐的彩虹。灯光照得周围一片银光,诗人的整个心灵融化在柔情之中。他没有回答,他的眼光在回答,是的,我是个只钟情于美的诗人。

他摆手制止她报警:"难道美就那么危险?"

女人停下手,这才仔细打量这个男子。男人的打扮略显陈旧,九十年代初期样式,米黄的夹克,水洗蓝的萝卜裤,三段式的皮鞋擦得锃亮。那是最后一批诗人出现的年代。女人的紧张脸色缓和了下来。

"我想,你该不是——诗王子?"

"小生在此有礼了。"王诗人高兴地说。他自己也没想到还有人认识他,他感到今天可能是他成功的日子,他几乎已经忘掉成功是什么滋味。

"你怎么至今自甘堕落,"女人忽然变了调子,顿着脚厉声说,"你还没有太老哟!许多生意可以去做,干吗不愿学好呢?"

王诗人这才掏出眼镜。戴眼镜有失风度,显得像个学究,诗人应当更松散自如一些,而他那纤弱而敏感的面容,最适合的情绪是忧郁,眼镜会把他潇洒的忧郁套入框架。他戴上眼镜总算看清了,这个女人已不年轻,只不过化妆合宜,衣服包裹之下,身段也不错。想必是从前那些女人中的一个。他也不想费心思去回忆,即使回忆也是徒劳。他肯定想不起来。于是他飞了一个吻,转过身,从容地走开。

我一生都在接受昔人和来者忧伤而美丽的注视,他想。他不自觉地把腰板挺了一挺。

这年头,诗人只能跟着野狗流浪。他折下一杈树枝,一边走一边扯下树叶遗在路上,自轻自贱使他对自己稍稍满意一些。

语言污染犯罪群,作为一个有异常品格的亚文化群,与社会的冲突正在加剧,近年来这冲突有上升趋势,证明异语言的危险超出先前估计。市商报社论这么说。

伽蓝传播公司经理常舞侠,刚从街上回来,正在努力调匀自己的呼吸。她的办公室全部是金属贴面,落地窗俯视着市场街全城,大街射向市中心,在金色的凯旋门似拥抱的双臂中,礼花般辐射开来。她正在审查公司最新几本出版物。《爱的钢铁法则》,是钢厂付钱出版的,印刷厂送来了样书,那是一小片磁盘,两个火柴匣大,插入终端机,屏幕上就剌剌地冒着蓝光,语言流畅而安全地跳了出来。伽蓝公司为此书申请到的书号是NONS/423Y,书名已进入总目,明天起,每个读者都可以按此数码而在终端上读到此书。

此书出得很内行,职业化的品质,找不到可挑剔之处。常经理觉得很满意。她按了按通话器,里面传来男秘书的话,说是上星期就要求会见经理的翁诗人,现在等候室。经理简单地说:"让他等一等。"

翁诗人说是要来谈版税问题,这理由太可笑。此人的书已绝版多年,早已无出售,连旧书店都不再放出来,哪来的版税?他不是蠢人,自己应明白。他只不过找个理由来说说话而已。常经理觉得挺烦:她的宝贵时间被这种闲人懒汉无理地肢解。

但她有点同情翁诗人，在当年尚有所谓文化精英的时候，翁诗人曾做过时代的弄潮儿。就念当年公司（那时叫"人民出版社"）求他赐稿，助理编辑常舞侠去他家十次，他没让跑第十一次，那爽快，那慷慨，就冲那劲儿也得再给他一次接见机会。

翁诗人在门口就站定，不进来，他愤怒地摇着雄狮般的头，头发已开始花白。

"好吧，这个时代不认我，我就撤退！"

常经理宽慰地抬了抬手，这位先生曾号称"愤怒诗人"。

"撤到哪儿？"他代常经理发问。常经理摇摇头，她不想知道。

"我疲倦的心灵撤向宁静。"他攥紧拳头说，声音从牙缝中挤出。

"好好。"常经理说。这些污言秽语像风一样翻动昔时的记忆，使她很不舒服，眼前翁诗人狼狈的样子，提醒她今日两人地位的变迁，她得对失败者落伍者宽宏大量一些。因此她尽量平静地说话，彬彬有礼，透出冷漠："我今天能为你做什么？"

"撤到历史伟大的圣殿中去。"翁诗人不搭这茬，还在说他的台词，"在那里，阳光把一切染成金色。"说完这一句，他愤怒的脸色略微平静了一些，似乎取得了点自信。他坐到常经理办公桌对面的椅子里，从裤袋里掏出一本书，叭的一声放到经理的桌上。插座里的签名笔噔儿一下颤起来。常经理一看就认出这是伽蓝公司不久前出版的《现代文化史》,理论家三鸢的新作,书印得马马虎虎,现在只有不重要的书籍才印于纸张上装订起来。此书能经得起翁诗人来回搓揉撕咬,倒也叫人满意,受住了考验。

"这是什么狗屁书,伪历史!"翁诗人说,"这个三鸢过去给我跑腿我还嫌他笨,现在他竟然——"

常经理不能再忍受下去。她站起来,绕过办公桌,拍拍翁诗人的脑袋勺:"冷静点,别太放肆了。"

"现在竟然不提我的名字。"翁诗人还是犟头倔脑地把这一句说完,然后耷拉着脑袋,像个挨训斥的孩子。

常经理笑了,她的笑声充满母性。"其实他也没提任何诗人的名字,不然你倒有理由打翻醋罐。连小说也只提了实写派与报文派,用了一行半字。其实,你可以发现他根本没用'诗'这个词,诗已经不是一个文化范畴。"

这些诗人真是不识时务,常经理想,现在连图书馆都把诗集从架上抽下来,送进缩微机榨干。就像图书馆当年也曾拒绝收广告图册、商品目录、账目报表、发票存根这样一些重要书籍一样。图书馆是文化机构,非文化的印刷品总得淘汰,这时代远非所有的文本都具有文化意义。

"蠢货!"翁诗人还在嘟哝着,"蠢货充塞着世界,像当年的苍蝇一样嗡嗡。"

"你跟谁有气呢?"常经理说,"如果是哪个领导机关的决策,你还能反抗,还能不满。如果是时代的变迁——我们都是从旧社会过来的人——你就只好怪自己。"

她拉开抽屉,摸摸支票本,想想,又改了主意,手伸进抽屉角,摸到一叠慈善票,那是各公司向国家文化基金会认购的加息奖券,可以付给艺术家购买食品,但那是指漆花、镶地板等有用的艺术家,没人认为诗人是应救济的。常经理犹豫了一下,大拇指在卷捆边往上溜,最后撮了几张。她同情地叹了口气。

女诗人缨用左手托起自己的下巴,另一只手转过自己的脸,好像这张脸是雕出来的,装在一个基架颈子上,可以随便转动。也许,她想,也许我的脸会变成大理石的雕像。

她把自己的脸转到一边,就在镜中看到自己的眼角,她迅速用手指撑开脸皮,松弛的皮肤展开了,光滑如昔。她对自己说:你真无耻,你真无耻,哪一年的花朵不一样芬芳,不一样凋零?

她把脸再凑近镜子一些,看见自己凌乱的鬓角中有几茎白发。她屏住呼吸,想用手指抓住一根白发,连根拔出。但手指伸前缩后,却没能逮住。最后她狠命一拔,放在手上一看,却是两根黑发,连根带了出来,根好像还在微微抖动。她气得直打颤,指甲掐进手掌心。

"痛苦,啊痛苦,你还要给我多少折磨!?"

她的心脏揪成一团乱线,她想杀人,想放火,想用炸药炸翻这个时代。她气愤地扑倒在床上,不停地喘气。

我偏要。她对自己反复说,我偏要。

她伸到枕头下的手碰到一件东西,像碰到火烫的东西一样缩回手指:那是一张纸片。

当她最后打扮齐楚,出现在市场街的花园广场上时,已经过去了整整一个下午。黄昏中的市场街分外美丽,斜阳使所有的建筑晶亮闪光,下班的男男女女都穿着办公装快步走过,神情松快而满足,每个人都好像没有辜负人生。只有女诗人缨脸上充满饥渴和绝望。

她绕过广场,走过几条侧街,走进一家啤酒馆。啤酒馆里人不多,还没到放怀畅饮的时刻,男人们还没有解开衬衫领扣,拉松领带结,女人还没有换上晚服,戴上耳环。在半暗半明的灯光下,她看见那张脸,正在朝她这边看。那张脸上毫无顾忌地长着粉刺,满溢出青春的欲望。缨把一点儿笑容扔到嘴唇上,款步走了过去,这个男人至少还认识到她的价值。传播公司的男秘书恭敬地站了起来,挽着她的裸臂给她让座。

她一坐下,就看到对面墙上贴面的大镜子。紫红色的墙壁把镜面染得幽暗肮脏。她看到镜中的自己:脸上画得艳俗不堪,和身边那一脸献媚的男人一样俗气。她禁不住对自己生了气。

"走吧,还磨蹭什么?"她猛地站起来,差点碰翻咖啡。

"不吃饭了?"那男人不知所措地跟着她站起来,"去哪儿?"

"去你那儿!还到哪儿?"

他们突然被门铃吵醒。那时暝色刚换成黑夜,房间里没有点灯。男人似乎一下子就明白发生了什么事,他不由自主地按了回应钮,门上镶嵌的屏幕啪一声亮了起来,那是常舞侠经理愤怒的面容。

"堕落!"常经理喝道,"你竟然堕落到跟女诗人睡觉的地步!"

缨哇的一声哭了出来,她把枕头角塞到嘴里,她早知道她的余生已经除了羞辱只剩下羞辱,但每次新的羞辱总以她未料到的方式出现,她无法再忍受命运玩弄她时那种轻松自得的劲头。

房东太太又来敲门。"深儿,"她说,天府口音很自然地带个儿字,使深诗人愈加不快,这儿字强调指出了他与这俗界的关系,"深儿,那边公司让你接电话呐!"

深诗人坐着不动,努力使自己的静虑状态不受破坏。他平心静气地回答:"还是不接吧,我已经不会用他们的语言说话。"视屏电话让人太注意仪表,他长已披肩的一头乱发会给人错误的印象，以为他愤世嫉俗，其实他对这世界毫无怨恨。他来也偶然，留也偶然，他希望偶然地去。

房东太太摇摇头，去回了话，又跑回来说："是那个老板娘，什么芥末公司，说有个回顾座谈会。"

"莫回首，回首须肠断。"深诗人说，他再也没作声，进入了静思息虑状态。

房东老太太说："唉，在嘟哝什么呀？越来越听不懂。"

王诗人在街头椅子上坐下。他非得找人说说不可。人们来去匆匆，尤其女人们，不管漂亮的不漂亮的，都来去匆匆，一脸要务在身的样子，目不斜视，更不朝他看一眼。这个世界上似乎只有王诗人时间太多，而诗又不能多写，写得越多越不值钱，过去如此，现在更是如此。诗人就是最能潇洒地消磨时间的人。

垂头丧气之余，他感到尿胀，但那比他的床还干净的投币厕所，使他没有小便的欲望。

那年，在天府城举行广场篝火朗诵会，全场欢呼若狂。人们把他从台上拖下来，在人头上抛。他好不容易回到旅馆，作家协会还得派人把住门，就这样，半夜还有四个女大学生崇拜者爬墙进入旅馆，四个人把他按倒在床上，每人捧住他一条胳膊腿，给他按摩。你千万别结婚，她们说，你属于我们每个女人。

可现在我属于谁呢？

可是山和土地，风和大海，有必要属于谁吗？

女诗人缨斜靠在床上，手指摩挲着掌心的小手枪。枪很小，像支用了一半的铅笔，她知道在铅笔头上按一下——当然得预先打上正确的数字——致命的镭射光束就会击碎五米之内任何障碍。五米，她看看四周，足够了。背后是一片白墙。正好，她想，正好题诗。

她静了一会儿，把脑中的记忆清除干净，然后闭上眼睛，把头靠在墙上，让手指胡乱在键上按了一阵，然后张开嘴，把铅笔斜顶住潮湿的上颚。她皱皱眉头，像下决心吞一片药似的，猛按了一下枪机。

一阵晕乎，她看到了自己，笑容依然妩媚动人，但缺少了笑靥的上半部分，血涂在墙上，那是她生命中最富于诗意的作品。但没有，这一切没有发生，一切正常，她的头脑，那使她一生痛苦不堪的头脑，依然如故。

她镇定了一下，又重拨了数字，猛按枪机。没有任何动静，小铅笔依然宁静而安详地躺在她的手中，像她用过的任何笔一样温柔。

她已经忘了多少次重拨数字，按了多少次枪机。她嘴开嘴合都感到累了。最后，警察局同时接到几个人报警。警察赶到这间公寓时，发现女诗人缨正面对一面大镜子坐着，镜子上有一个碗口大的圆洞，四边熔化的玻璃圆洞还在冒着烟，墙上也有个弹坑。缨的手指在烟灰覆盖的镜面上涂抹。警官看不出写的是什么，把她带走后，现场拍照取证。

照片送到安全联席会议时，伽蓝公司经理常舞侠正在座。没人能看懂照片上的字迹，常经理看懂了。

谁记得那只无人挽起的手臂
在一夜泪雨中击碎的心

她读出来，又花了好大一阵才把这意思用正常语言复述出来。

会议进入了下一项讨论，是否应该立法禁止非规范语言在公众场合下流通。部分与会者指出，四十岁以下居民已不再能辨认诗的语言，不妨让其自然消失。常经理这样的专家有一二人即可。语言革命势不可当，决不因流氓暴力挑衅改变它天鹅绒的质地。

芜　城

我没有觉察到林奈特那天有点异样。她买了咖啡端着走过来,我迎着她,说:"哈罗,马克好吗?"

她没有笑容地说:"你怎么总是先问马克,不先问我好不好。"

这回话来得太突兀,我一愣,但马上明白她说的是对的。我确实每次与她打招呼都先问马克,虽然我没有特别的意思,只是礼貌。

其实我几乎不认识马克。他是热门系科商学院的学生,高个儿,一头淡棕色头发,人长得挺帅,穿着尽管随便,却也一看就知是有教养人家的子弟。我只是在系里研究生的一次集会上见过他一次而已。看得出林奈特很高兴能把他带来,让大家有机会看到她的男朋友,而马克也用西方骑士崇拜情人的眼光看着林奈特,跟着她从这堆人走到那堆人。可能是因为我是集会上除了林奈特外唯一的中国人吧，马克特地跟我多聊了一会儿。当然聊的是中国文化之伟大，跟中国人还能谈别的什么题目？可能就从那以后，每次见到林奈特，我就老是用问候马克来开始寒暄。

这次是林奈特打电话找我，问我是否愿意第二天下午三点一起喝咖啡。我从不记得林奈特有坐咖啡馆的习惯，但我还是很高兴地答应了。我提前一刻钟来到学生会对面的金熊咖啡馆。

那是个阴惨惨的下午，天空像孵蛋太久的母鸡，疲倦得直恶心。那些一向在广场四周台阶上晒太阳的学生都挤进了咖啡馆，空气湿乎乎的，浸满了低沉的喧闹。我挑了一张玻璃门边的桌位，把桌上散乱的报纸抹到一边的空座位上去。

我和林奈特虽然曾长久在同一系里，实际上只同学过一次，那是上普特南教授的叙述学讲座。她是个很认真的学生，太顶真了一些，尤其当她向教授那几条有名的假定挑战的时候，好脾气的教授脸上不得不老是挂起宽容的微笑。林奈特上了一个多月，决定放弃这门课。"我没法忍受半途而废的理性思辨。"她说。她从书包里掏出一条带子，把长发束起来，赶去上别的课。

我重新起头："你最近好吗？"

"马克到弗雷斯诺他母亲家去了。"林奈特挪挪身子，坐定下来,却回答我原先的起头方式。

我不知如何解释,只好设法改一个题目。

"论文怎样了?"这该是个谈得下去的题目。她是亚裔研究系的学生,是那个新系的第一批博士研究生之一,而那个科目在全国还没多少大学开系。她总是说从文学系转过去是做对了,文学系是太古老的系科。

"这正是我想请教你的事。"林奈特脸上这才第一次挂出微笑。

"美国文学中的中国女性形象,我原以为只是材料罗列,现在才明白这题目不好做。"她把咖啡推到一边,俯身向我,"是不是文学中的所谓形象都是一种程式化?"

我松了一口气,找我只是谈本行而已。

"社会化的形象是超越主体控制的。"我说,"但也决不是客观化,可以说,它是在主体与客体的动态过程中发展出来的。"我滔滔不绝地说了下去,可能是她脸上关注的表情鼓励了我。能在一个漂亮女人面前卖弄才学总是令人高兴的事。我开始从文学现象谈到非文学现象。

"例如。"我说。事情弄得出乎意料之外就是从这例如开始的。

"例如,在莫诺盐碱湖再往西的西埃拉山中,有一个十九世纪的矿城,叫博迪,现在早已无人居住,成了鬼城。"

"我知道博迪。"林奈特说。

"那里现在有个小小的博物馆,陈列鬼城的遗物——威士忌瓶子,手枪,马具,旧招贴画,等等。收集这些东西,并非按一定程式进行的,有什么就收集什么。但这并不等于这些展品没有表现程式化的形象。"

"不错,"林奈特说,"我两年前去过这地方,看到展品中有一管鸦片烟枪,算是代表矿城中的几百中国苦力。我向馆员抗议,但是他说那是他们能找到的唯一中国物品。"

听林奈特的英语真是一种享受。在美国出生的华裔美国人,尤其是女性,英语似乎都说得清脆悦耳,声调起伏有致,没有美国语调中那种蛮横的土气。她们做教师肯定是好材料。

"那烟枪倒不是唯一的中国物品,还有一双绣花小鞋。"我说。

林奈特张开嘴,看着我,伸向咖啡杯的手停在桌面上。过了几秒钟,她才说:"我怎么没见到?"

我说我是三年前经过博迪鬼城的,比她早一年:"还有一卷手写的广东民歌,也可能是粤剧唱词,纸已经破烂了,字迹倒还清楚,可惜广东话写音,看不太懂。可能他们把这些女人东西拿走了。"

"一个中国女人?"林奈特皱着眉头说,"她在那里干什么?"

我没有回答。她的神情好像不是在问我,而是在问她自己。

好一阵我们没作声。最后她说:"我得去那儿看个究竟。"

她说着就站了起来。"我现在就去。"她说。

我吃惊地抬头看她。虽然我知道她做事一向出人意料,自有主张,但这决定太突如其来。

"这不现实,开车到那里至少五个小时,而且,"我对她说,"看来要下雨,而在这个季节,西埃拉山中应当下雪了。"

她伸出手向我告别:"谢谢,不用担心。"她的笑容还是典型东方女性的笑容,温雅,娴静。

我也站了起来:"这就有点疯狂了,这鬼城跟你的论文没有直接关系,那不是文学,是一堆十九世纪的破烂,放在那里款待难得走进那山坳的几个游客。"

但她只是抿嘴一笑,就往外走。有人在咖啡馆里弹起了吉他,唱起什么讽刺总统的歌曲。有人在喝彩起哄,但大部分人还是在噪音的轰炸中谈自己的事,有的人在做功课。有个女人不知怎的给逗得仰天大笑,椅子侧转挡住了我们的路,我们绕着道儿走出去。

在门口,我的话她听得见了。我说:"嗨,别想一着就是一着的。"

她转过头来,粲然地笑了:"你这么关心我是不是太早了一些?"

我窘了一下。对美国姑娘开玩笑的自如劲儿,我总是感到难以招架。但我还是叮嘱她,请她无论如何打电话来,因为我对那边的事也很感兴趣。她点点头,转身就走开了。

看着她网球选手似的步伐走上未雨先湿的台阶,看着她优美摆动的背影,我突然想起来马克的母亲住在弗雷斯诺,正是去莫诺湖一带的必经之途。我嘲笑自己的愚蠢,然后转过身,在低垂的天空下朝图书馆走去。

那天傍晚,天黑之前,雨终于挤破了云堤。雨下得很大,加利福尼亚一年难见几场的大雨。对面开来的汽车,前灯被雨化成一片不成形的黄色,激怒着我的眼睛。不难想象林奈特一个人如何摸着黑雨进山,整个视野中没有一盏灯,山影变成面目不分的大块,只有自己的车灯照亮眼前的几尺路面,循着这一块小光斑转过一个又一个路弯。

但不知怎地,我觉得这情景不太可能,只是一个恐怖的想象。第二天上午,有两节是我做助教的文学导论课。然后我回到系里五个助教合用的办公室。我一进门,鲍伯就告诉我有人打电话给我,说是还要打来。

"好像有急事,你最好等着。"

"中国人?"

"不,好像是个美国女人。"鲍伯诡秘地笑了一下。我本能地认为这一定是林奈特。等的时间很长,我改完了学生的作业，又开始看自己的功课，而我一般不在办公室读自己的书。中午之后，这个办公室人进人出，是个静不下来的地方。电话铃响过几次，每次都让我一惊，但都不是我的。接电话的人也实在说得太长，我第一次发现人们在电话上说那么多无聊的废话。最后我决定离开一会儿，找个地方吃午饭。正在这时，来了我的电话。

"你在哪儿？"我觉得自己嗓音都变了。

她很镇静的嗓音在说："我想知道我为什么没找到你说的东西。"

"陈列馆就在那间老酒吧旁边。街顶头是老教堂。你可以找一下管理员。"

"雪很大，一个人影也没有。"

"什么？你一个人在鬼城里？"我高声起来。

"别嚷嚷。别管那劳什子陈列馆了，你能告诉我哪里能找到玉香吗？"

"玉香是谁？"

"嗨，别装糊涂。你知道黄玉香，广东新会客家籍人，一八八六年到美国，进入旧金山一家华人妓院，第二年随一群中国矿工来到博迪。她是居住在这个西埃拉山矿区的唯一中国女人。你当然知道。"

"你哪儿来的这些材料？"

"可是我不知道她在博迪几年之后上哪里去了。不知所终。她老境如何？死在哪里？我必须找到她本人。"

"林奈特，你听着，"我尽量把字咬得斩钉截铁，"你必须现在就离开博迪，回到弗雷——"

"别！"她在电话中惊叫起来，打断我的话。这时，一个妇人的声音响起来："你的时间用完了，请再放进硬币。"

"回到弗雷斯诺再给我宿舍打电话！"我大声吼出来。但不知道在空间的嗡嗡声淹没几百公里的电话线之前，她有没有听到。

放下电话，我感到办公室里一片寂静，助教和来访的学生都张着嘴看着我。我转过身来，他们又都回过头去谈各自的事，整个办公室又是一片嘈杂声。

我走回自己的桌旁，心里很不安，感到这一切都是我招惹出来的，毫无必要，而且可笑。现在林奈特一个人在雨雪空蒙杳无一人的西埃拉荒山中，看来是发着高烧。她怎么开车出山呢？我决定向商学院办公室打听马克家中的电话，但我马上意识到我至今不知道马克姓什么。剩下能做的事只有及早回到宿舍，以免错过林奈特可能打来的电话。

到傍晚，下了两天的雨终于停了。沉沉的雾气闷住了一切，还没到夜天就黑了，几点灯光好像花了很大力气从黑雾中钻出来。我做做这个，做做那个，终于明白林奈特一个人在鬼城里这件事太烦人。我无法集中精力做任何事，只好捧起一本最枯燥的文学理论书，坐在床上，守着电话机读起来。但在我终于睡着之前,一直没有电话。

突然铃声在黑暗中响起来。我跳起来,抓过电话。一个声音从远处传来:"是我,你听见吗?"

"听见。"我说,努力想止住突然袭来的冷颤。电话那一头闹哄哄的。

"酒吧可真挤,"她说,"生意难做。"

忽然间,我明白了她是在哪里。我嚷起来:"别离开你的中国同胞!那些人很危险,那些鬼佬,别到酒吧间去跟他们打交道。"

"你关心我是不是太早了一点?"还是那个揶揄的口吻,"有什么太大的区别?做厨子,做洗衣工,能有多大盼头?"

"请你,"我尽量克制住自己,使自己的声音明白清晰,"请你尽早回到旧金山来。"

我听到她周围的人粗声哄笑起来。"旧金山?"她说,"他们把我赶出旧金山唐人街。反正离乡背井,哪里不都一样?"这么说,你在那里,小脚穿上了绣鞋,穿着斜襟的红绸褂子,手里拿着檀香扇,在一个中国苦力不敢进去的白人酒吧间里,那里随时会爆发斗殴,用手枪和匕首,那些满脸胡茬的人捏起你的下巴,满口酒臭的嘴拱上来。我一时无言,被这景象压垮了。

"听着,"她说,"我知道你看到过我的歌本儿,我想你从来没有听我唱过,我唱支广东情歌怎么样?"她好像是对着酒吧间里的人说这话,因为接着酒吧里就爆发出一阵欢呼。然后电话里传来了她的歌声,绵绵幽幽的粤语,好像不是语言和乐音,而是别的什么更深沉的声音。

世间难揾一条心。
得你一条心事。我死亦要追寻。
一面试佢真心。一面妨到佢噤。
试到果实真情。正好共佢酌斟。
我想人客万千。真吓都冇一分。
个的真情撒散。重惨过大海捞针。
细想缘分各自相投。唔到你着紧。
安一吓本分。
各有来因。你都切勿羡人。

"真好。"我不知道该说什么好。这歌声太古老,太亲切,好像被忘却了的过去,覆盖的落叶被风渐渐卷起。但是听筒中传来的醉醺醺的喝彩和笑声又提醒了我,这是流落在天涯异乡的一枚孤独的灵魂。我说:"唱得真好。可是你什么时候回家来呢?"

"家——?"她的声音突然严厉起来,"你想用这个字来吓唬我吗?"

我正想辩解,电话挂上了,把我一个人留在黑暗中。

我跌跌撞撞地冲进浴室，拉开灯，只看见镜子中我的眼睛像夜一样黑。

第二天一早我就向朋友们打听是否认识商学院的马克，林奈特的男友，说我有最紧要的事要找他。认识林奈特的人很多，许多人答应帮助问问看。下午，有个人打电话给我，说他就是马克，从弗雷斯诺打电话来，问我到处找他究竟有什么事。

"林奈特怎样了？"

我焦急的声音大概使他吓了一跳，他回答说："她此刻很好。你问这干吗？"

"我前天看到她开车离开学校，我有点担心。"

"为什么？"

"因为——因为她当时好像脸色不好。"

马克犹豫了一下，然后尽量显得平静地说："她是昨天上午到弗雷斯诺来的，发着烧。你说她是前天离开学校的，那么前天夜里她在哪里？"

"那么说，昨天夜里她是在你家里？"我有点惊奇地问。

"昨天夜里她还在生病。嗨，你最好告诉我到底是怎么回事。"马克说。他再也不掩饰他的恼怒。他大概认为我知道一切内幕底细。

"我很高兴她一切都很好。"我顿了一下，"我很高兴你也很好。看来没什么事，是我过虑了。"

"既然你不想说——好吧。谢谢。再见。"他不愿再谈下去,我也很高兴他不再追问。我恨自己多事,究竟有什么必要为一个聪明、能干、健康的美国姑娘担心?哪怕她是中国血统。看来,脆弱的是我,被西埃拉山里的鬼魂吓坏的是我。

从那以后,有很长时间我一直没有听到林奈特与马克的消息。我几次给他们在快乐谷合租的公寓打电话,没人接。而且,他们的电话平时总套着录音器,是林奈特轻快悦耳的声音,伴着摇滚音乐:"哈罗,林奈特和马克正在别的地方享受生活,但我们也不想怠慢朋友,下面有三分钟时间让你留话,我们会尽早给你回话的。谢谢了,伙计。"然后是急促的鼓煞在一声响亮的拨弦上。但是,现在我打电话时,只有铃声空空地回响,像风吹过西埃拉山中倾圮的小屋。

两个月后,我才遇见林奈特,在校园里,在课间匆匆赶到另一个教室的人流中。我叫住她,她急步跑过来,脸上还是那妩媚的微笑,显得比以前更健康、更迷人。

"嗨,"她搂了我一下,"你知道吗?我的论文进展很快,谢谢你的指点。"

我想问,好多问号。但我看见她眼中毫无疑惧的光彩,没往下说。她明白她在做什么,也明白她做得不错。她不需要人为她担心。

裸 谷

一

暴怒的太阳光刀刃一般贴着地面削过,树叶与窗玻璃一齐喷出刺眼的光谱。小文感到她吸进的不是空气,而是白热的金属碎片,她的肺马上就会干裂成紫色的薄膜。小文走进地委大院时,觉得额头上已长出鳞片。

她还记得从小习惯的敬称:"王奶奶"。

但这位居委会主任眼睛瞪得滚圆,双手在空中乱甩。一种奇怪的舞蹈,她想,一边艰难地往院里走。被剥掉臭氧层的地球,像个剥掉皮的柑子,迅速干缩成一个枯球,就像我此刻的头脑,小文想。不然为什么这些人样子都怪怪的——那王老太好像终于憋出一口气,叫出声来,但不像人声;门房里几个女人必是在分水果,这时也冲出门,参加这怪声合唱；只有一个退休老头转身往院里冲，手里的西瓜摔了个大花儿，脚下绊一溜儿红瓤儿。

"快，快叫李主任家！"他伸手想打路边的孩子，孩子们也撒开脚狂奔起来。

"李主任家！"

小文挎着包走在条条斑斑的树荫下，不明白这些人干吗惊惊乍乍。她不过是个三流地方大学学生，回来过暑假。这大院里北大清华怕有一串儿，她从来就是个中不溜儿不起眼的姑娘，值得这么欢迎？

而且这小城十多年来一直那么宁静，也变得喧噪，她想，皱着眉头。拥挤不堪，嚣闹而俗气，这大院怕成了菜场，这奔跑的女人姿势太难看，中年女人，歪歪拐拐——不过这是姐姐。小文略一抬头，看见一群人正迎着她跑来。跑在姐姐面前的是扬扬，溜快。他十三还是十四？他张开嘴似乎在嚷。

这才听明白他在大叫阿姨。

下一秒钟，她已经被一大群人拥进家里。扬扬往外轰叽叽喳喳一片嘈杂的人。姐姐跑进卧室去打电话。她赶紧抓住桌子上的凉水壶，一口气灌下三杯，听得见内脏滋拉拉地吸水。喝完，她才松了一口气。转过身，看见扬扬正顶着人硬推上门，回过头来张大嘴傻愣地看着她。

她说："扬扬，你长高了。"

一把拉过来，想比量一下。扬扬结结巴巴地说："你！你！"不自然地挣脱开去。

男孩大了，她想。她解开扔在沙发上的挎包，赶紧冲个凉。

"晒成这个颜色？"扬扬没头没脑地说。

"你不瞧你自己。"她笑了。

"我游泳来着。"

"我也是——"她挥了一挥手，"去去，跟你小孩家啰唆什么呀？"她把内衣一抓，就进了厕所兼浴室。

衣服还没来得及剥下，她就一把拧开水龙头。冰凉的水在她头顶溅开，顺着颈子背脊大腿冲下，带着野性的呼啸。她长长地嘘出一口气，闭上眼睛。

山谷中无数瀑布群之间，水流欢啸，翻身落成又一个瀑布，冲出又一个湍急的漩涡，溅起厚厚的水帘。最痛快的是从深水中呼啦一下跃起，顶头上翻落的水又猛力把你压进深潭，湍急的漩涡拽着你，在圆圆的巨石中间打转。皮肤贴着青苔滑过去，软软地，痒到心里，颤动着，从低荡到高。

二

龙头关住，她才听见客厅里有人声，几个男人着急地说什么事。然后她听见姐夫说话，浑厚，镇定——当然是他的声音。

"不用操之过急,"他说,句子一清二楚,"这事我来处理。"

她听见开门的声音。拉开厕所门上挂着的毛巾,她从板缝觑一眼:走出去两个人,穿着警服,年纪不轻了。她有点好奇,姐夫兼管政法,这她知道,但他从来不让人到家里来谈此类公事。

她用毛巾擦着头发。头发已剪得很短,但很整齐,好像天生就只有那么长。套上短裤衫,她推开门。姐夫从沙发上站起来。

"小妹回来啦?"

笑容倒还是那么迷人,不知为什么看起来有点勉强。她走到姐夫跟前,伸出双臂。姐夫小小地让了一下。她只是拍了拍他的胳臂,心里有点发笑。

她问:"姐姐呢?扬扬呢?怎么就清场了?"

"他们上街买菜去了,招待你。"

嗬,我迟回来一个月,没挨骂,反有犒劳。她高兴地说:"检讨打了几遍腹稿,也不必做了,对吗?"

凉水使她浑身酥麻,放松。她说:"那我就先睡一会儿。"她不管姐夫怎么打量她,只管往里屋走。这三室一厅的房子,原有她一小间。

"我的床呢?"她很惊奇,"拆啦?不想让我——"

"没事没事,"姐夫说,"你先睡你姐姐的床。"

她转过头,斜眼瞅着姐夫。出什么事了?她这才想起进大院后一直哄哄闹闹的,太怪。

"你坐下,"姐夫拍拍长沙发上的草垫,"你先坐下。"

"是这样的,"姐夫像在谈正经公事,她犹犹疑疑地把腿蜷上沙发,听着,"是这样的,一个月前那场暴雨洪灾。"

"有这事?"她说。姐夫看看她,站了起来,踱两步,搓一搓手。

"是这样的,"他向来说话干脆爽利,不用这种过渡句,"有一辆长途汽车,在酿谷地区,被暴发的山洪冲进谷底。酿溪暴涨,全车人都淹死了——大部分人死在车里,有些人大约从车窗爬出,也淹死了,冲到下游。至今尸体是否全数找到,很难说准。"

"好可怕!"她说,"还不如近日大旱,中暑死,尸首再干瘪,也点得清,报告也容易打。"

姐夫打断她:"不是玩笑事!这在本地区是从未有过的大事故。西涪站赵站长撤职查办,至今未能结案开审。"

天要下雨,他有什么办法?

"车站秩序极乱,车定位四十六,严重超载,至今说不出卖了多少票上了多少人。"

"我看他早就可以下台,"小文说,"那个破站。"

姐夫顿了一下,俯下身来,看着她的脸。

"赵站长说看见你上了车。"

"我?"一脸惊奇,眉头结得像问号。

"他亲自把你放在队前,你找他的。秩序太乱,上车没排成队。但是他说他看见你从窗口爬进车,才放了心。"

小文咯咯笑起来:"不料心放错了。他大概以为把我送上死路,肯定到你这里流泪求饶。这个笨蛋站长!"

"你在这辆车上!"

"不在。我没上得了车,一气之下回学校了。然后?"她一口气自问自答说下去,不让姐夫插问,"去旅游了。上哪儿?丝绸之路,到了敦煌!淹死?笑话。水金贵着呐!真对不起,没能写信,玩昏了——不知道这里出事。"

她也站了起来,手弯下顺着大腿撸了两下。短衣,紧身,遮不住一身熠亮的健康,晒掉了三层皮。她的皮肤光润得几乎泛出一种暗绿色。

"跟谁去的?"姐夫脸上又有了笑容,但更勉强了,"哪来的钱?"

她举起双臂,打了一个长长的呵欠,连忙用手掩住大嘴。

"好吧你已是——"姐夫半句打住,"你自己会负责的。"

"至少我不是鬼魂。"她有点惭愧地说。揉了揉眼,睡意使她几乎流下眼泪。赵站长至少可以少判一年吧。车站太乱反救了我一命,怎么谢谢他呢?

"不过，"她突然悟过来，"你可以去告诉门外等着的人了。"

三

姐姐眼睛跟随着她，看她在房间里转悠着理这理那。姐姐说："小妹，你长大了。"

她笑着站起身，不由自主地挺了挺胸。都二十了，还会长？但她的确感到四肢里有一股生生勃勃的激素在流动，推摩着她的血肉。

"高了，壮实了。"姐姐啪的一声关掉电视，一把拉过她，"这一年你变得太多，你是谈上恋爱了？"

她光咯咯地笑。

"扬扬说，院里的男孩都说他的阿姨漂亮。我一听还觉得奇怪，现在看看真如此。"

"哪来的小流氓！"她又笑，她知道自己像颗熟苹果那样艳艳地有光有气。

"可不，连嘴好像也宽了些。或许是洋时髦，索菲娅式。"

"大嘴大嘴，还被笑话得少吗？"小文又笑起来。她感到这一笑嘴变得像某人，心一紧。

姐姐忽然把脸放下来："爹妈死得早，我是你半个妈，你可不能瞒我。"语气满是威吓。

姐姐在地委机关工作十多年,先团委后工会,专琢磨思想工作的艺术,谈心的技巧之类。

"你有过什么了?"

"你是说我有了性经验吧!"小文直通通地说,脸也不红一红。这个妹妹变得太多。

"我早就有过了。不是今年夏天的事——还不是这一年的事。"她朝姐姐做个鬼脸。

姐姐脸色都变了:"什么大学!什么校风!"

看到他站在队伍中间朝她挥手。小文想起这是个高年级男生,见过,不认识。那男生骨骼粗大,很高,笑起来嘴一直咧到耳朵。粗脖子,汗背心短裤外,肌肉像健身房广告。怪相。

没来得及回礼:她排在队伍最前,赵站长拍了拍检票员的肩膀——一个留小胡子的小个子。他们在互相让烟,最后互换一支,互相点火。这时后面有人叫起来:"怎么插队!我们一大早来等了三个小时!"小胡子回过头嚷:"少废话,她来得比你们都早!"赵站长赶快溜了。她站在那里,展览似的,在一片对骂中缩作一团。

那天她一到车站就看出阵势不对。电视说下一天起有连续多日暴雨,看来在省城打工的农民都抓今天班车回乡。

站在队末怕连车都上不了。想来想去，只好去找赵站长。怕是多卖了十多张票。

就这么对付社会现实。她垂头丧气地想。不占后门便宜，又不甘心吃后门亏，我只是个平均数上的庸人。

车开进站了。小胡子吆喝排好队，但他刚拉开栅栏，呼地一下后面的人就跳上椅子从他头上冲出，人流马上就堵死了车门，人们大呼大叫地拽行李。她被猛撞了一下，贴在车边火烫的铁皮上，才没被人踩倒。

她骂都骂不出来，这局面还是她带的头。她站着，看呆了。

有人拍拍她肩膀，是那个男生。

"上不去吧！"他笑笑说，满不在乎，也不着急。他看看黑沉沉地压下来的天空："今天非走不可，暴雨撑不了多久。"他背着一个土布扎的包，农村青年。

车窗全关着，怕人爬车。男生拉着她走到车背面，猛一跳，四肢就贴到车壁上。腾出手来一拨弄，车窗就打开了。一收身，就连人带包进了车，然后笑嘻嘻的脸伸出窗。

她看傻了。迟迟疑疑把包交进去，双手递给他，笨拙地往上爬。有人已发现这里开了窗，狂呼着冲过来，有个小青年攀住了窗框，把她猛挤到一边。那男生没有放开小文的手，只用手肘在那人手上快速地磕了一下，那人哇的一声大叫，掉了下去。

他探出身来,抓住了小文的胳肢窝,小文还不明白是怎么回事,就被他抱进了车。

"你坐好,看住包。"他说。然后就走去把车窗一个个打开。这时小文发现裙子被窗钩撕开了缝,大腿也挂了一条红痕。人群在欢呼,车站管理在怒骂,往车里爬的人把车晃得像摇篮。不一会儿,车挤满了,连过道都站满了人。司机不愿开车,一甩门向站方抗议去了。

小文还在研究怎么躲过裙子这洋相,那男生终于坐定在她身边。"我是三年级,动物专业,咱们见过,对吗?"

"今天真靠了你。"她期期艾艾地说。

"你本来是第一位嘛,我是加塞。"他乐呵呵地说。她一下子觉得这男生挺坏:会刺人疮疤,还会讨便宜乘危抱一下,还应当对裙子负责。她不由得夹紧腿,把破缝夹在腿间。

四

回家之后的几天,她渴得难受。白开水都有怪味,加了金银花茶还是难闻。她常拧开水龙头把头冲个淋漓,然后翻过脸喝个痛快。扬扬叫起来:"不卫生。"她抬起满是水的脸,水从颈子上淋下,短衫立即贴上她的胸部。扬扬突然脸红了。

她转过身回屋里去。衣服太难受，穿衣服太难受。她剥去衣服，湿淋淋的乳房猛跳到衣服之外。

小文从来不愿在镜子里看自己的身体，没有一点女人样子，乳房干瘪，骨盆突出，大腿瘦削，对人对己她都遮个严实。不过上帝给一个女人头脑，就不会再给性感，公平，这是她的自我安慰。

但是考进那么个学校，而且读生物——第十二志愿第三项，她写了垫底根本没当真。去年夏天的高考差点落榜给她的打击太大。还不准不去，否则罚停考两年。她一下子蔫了。

这第一年她读得心灰意懒。同学不是乱嚷嚷谈生意经，周末打扮起来去"社会实践"，就是偷学跳舞裁时装。洋的土的，都俗不可耐，也都得其所哉。她夹在中间，求校医开安眠药。

星期天情愿睡懒觉。她知道自己是个输不起的失败者，不合时宜。

她想，现在我怎么又会发困？她知道那是因为空气太干燥。她打一盆水到房间，拉上窗帘，然后脱掉衣服，浑身打上水，就趴在席子上湿淋淋地睡着了。

那天汽车好不容易开了。越过平原，远远地看见前面的群峰，上面乌云在屯聚。

"我家就住在这山里,"那男生打破了尴尬的沉默,"少数民族——腊纳族,听说过吗?"

她抬起头。这个男生挺知礼,不追问她的名字来历,也不看她,只看着远山。

"腊纳族应当说是阿努拉族的一个分支,阿努拉族现存有九个分支。A—N—U—R—A。"他拼读出来,笑了,很高兴似的,"这一带的山谷里散居着腊纳和腊尼德两个支族。"

汽车在细雨蒙蒙中进了山,一波又一波的云雾掠过车窗,司机不知为什么乱骂脏话,顺着弯道来回猛打方向盘。

"噢,我从来不知道这个地区有少数民族聚居。"

"你可以来看看嘛。不过别做观光客,我们不喜欢。我算是全村保送上大学的,我们族需要动物学专家。"

有九个支族的阿努拉。腊纳支族,腊尼德支族。小文觉得自己从来没像今天这样无知,她在心里嘀咕这几个怪名称,突然想起她半心半意在学的动物分类学那穷无尽的拉丁学名:脊椎动物亚门,两栖纲。那一类,那几个亚类。

她觉得自己受了愚弄。这个动物学高年级生在欺她功课学得不地道。她还没决定应当反唇相讥还是正色指责,就被突如其来的雷声打断。暴雨忽然像机枪一样打在窗上,全车厢都惊叫起来。从车窗已看不到外面情况,偶尔雨缝中露出一块块山石。汽车痛苦地吼叫着,似乎直接开进了水里,满天满地全是水声。

"山上开田太多,植被太少,存不住水,非涝即旱。"那男生皱着眉说,"人类——这些人很急功好利,真要在宇宙中再添一颗死星才罢休。"

"我同意。"她说,她觉得这男生很有头脑,条理清晰,"你应当跟我姐夫——"

车猛地往左一扭,站着的人压倒坐着的人,行李砸下,一片惊叫,然后又往右一扭,突然刹住,轮胎叽叽直叫,车里乱成一团。

那男生站起来,在小文头上把车窗放下,雨猛扑进来,但他们俩都看见汽车上半身已开出路面,车身挂在路牙上,后轮疯狂地打水,而从山上冲下公路的洪流卷着大量泥沙碎石,正在把汽车继续往下推,整个公路都淹没了。

"没事,"他拍拍吓得愣住了的小文,"下面是个缓坡,滑下去也没关系。"

说着,汽车真的从路边倾斜下去,顺着水流缓缓下滑。司机急得乱扳方向盘。坡上的矮树丛挡不住车越滑越快。车里人互相碰撞,行李沉沉地砸在人们头上,大部分人除了哭喊不知做什么才好。

小文吓得紧紧抓住那男生,头缩在他胸口。那男生一边用只手护着她的头,一边说:"这地方我熟悉,没陡崖,别怕。"

车轰的一声撞到谷底,卡在两块大石头中间动弹不得,只有狂泻的洪水冲得车身一摇一晃。四周山上的水全汇向这谷底,变成一条宽二十多米的湍急洪流,水面还在迅速上升,已经淹到轮子以上。

周围一片闹声,听不见司机在喊叫什么。车门已拦不住水猛灌进来。男生站起来,把两个包扎在背上,对小文说:"咱们走吧,水马上会升起来,我救不了这一车人。"

小文像被催眠了似的跟着他站起来。在大雨和怒吼的山洪中,她听不见自己说了什么话。男生跳出车窗,然后把小文抱出来。司机在他们后面大叫:"山洪太急,不能出去!"但是他们已经跳到水里,水淹没到大腿根,但来势非常猛,俩人马上就被冲倒在水中。

车上人一片惊喊,看着他们俩被洪流裹着,马上就消失了。

五

扬扬奔回家取东西,姐姐问上哪儿。扬扬说:"放心,到游泳池玩玩水。"

小文在房间里听到"水"字,立即跳起来,奔出来说要一起去。

扬扬犹疑地停在门口:"你太笨,一直学不会,去年教你我可教够了。"

"我只在浅水里泡泡。"小文说。

扬扬和一帮男孩已经蹦进水里。他抬起头,看见小文穿着游泳衣,大步从池边上走过,他惊奇地发现小文朝深水那头走。搞错了!他刚要喊起来,只看见小文几大步跨到池边,双腿一弹,在空中猛然翻过身,斜斜地插进水里。

这些男孩都哗一声欢呼起来,打起唿哨。扬扬惊奇地爬上池边,他们谁都没见过这样漂亮的跳水姿势。

小文往深水潜了一回。她的皮肤全部舒张开来,每个毛孔都在狠命呼吸。蹲在水底,举手猛一蹬腿,连手臂带大半个身子蹿出水面,她看见池边站着一群人在瞧她,扬扬在叫她。

她双腿一弹,臂一划,两下就到了池边。有个男人在池边坐下来,其他男孩也学他样,挂下一排腿,就这个男人的两条长满毛。小文觉得男人毛多挺恶心。

"听说你今年在省集训队。"那男人俯下身说。

小文不明白怎么回事。扬扬背后的男孩在朝她眨眼做手势,她也就抹抹脸上的水,算是点头。

"唉,想当年——"那男人往下伸过手来,挺哲理地说,"运动员嘛,就那么几年。我现在是地区少年队教练。我刚才看了,你的蛙泳绝对盖了,比蝶泳都快。我还从来没见过哪个人蛙泳像你这样弹腿。"

裸谷　091

当然，小文想，没有人能用这方式。但她只是伸出手说教练先生你好。她一手攀住池缘，一纵身，就坐到了池边。男孩们面面相觑，看傻了。

"表演一个高台，怎么样？"教练说。

"你先跳给我看看，让我学学。"

"哪里，谈得上吗。我先献个丑，当年要不是那个——"他打住话头，吹哨子叫深水区的人让开，关照手下的男孩们照看着，然后他从短裤袋里摸出钥匙，打开跳台楼梯的门，往上爬。扬扬跟在小文后面，抓抓她的手，轻轻说："阿姨，灭了他！"

教练跳了一个左旋三百六十度，稳稳地落入水中，男孩们都鼓掌。

她从来没有上过跳台，站到高处，看到下面的人都仰头向她望着，她觉得头晕。但她看到那一大片绿汪汪的水，突然觉得又回到了山谷的急流中，从瀑布上往下飞跃的情景，还有那溅入时抓心的快感。

运动的欢乐，在空中随意调整姿势的惊险。自从那事以后，她获得了只要能想象就能做出动作的自信——她知道她的肌腱收缩力和爆发速度，她的平衡机制，已经不是人类所能企及。于是，她顺跳板做了个侧手翻，再翻半个已经到了跳板顶端，无法收腿了，就双臂一俯撑，跳板柔柔地弯下去，弹起来，把她抛得高高的，在空中翻了三个回旋，抱腿后突然全身肌肉绷直,像箭一样射进水里。宏大的音乐在她心中升起。

六

半醒中,她模模糊糊觉得姐夫坐在她床前。她是倒伏着睡的,双腿蜷起,双手压在两胸侧。她连忙翻过身,把被单提到胸前。

她说:"姐夫,让我穿衣服。"

姐夫咽喉动了一下:"好的。"他背过身去。小文急忙套上衣衫。

姐夫背朝着她说:"你怎么睡觉不穿衣服了?姿势那么怪。"

她从床上坐起来,姐夫已转过身:"你变了好多。"

"恐怕是变了许多,"小文说,"第一次离家这么长时间,总得变。"

"不对吧,"姐夫说,"我六月份到省城看你,你还在抱怨想离开这学校,不愿学生物,又不想下海,无所适从,心灰意懒。你记得?"

"现在也是。你看我一本教科书也没带回来。"

姐夫坐到小文床边上。"不过现在你整个神态好像变了,走路都像在跳舞。你自己可能不觉得,我看得清。而且——"他顿了一下,"你不再理我。"

"没有吧,"小文嗫嚅说,"搞政治也挺不简单的,我很敬佩的。"

"你以前对我不是这样的。"姐夫挪近,摸她的手臂,"你不喜欢我了。"

小文没有动,她让姐夫的手摸上她的身体,她觉得不应该粗暴对待她曾痴恋过的男人,隐隐感到一星点背叛的惭愧。她曾一封接一封地写信哀求姐夫到省城去看她,说只有他一个人可谈心里话。姐夫这一年到省城去了六次,开会,办交涉,申请开发区……每次他们一起躲出去一整天。这次她故意放假后拖了两天才回,就是想让自己镇定一下,在姐姐面前神态自如一些,不料就撞上事。

看到她表情木然,一点反应也没有,姐夫说声对不起,把手收了回去:"这一个月你一直跟别的男人,对吗?"

她说:"是的。"

"不能告诉我他是怎样一个人吗?"姐夫站起来,拉开窗帘,还把房门拉开一点,"我至少还是你的姐夫,只希望你一切平安,现在坏人太多。"

"我告诉你他是谁,你也不会相信。"小文说。姐夫毕竟还是个很有自制力的男人,对此她很感动。

"实话告诉你,他跟这个世界没有关系,跟所有这一切升官、发财、成功、失败、利害、名声,都没有关系——甚至跟婚姻，跟占有异性，都没关系。"

"噢，"姐夫说，他点起一支烟坐下——他早就不吸烟了，"艺术家？如此超凡脱俗！"看来嫉妒在咬啮他的心。小文走到姐夫背后，双手搭在他肩上。

"不，不是。自命不凡的诗人艺术家我们学校多的是，高调，名利心重。你放心，我没有爱上任何人。"她俯在他耳边说。

姐夫转过身来："我就担心这个，你学会玩弄——"

小文把手放在他嘴上不让他说下去。"任何人，"她严肃地说，"我向书记严肃地起誓，我没爱上也没玩弄任何人，人类的任何一员。"

当他们终于从水里钻出来时，她惊奇地发现他们正从深草密树中跳跃着走近一个村子，这急流边的村子前正在进行一种奇异的狂欢节。倾盆大雨之中，他们在击鼓，在舞，全裸的身体涂着亮绿的油彩，上面有深浅不一的条纹。跳得好高，在空中打上几个旋，落到地上溅起一大片水花。

"正赶上，太妙了，"那男生说，"我们去参加。"

她看看两人身上，可能在激流中冲下来时，衣裙早就被冲掉了。在这样的大雨中间，也没法穿任何衣服。他们俩跃进舞圈，也在水潭中跃起，落下，她也学着在空中打旋。开始时她跌跌撞撞，常要他抱住接住才不至于滑倒，后来也就越来越顺，沿着鼓点的节奏回旋。

终于，当她跳得透不过气来时，她发现自己在他的怀抱里。他们的身体滑溜溜地触碰着，而鼓声，是的，鼓声来自他的嗓子，那男生用嗓子打鼓。

"这是腊纳族特有的情歌，"他在她耳边说，"你不感到激动吗？你不愿意吗？"

周围鼓点般的声音充满了诱惑，她兴奋的心一片片化解开，在雨水的洗抚中，在皮肤丝绸般柔美的接触中。于是，她点点头，而他的手臂从背后抱住了她。再也挡不住的颤抖，同时抓住两个身体。

这时，动物学教科书已离她很远很远。

七

她很早就起来，收拾东西。姐夫和姐姐起得更早，他们每天在公园打太极拳。回来时，正看到小文往一个壶里灌水。

她说："我想回学校去。"

"离开学还有两个星期。"姐姐竖起眉毛。

"太热……受不了游泳池漂白粉味儿……"她嘟嘟哝哝地说。

姐姐和姐夫互相看看。姐夫说："你自己当心吧。下学期要多少钱？你稍等，让我到银行去取。"

她脸红了："还没到下学期，我还不知道。"

"这么糊涂！"姐姐生气了，"我们答应把你培养到大学毕业，我们说话算数。"

姐夫止住她："去了就来信，别叫我们再担惊受怕。钱弄清就告诉我们，寄给你。"

心里还是很羞愧的，小文说："我指的是此刻不要钱。真的。"

沿着盘山公路汽车绕着弯儿，发动机喘得很响，两边山上的树叶有点发黄，某些地方树丛干得见了硬土。她走到司机座后，问司机能不能在前面那个弯把她放下。

"不靠站不准上下人，"司机头也不回，板着脸说，"人家会说我开后门。"

"那个路弯下有个山谷，"小文耐心地说，"一个月前你的一个同事在那里牺牲了，对吗？"

司机从后视镜里望望她："吃咱们这碗饭！他那天就不愿开！调度室真不把人命当一回事。"

"我的一个朋友也在那车里，"她说，"我想去看看那地方，纪念纪念。"司机点了点头。

车转过山坳停了下来。那里的公路刚修补好，弯道上的白桩重新漆过。司机指着一个斜坡说："你上下当心些。

你怎么回去？别太晚。司机不敢在这里停车，怕鬼。"

她下了车。车开远了，转到对面的山坡上，正在她视线上方。她挥了挥手，然后，等汽车消失在山后，她走出公路，沿着山坡往下。出事汽车擦出的痕迹还看得见，树丛被压倒，正好成了她下坡的路。好远，她就看见坡底有辆汽车搁在巨石之间。走近后，她看到车已盖满锈斑，玻璃全碎了，驾驶室门悬在那儿，锈住了。车厢里什么都没有，现场已收拾干净，只有座位的垫子破破烂烂，有股难闻的霉味。

而谷底一点水，一点湿痕都没有。这条溪完全干涸了，这整个地区水全部流亡了。

她顺着谷底往下，从一块石头跃到另一块石头上，水壶和包袱提在手中，另一只手还得掠起两岸凶险地撑出来的树枝。曾经汹涌而下的大股水流没留下任何痕迹，这个曾经青葱的山谷已被旱魃剥光了绿衣。

她往谷下已经走得很远，非常远，早已看不见废车，看不见公路，几个弯转过，已经看不见来路的山头。太阳光还是刻毒地挥扫着谷底。她想，往下，再往下，总会有某个潮湿的草丛，藏着一点儿绿水。

俄狄浦斯在深圳

他平生第一次向下俯视。这顶楼可鸟瞰大半个城市。他的身体像这城市一样沿中轴向两边展开，往烟尘漠漠的地平线扩散，消失在蒙蒙灰色之中。他刚经过的巨大车站，像个火柴匣踩扁在脚下，无数蚂蚁在四周爬动，无目标，无意义，无谓扭动着的蚂蚁群。他感到头晕。他面临的玻璃墙消失了，脚下的红地毯也在消失。而他自己升了起来，悬在整个城市上空，一个人悬在空中。

父亲一直没请他南下。七八年来父亲自己难得回家，回家又成日应酬。父子俩几乎没有机会谈这事，不能说父亲不让他来深圳。父亲与家里的联系，主要通过公司驻当地的代理，老往家里送家具电器什么的。而最近两年，只是寄钱来，连信都几乎没有了。地方上的人，看到他们母子俩，却依然是那种羡慕带嫉恨的眼光，老太婆们则起劲到他们陈设华丽的家串门，摸这摸那，叹这叹那，最后总是俯在母亲耳朵边叽叽咕咕地说个半天。看到他进屋来，就立即停止说话。母亲看着他放下提包，眼睛跟随着他的每一个动作，灰暗的瞳仁中充满了悲伤。

他在本地中学教学，教古文。父亲说，连累你了，让你读本地师专。他自己并没有觉得太难受，他没有离开母亲远走高飞的愿望。父亲算是有历史问题的人，屡次查清又屡次查不清，三十年中不断在定案翻案。他考大学时正是又一次查不清的时候。父亲那时在扫厕所，穿着一件打满补丁的烂衣服，腰里扎一根绳子，一身尿臊。父亲说，也好，看你也做不了别的事，焉二八叽的，当个三家村学究算了。这话使他很不高兴——就这么大大咧咧把他打发了，而且正是当父亲应当对此负责的时候。父亲关上门，直起身子活动一下筋骨——父亲高大魁梧，而他瘦弱如母亲——就坐下来写他的翻案申诉。他的申诉总是写得很动人。

他对自己说，这才是不朽——这些精巧的文字，这些细腻的品赏，这些沉静的灵性。线装纸页轻巧的翻动，给他一种舒适的醉意。他感到生命的完全，如果燃上一支香，如果身旁走来一个穿红裙的佳人……

如果有方法可以闭塞耳中的听觉，我一定把这可怜的身体封起来……当心神不为忧愁所扰乱时是多么舒畅啊！

火车徐徐驶进月台时,他看到站台上有个女人,一只手举着一块牌子。她穿着淡红色的连衣裙,嘴唇艳红,身材修长。她引人注目到叫他不敢注目的程度。他觉得整列火车上的人眼睛都盯在这个女人的细腰和举起的裸臂上。他感到害臊,为自己也在看这个女人而害臊。他眼睛避开,这才看到女人举着的牌子上赫然写着他的名字。这一刹那他感到从未体验过的羞辱,当众的羞辱,父亲当年挂牌游斗,或许是这个滋味。

不可叫人听见,不可叫人看见。

父亲似乎身上永远有股粪臭。父亲的发迹,在他的记忆中却很淡漠。父亲算是整个地区财政局中唯一在证券交易所做过事的人,吃过洋人饭的人,后来又发现是整个省唯一的证券人才。这个省到深圳、香港开公司,父亲被选去做职员,大破格的特例。公司亏一次,父亲就升一级,公司几乎垮台时,父亲做了老板。自从做了老板,他就没再回过北方尘土蒙蒙的路上那个家。母亲很少提父亲,好像他们的生活中本来就没有这么个人。这小城市很多人不叫他们名字,他们叫母亲"财婆"。母亲提着篮子,到市集上挑半天买回半斤豆角。而他每天晚上翻开他的书,从上一天中断的地方读下去。地方上的人叫他"财子"。

擎牌子的女人说总经理在香港，晚上过来，委托她来接。她说叫她"秀"就行了，说着掩着嘴笑起来，他不清楚为什么这是个笑话，也只好跟着笑笑。他坐在她身边，全身不自在，手不知往哪儿搁，汽车的冷气使他打了个寒噤。秀说你父亲常说起你，说你书读得很多。秀说的是广东官话，软绵绵的，很好听。秀说你父亲是个天才——你肯定也是天才——你父亲有掌全局的气魄，你父亲是中国第一男子汉，你父亲比年轻人还精力充沛，根本不像快六十的人。秀见他没有说话，好像累了，也就没再说下去，只有汽车引擎轻微的颤动声滑过他的耳膜。

他觉得母亲又坐在他身边，眼光忧伤地注视着他。母亲不知是为自己忧伤，还是为她唯一的孩子忧伤。他说母亲你让我睡，我累了想睡，你这么看我睡不着。母亲还是不作声，只是把身子越俯越低，好像要亲吻他。他从来没和任何人有这样亲昵的接触，他惊叫起来，伸出手推开母亲，但怎么推都推不动，母亲的脸越俯越低。

他惊得一身汗醒过来，感到有人在黑暗中注视着他。他看到父亲坐在床沿，而门口站着一个女人。房间是暖的，走廊里灯亮着，衬出那女人的身形。父亲摸摸他的头，他说爸你回来啦，眼睛却看着那灯光剪出的人形，那黑影没有动，只是用秀的口音说：他累了。他想挣扎起来。父亲说你躺着吧，你身体还那么亏。他感到浑身一哆嗦。我不亏，他想说。他坐起来，但想到秀在场，又把毛巾毯拉到胸口。父亲说让秀明天带你买几件衣服吧。

秀问喜欢吗，这地方？他想说不喜欢，秀期盼的眼睛盯着他，他把不字吞了下去。他们坐在咖啡厅里，面对面，他强迫自己面对秀描黑的眼圈和艳红的嘴唇。他告诉自己不要怯场。秀笑吟吟地举起杯子，装作向他祝酒似的。他看见秀举起的手臂之下淡色的腋毛，心怦然猛跳起来。秀说你怎么啦你怎么啦。他说没什么没什么。秀从对面走过来，把手放在他额上。他不敢抬头，他想推开秀，站起来走开。他手碰到秀的腰肢时，那柔软，触电似的疼痛。秀说，你不是二十五岁了吗？

他很少看见父亲，哪怕父亲在深圳时。他的套间在宾馆顶楼，父亲的公司在下面二层。他去看了一下，人们忙碌地从一间屋子奔到另一间，没人搭理他。秀在打电话，朝他笑了笑，招手让他过去。他不想进去，但不进去显着是胆怯。他走进去，坐在秀旁边的空椅子上。秀一边听电话，一边按终端机的键盘，屏幕上的字虫子一样上下左右奔跑。他眼光转向窗外，对面楼房的全玻璃面，映出他们这栋楼的全玻璃面，里面又映出对面楼的全玻璃面，阳光扭歪的格子线条，像无数条皱纹布满一张脸。母亲说我不去了。他说他没说不叫你去。母亲说我跟他一辈子了，什么事需要明说？

他突然有杀人的冲动,他脸涨得通红,浑身哆嗦。母亲说你去别斗嘴,母亲甚至没问他是不是想去。母亲说你去对他好点,他是总经理,他是你父亲。母亲若无其事的态度使他的冲动显得可笑。他不知道他与母亲谁更可怜,母亲与父亲谁更可恨。

在平安的航行之后,你在家里驶进了险恶的港口——那时候,哪一个收容所没有你的哭声?喀泰戎山上哪一处没有你的回音?……反正世间再没有比你受苦的人了。

父亲在牛棚关了大半年,放回来后,有天夜里他听见父母在床上说话。他的床和父母的床那时只靠一个藤书架和一幅布帘隔开。母亲说弄痛我了,你怎么越倒运越来劲。父亲说男人就是得在倒运时来劲。他听到那边床上的声音,吓得紧紧闭上眼睛。母亲说你干吗老折腾呢?造反革命什么的,哪是你干的,尽挨整。父亲说我还刚开始呢,人总得干点事。他一阵哆嗦,吓得翻过身来朝着墙睡,有好一阵他几乎再听不到别的声音。最后他听到母亲说,轻点,儿子大了。母亲的话击中了他心里最柔软的地方,忽然间他全身松开来,像猛地绷断的橡皮圈。眼泪从脸颊滚到枕头上,顺着枕席往下流,而他的腿根也湿了。

一个诗歌爱好者集社打电话给他,说知道他研究明清诗话，想请他讲一下。他第一次接到这样的电话，有几天他关起门来翻阅带来的笔记。那天他戴个遮阳帽就去了。晚上他回到宾馆，父亲刚回来，叫他去吃夜宵，他垂头丧气。父亲问怎么啦。他说人家对诗话没什么兴趣，只对你有兴趣，尽瞎问我你是怎么赚钱的。父亲说王士禛祖传良田千亩，袁枚家有恒产，翁方纲世家大族，这也是诗话嘛。他脸一下子变了，他说我可没有吃现成，我教中学时你还在卖酱油。父亲哈哈大笑，说你做袁枚我脸上也有光。

父亲的确卖过酱油，他曾到一个副食品加工厂做工人，那是个酱坊，每天得翻掏酱缸。那一年父亲回家时，身上更臭，臭得更恶心。母亲总是嚷别进来，别进来，去洗洗。有一次母亲发现父亲裤腿上还爬着两条蛆，尖叫起来。但父亲却买了两本酱油酿造学之类的书，每天读到深夜，详做笔记。母亲说哪有劳改劳模？父亲说哪出戏都得唱热闹一些。他觉得特别丢脸，觉得父亲是有意一身脏臭在街上大摇大摆。父亲提出一个改进酿造工艺的方案，人家就叫他离开酱油作坊。母亲说明摆着人家不愿意用你，你瞎积极干吗？

母亲一手牵着他，一手提着菜篮。他已经高出母亲大半个头，却瘦得像一根火柴。母亲忧心忡忡地说，怎么给你加营养呢，你父亲只有二十块生活费。他那时头颈细，背有点驼，像只长得过快的小鸡。他们到城郊农民那里直接买菜，便宜一些。快回到家时，一辆卡车快速从他们身边开过,泥水溅得好远,在前面不远处吱呀一声刹住车,上面呼啦啦地跳下一大群人,头戴柳条盔,手里擎着角钢锯的长矛。母亲一把抱住他,身子像树叶一样簌簌发抖。他说别怕,不是来我们家。母亲镇定了一下说,我最见不得这种抓来杀去,你父亲真叫人累,他是个惹祸的人。说着,母亲流下了眼泪。他望着母亲凄苦的脸,对母亲说,有我呢,我会给你宁静。他第一次觉得自己是个男子汉。

凡人的子孙啊,我把你们的生命当作一场空!谁的幸福不是表面现象,一会儿就消灭了?不幸的俄狄浦斯,你的命运,你的命运警告我不要说凡人是幸福的……在他还没有跨过生命的界限,还没有得到痛苦的解脱之前。

满场的人在乱蹦跶,动作奇形怪状,音乐声响得几乎把他耳膜震破,忽明忽暗旋转的光斑扭歪每个人的脸。秀说让我来教你跳。他说我不会,他不愿说我不想。秀说别不好意思,跳舞挺发泄。你跟着我,秀说,一边把他拉到舞池边上。他想逃开,但他的脚跟她去了。你闭上眼就行了,秀说,跟着我摇晃,随你怎么晃。他顺从地闭上眼。你手放这儿。秀把他的手放在她的腰下面。秀的髋部随着音乐摆动起来,于是他也感到音乐的节奏,而且这节奏推着他的双腿。秀在他耳边说,你跳得很好嘛,你跟你父亲一样,节奏感觉好。秀把手臂搁到他肩上，手指在他颈后拢起来。秀说，别闭眼了，你跳得不比任何人差。他睁开眼，秀在他面前优雅地旋转着身子。秀齐肩旗袍裙的袖口开得很宽，露出乳房半侧圆球，一直露到下侧润滑的弧线。他搁在秀腰上的手指不由自主地揪紧。秀轻轻叫了一声，身体前倾过来。你和你爸一样，秀说，太急。

很晚时，秀说我得走了，你爸还找我有事。我知道是什么事，他恶狠狠地说，他就这事能干。秀说你怎么能这么说，他是你父亲。他说我就要说，我就是要说。秀说那好吧，我倒听听你能说出个什么来。他明白他想说好多好多事，他脑子中有好多好多想说的事，但都没法说，组不成句子，没法说成话语。秀摸摸他的脑袋。我看你还是别像你父亲那样好强，这世界上的事，马虎一点才是明白人。秀走了。他在黑暗中坐着，窗外的灯海一片混乱，却好像整齐有序地在行进，向着地平线那边深不可测的黑暗行进，没法阻挡，无可奈何。

从那时以后，我就再不因为神示而左顾右盼了。

他拿起电话，拨了父亲房间的分机号。电话筒在他手中，好像一件武器。他对着话筒说，父亲，我要和你郑重地谈一谈。现在。

晁盖之死

梁山好汉不死。

梁山军横行山东冲州撞府，战败却不止一次。梁山好汉经常身陷战阵，但是箭射刀砍丢不了性命。鲁智深被逮捕于华州，本已被刽子手绞杀；王英身陷凌州时，已被大斧劈开胸甲心；祝家庄前梁山军折军过半，黄信等七人几乎身首难全；连环甲马之战，林冲等十多头领被砍倒于战场；至于老是手提板斧两把赤膊上阵带头冲锋的李逵，乱喊乱杀目标太惹眼，虽有项充李衮蛮牌遮护，谁还记得他死了多少次？

梁山好汉是不死的。他们是真大丈夫，有始有终，生生相会，死死相随。

梁山军在高唐州大败，"折了一千余人，直退回五十里下寨"；在大名府全军遇伏，一千多人做了刀下之鬼；与汝宁州军之战，"杀死者不计其数"。梁山军还经常远征，南至江州，北至河北大名府。孤军远出，救助不及是常事。横亡恶死火烧水溺重疾缠身毒疮发作，靠玩刀弄枪打出江湖名声的人，哪样是免得了的？梁山好汉又不是个个颐养得元阳真气，劈开脑门也可逼成一个葫芦。说兵败时死的只是摇旗呐喊的喽啰，拍马上阵的头领却一个死不了，怎么说也是不通的事。

梁山好汉是不死的。梁山兄弟原是一会之人，他们不可能死。他们必须活着，完成命定的杀伐劫掠，给后世男子一点血性的刺激。

但凡有梁山头领遇祸，其他兄弟必以命相搏，全军冲锋，不惜一切代价抢个囫囵尸体。某些读来莫名其妙的战事，围城数旬，已落绝境还在苦战，其实目的不过是抢个全尸。哪怕身首异地，也得抢回拼作一处。

梁山好汉是不死的。每当有头领死难，梁山军立即收兵回寨。忠义堂中间爆燃一大铜炉香，周遭挂长幡四首，堂上扎缚三层高台，堂内铺设七宝三清，两班设二十八宿十二宫辰，设放醮器齐备。而砍得不成样子的尸身在缭绕香烟之中静置于高床，乌木雕画的床架与绣缎锦被，在油灯的淡光下静静逸出馨香。

这是第一要务。出征的头领们渡过水泊回到山寨，弟兄们身上还是血迹斑斑浑身汗臭污秽难闻，却没有人能休息也没有人敢去休息。留镇山寨的弟兄也赶快来会合，包括镇守寨口的兄弟也必须到齐。大军回寨的钟声镗镗,聒厅鼓猛摇,通臂猿侯健监造的飞龙飞虎飞麟飞豹旗,四斗五方旗,三才九曜旗,六十四卦旗,周天九宫八卦旗,一百二十四面镇天旗。煌煌旗阵之中,险道神郁保四在猎猎风中扛起杏黄大旗,一面大书"替天行道",另一面大书"忠义一心"。

浓云压得天空低垂,细密的波纹单调地摇着芦苇。全堂严静肃穆之中,誓共生死的弟兄们垂手恭立,围成一个巨大的圆圈,不按任何方式排列。此时必须暂时搁置座次——每次有人上山都得花好大力气谦让加说服一次又一次重排的座次。聚义的根本在于互忠互义的绝对力量。在生死的紧要关头,必须尽一切可能解脱等级返回平等:一个兄弟的死亡将意味着整个聚义的死亡。

仪式必由梁山军帐中的三个神秘人物开场。

神医安道全一步三恭走到死者前,高声颂道:"兄弟你先苦一遭,不是弟医术救你不得,下土众生孽气过重杀伐牵连。兄弟放心:魂兮归猗速去速来少磨少难,弟兄们在此立等不归不散。"说罢进致命丹一颗于死者嘴中,再拜而退。

入云龙公孙胜一步三恭走到死者前,高声颂道:"兄弟你先苦一遭,不是弟道术救你不得。下土众生孽气过重杀伐牵连。兄弟放心:魂兮归猗速去速来少磨少难,弟兄们在此立等不归不散。"说罢进割魂剑一柄于死者身边,再拜而退。

智多星吴用一步三恭走到死者前,高声颂道:"兄弟你先苦一遭，不是弟谋术救你不得。下土众生孽气过重杀伐牵连。兄弟放心：魂兮归猗速去速来少磨少难，弟兄们在此立等不归不散。"说罢进生死帐一页于死者手中，再拜而退。

于是，在众兄弟喃喃的告慰声中，死者身上血糊糊的伤口合上了缝，成一个全尸，堂堂皇皇作好了准备。

看到此情此境，环立的众兄弟抚掌大笑。说到时候了，又得来清理一份孽债。他们的笑声有点紧张，甚至勉强。他们必须强欢作乐：兄弟的死亡是悲哀的，从哪一种道理上来说都有泪如雨下的自发必然性。但这不是讲究人伦常情道理的时候，有更重要的事情着急等着他们去做。

本来一切兄弟情分义气，无论生死，都围绕着人情的清欠旋转。梁山好汉之间的债务清偿只是次序不同，效果目的却与常人没多少区别。死亡不是债务的取消，也不是悬搁，死亡是债务的汇总。甚至可以说死亡本身就是关系经久未能理顺的表征，只是借了敌人的刀催逼自家兄弟而已。

神算子蒋敬已经拿出了账本和算盘。他的账房里有好几个力气大的喽啰，扛来了秤杆衡锤。所有的银钱账目必得立即还清。

梁山大寨每日开宴，日常用途之类，一切免费供应，诸种开销，一律各取所需。本来应当没有银钱来往之需要，况且柴大官人、卢大员外、穆氏兄弟等先前的巨富之家，早就将一应金银财宝细软都带上山，"往梁山泊给散"，或贡献给了寨库。逼上梁山就应当是无贫无富，无产而无私。

但是入了梁山军之后，却要论功行赏，赏罚不明不成军队。梁山"大秤分金"。破一庄，"村坊洗荡了"，掳来"金银财赋犒赏三军众将"。破一城，"急传下号令去时，城中将及损伤一半"。众位首领的财富不久又是大有不同，功高自然有财。加上好汉们嗜赌如故，玩赌就不能不讲输赢，友情为重就过不了赌瘾。阮小二上山一样输得没个分文，时迁入了义照旧没有赌品，新富新贫们的债务总也未得理清。

此时，已死兄弟所欠，由寨库归还；欠已死兄弟，则付还寨库，分毫不能苟且一笔马虎不得，还得讲清来历。总有几个兄弟在皱眉苦脸地细想那日酒喝到几分，牌九什么阵势，有没有回去讨老娘头上钗子再赌。一切还公，一切公还，死者此时回到初上梁山时的无产者身份。

果不其然，死者的脸色开始回红，生命之液又开始穿过已经冰凉的心脏。

此事了毕，才能开宴席。不是一饱征战奔驰后辘辘轰响的饿腑，那还得稍等。山上本有牛羊无数，水泊则以鱼虾之富闻名，梁山好汉除了打打杀杀，只是"终日筵宴"。可是本来三教九流，各有所好，吃什么喝什么却为最大社会差别所在。不料梁山大堂三日一大宴，每日一小宴，山寨有笑面虎朱富负责酿造存储一切酒醋调味品，铁扇子宋清主持设宴。要不了多久，都把口里吃得淡出鸟来。穿的一律锦绸罗缎，也没了个人的风趣：史进、燕青、蔡庆等人刺得全身虎蟒花绣，刘唐、张横等人多年打熬的一身腱子肌肉，都不让脱出来炫耀一番。

此时开宴，却是祭典亡灵。虽然还是宋清、朱贵主持其事，酒食却必须按阵亡兄弟的口味做来，穿着必须按他投奔梁山前的服饰，连骂人也得用他的腔调儿。这些都不是说说那么容易：从均质回到异样的个别，但谁叫他们立了誓做兄弟来着？

李逵就多次苦了众兄弟。且不说得吃油腻的大荤大腥，而且"骨头都嚼吃了"，洋洋洒洒，必得"淋一桌子"。这还不算，穿的必是浑身臭的破衣烂衫，大家都伸手到脖子里捏虱子，说的还必须是沂水乡野脏话，"干你鸟事"，"你个贼道吃俺一斧"，一场筵席吃得大家直恶心。

令人高兴的是，他们眼看着中间躺着的阵亡者，死肉复生，面色鲜活，虽然还是无知无觉，却开始脸露笑容。

第三祭才是真难事。众兄弟都环坐端正后，军政司铁面孔目裴宣一把揽起衣服，舞着手臂研磨朱砂，他的活页大本在袖子扇起的风中飞扬。然后他走到死者跟前，高声祷祝："兄弟起来，奸不厮欺，俏不厮瞒，且起来听着。"他重复几遍，半炷香时间内，此人会直直挺挺地慢慢坐起，浑身湿透头发淋着水，刚出娘胎似的眨巴着眼睛。

此时他的思想是一片空白，不认江湖规矩，也不认至亲兄弟。或者说，跟哪个人都是等距。在场的每个好汉必须道出与死者生前的一切恩恩怨怨，一切必须是真话，哪怕是久藏在心的隐秘不快，早已忘却的过心之念，平时被共行仁义的锦被遮蔽，此时却必须全部说出来。的确，处处说真话不是文明人的习惯，不过结帮横行本也不是文明之道。裴宣点着名。点到的弟兄上前叉手唱喏，对着双眼眨巴的兄弟说出一串儿真心话。恐怕那位兄弟阵亡消息传来之后，大家都已经搜肠刮肚想过几遍了。

等到全部说完——有时要几天几夜，有时几炷香工夫，视人而定——死者的个别性才得到充分复原，在梁山兄弟这个匀质集合中，他的非协调品格才一一重新确立。要过的关口主要还不是裴宣在把：死者鬼门关上走一遭，已是尽脱俗念，心里最是清楚。每个人把真相一丝一毫不漏地说完后，死者迷迷糊糊的脸上会渐渐出现谅解的微笑。

这是对聚义精神的最大考验——既是号称忠诚信义一无差别，无问亲疏一样识性，那就只有同仇共爱，不允许有个人之间的嫌仇，不应当有常人那种说不明道不白的怨结。就算这不过是一种集团主义吧，梁山集团却必须是绝无仅有的无内斗集团，也就是说，必须是纯粹集团精神的体现。裴宣的笔常停在半空，就像弟兄们紧张得僵硬的脸色。例如矮脚虎王英陷于凌州军，抢回尸体时，全身血痂早已化为脓水。可是大家估摸不会有太长的折腾，至多是他的婆娘扈三娘，武艺容貌品性哪样都比他强了太多，只是为了聚义才受命结婚，怨恨必多。不料王英的大仇人却是——好吧，不说。梁山好汉有一条规矩：起死回生祭典上说的话决不外传。聚义之举是要写入历史的，不能尽落个鸡毛蒜皮，枉让后世好汉耻笑。

无怪乎《水浒传》的叙述者号称全知全能，也无由打听得。当然，也有可能他知道，却不能说出——他必须在精神上入梁山之伙，此书才写得出梁山精神，不然就没法被后世帮派袍哥当作聚义帐中秘本。无怪乎这本书里，好汉要得救，须万般危急，马上要被一刀斩首于法场，或一棒打杀在野林子里时。此种紧张场面重复太多，一般人当作是模仿说书人故弄玄虚，甚至作为《水浒传》原为说书记录本的证据。其实叙述者另有苦衷，只好弄些烟云模糊之法，看官细读一遍，就不会被他瞒过。

此时说者脸上一阵红一阵白，满堂好汉脸上一阵白一阵红，起死回生者却由迷迷糊糊的傻笑转为朗朗大笑——笑本是人性借以自明的大手笔。待到弟兄们一起哄堂大笑，与其说一切恩怨勾销，不如说知恩知怨人性就得以完成。裴宣朱笔一挥，忽地这位兄弟纵身跳下床，赤条条又来到世上，朝着直认怨嫌最多最深的人走去，相头相脚一番，然后扑倒翻身一个蔺拂——强人不说下拜，弄刀枪的人忌讳此音——对方也扑倒翻身一个蔺拂。此时全体好汉跪下，重做盟誓。

起死回生者朗声说："虽未同年同日生。"而大家齐颂："誓愿同年同日死。"

于是大家归去香汤沐浴，洗去血腥。忠义堂上重新设席，团圆大筵才正式开始。梁山好汉不死。梁山好汉战无不胜，攻无不克，不只是好汉们个个武艺高强，更是由于勇猛拼命不怕死，而根本原因却在于不会死。每次收军暂退，都是为了抢回尸体，及时回山寨进行这一套只有他们知道的起死回生仪式。

直到那一次。

直到攻打曾头市，山寨之主托塔天王晁盖亲自主帅，不料受法华寺和尚之骗，劫营中计，这在梁山打的败仗中不算大事，但是晁盖被史文恭一箭射中面孔。抢回营拔出箭来，林冲认出是药箭，看晁盖已是言语不得，急送回山寨已是饮食不进，浑身虚肿。宋江守在床前啼哭。当日夜至三更，晁盖身体沉重挣扎而亡。宋江见晁盖死去，"似丧考妣一般，哭得发昏"。吴用、公孙胜劝道："哥哥且省烦恼，生死人之分定，何故痛伤？且请理会大事。"宋江哭罢，便叫把尸体停在聚义厅上，众头领都来举哀行祭。这些事看官们都知道，不必细言。

此时众头领齐声说到时候了，一起抚掌大笑，他们的笑声有点紧张，倒不是因为晁盖是寨主，一个弟兄的死亡也就是每个人的死亡，死者是无尊卑之分的。只有几声雁鸣从水泊上空传来，应和着芦苇的细雨。谁也不去想这兆头是否主凶，就像晁盖出征前风吹折大旗，吴用说是主凶，晁盖照样发兵。凶吉对梁山好汉来说都是可以挽回的。

清点财货，容易。十万贯金珠宝贝生辰纲，黄泥冈作案的好汉八人平分。上山后，晁盖把毁家赴难带来的浮财全作了梁山的底金。他平生仗义疏财，用来结交天下好汉，这个账容易结。

晁天王对饮食口味不俗，却也无甚挑剔，接近梁山平均线。粗汉们稍自检束，玉食者略为将就，一贯如此，此日也无须特殊。晁盖的乡绅语言，不村不雅，小半文大半白，既是梁山也是《水浒传》主导语言类型，更是好办。

此时晁盖面上箭镞撕裂的大伤口渐渐愈合，面上已开始有血色。毕竟是山寨之主，起死回生也好办得多，大家都松了一口气。

第三祭，照说也不难：晁天王人物轩昂，不娶妻室，终日只是打熬筋骨。况且夺泊上山，为时最早，众好汉全靠晁天王接纳，难中才有了落脚处。所有的倾诉，全在意料之中：赤发鬼刘唐说那天在晁家庄被反绑吊起在梁上，晁盖早已明白此事，还是让他一直吊到天明，好生难受，怕老了会落个残疾；插翅虎雷横说旧日在郓城，晁盖只看得起朱仝，与他只是敷衍客套而已；石秀、杨雄则说刚上山晁盖就要斩他们，说他们让时迁偷鸡被捉，灭了豪杰光彩，没有一个头领上山像他们那么丢脸；白日鼠白胜说黄泥冈抢案后，他被抓去，吃打不过招出晁盖众人。其实梁山好汉在法堂受刑时，没有一个熬得过，不仅当堂从实招认，瞎编的也不在少数。不吃眼前亏本就是好汉本色，就他一个人差点被视为叛徒不得谅解。

做个领袖如许多年，管那么多人，就这么一点牢骚，也就很可以了。任哪个稍得管点儿事的，得到的怨言都会比他多。

此时晁盖已经全身湿淋淋地坐起，眼睛眨巴眨巴地望着全场。

难处不在无领袖之望的弟兄们。因此当裴宣举起恩怨本，走向那个紫棠脸皮矮个儿胖子，全堂静得能听见晁盖的心脏困难地跳动。

宋江起身，落落大方地向全场唱个喏。这个场合不允许说空话，句句必须落到实处。

宋江侃侃道来。他说江州法场遇救那次，他要求当夜跨江袭击无为军，抓陷害他的仇人黄文炳，晁盖却不同意，说偷营劫寨只能来一次，只推说以后再商量进兵，不愿冒险让他消一口无穷之气。谁人不知要取得梁山好汉资格，第一必须做的就是活割仇人，剖开胸膛取出心肝作醒酒汤？晁盖这是有意让他在江湖上丢脸。

宋江说完坐下，此时晁盖脸色不像听其他人自认那样脸色渐渐转红，反而变得惨白，眼珠停止转动，哀求似的盯住宋江。全场好汉哑口无言，如箭穿雁嘴，不知怎么办才好。

宋江思忖半晌，不得不又站起来。他说到了山上他才发现他这个第二把手实在是可有可无，还得处处谨慎不要犯了上下，实在是没有多大意思。他决定外出发展，力主打硬仗，三打祝家庄，阵前接纳好汉，才把实力扳了过来。而晁盖此时却认为他自己坐镇山寨，大权旁落，等于被架空，就莽然决定借盗马小事打曾头市。当然打祝家庄的借口也是鸡鸣狗盗，但战机不同。宋江不同意打曾头市，晁盖却语出伤人，说什么"不是我要夺你的功劳"。他苦劝不听，反遭晁盖"忿怒"。他至今认为曾头市之败，是战略路线错误。

说了这么一大番，宋江坐下。全场依然没有响动，只有晁盖坐在床上摇摇晃晃，嘴里咿咿呀呀，好像生就的低能白痴，颤颤巍巍好像又要倒下去。而裴宣开始全身发抖，朱墨乱溅。

又僵持了半晌，宋江窘得无处可避，百多好汉眼瞪瞪地看着，他才不得不站起来重新说下去。他说他一上山就发现了左边坐的是劫纲派山寨旧人，跟宋江从江州来的这一拨坐在右边，他认为这是晁盖意有所指的分派安排。当他把吴用拉过来以后，劫纲派实力大减。祝家庄之后，新派力量已占绝对优势。晁盖带去打曾头市的，却还是以初结义诸人为主,最后参加劫营之战的,是三阮、刘唐、杜迁、宋万,有意给私党立功机会。梁山军由晁盖主帅的唯一一次大战,竟然如此用将!他当时在山寨听说此事,觉得由他去,败了也好。

宋江说罢,颓然坐下,全场好汉依然哑口无声。裴宣不知怎么办才好,丢下笔乱转。李逵急得抓耳挠腮,被戴宗一拳按住腰眼,这两个是跟宋江最好的。回生祭典,必须完全由本人自认,旁人不得作任何暗示。

宋江虽然端坐不动,心里却着慌起来。明摆着在阎王殿前走的人,最明白底细,没法瞒得过去。这时候晁盖长大的身躯抖得不行,啪的一声,赤条条摔下床。全场失声惊叫,而晁盖像一条大白虫子,乱滚乱扭地朝宋江爬过来。

眼看那个曾经是晁盖的死者快要爬到他的面前,宋江满头大汗。他下了决心又站了起来,索性倒出一切。他说他已经认为不可能并存两个领袖,趁晁盖把党羽带下山之时,他作了最后决裂的准备。舆论上的功夫是炮制一个九天玄女故事,说自己是上界星宿下凡,授三卷天书,理当承天顺运;曾头市打得不顺,晁盖应当明白自己托胆称天王,于实不符,应当自动引罪辞职,最好自动离寨。在人员上,他也作了布置:引而不发,用逼宫策略,但作好火拼准备。而且决定最后紧要关头由李逵动手,李逵对他愚忠,事后会甘愿为此事承担责任,让他保持道德上完美的领袖品格。这次晁

晁盖之死

盖不出事，回寨也得面对最后的摊牌。

宋江刚说完，正在地上蠕蠕爬动的晁盖大喝一声，猛地跳起，一个大步抢到宋江面前，翻身便跪。宋江也颤颤巍巍跪下。此时全场好汉畅怀大笑，声震大殿。

裴宣把一件锦袍披到晁盖身上遮蔽。晁盖与宋江相对而跪，泪流满面，泣不成声。众好汉齐齐围了上来，里三层外三层，都哭得泪人儿似的。梁山聚义终于渡过了最严重的危机。好汉们信守忠义，真是古今天下第一帮。

到结束这场祭典的时候了。死里逃生的晁盖扬声颂道："虽未同年同日生。"而满堂轰然答道："誓愿同年同日死。"

但是与宋江面对面的晁盖，却听到宋江说的与众人不同。

宋江说的是："何必同年同日死。"

晁盖忽地站起来。宋江猛地捂住自己的嘴，被自己的话吓坏了。他刚要声辩这是个语误，没有任何用意，只是紧张时间太长，情绪大起大伏后心慌不慎。但晁盖伸出手，只说了两个字："罢！罢！"

锦袍从他身上掉下。他赤裸的身子浑身抖动，骨骼啪啪地响，好像在一根根折断。突然，他面上的创口迸裂，像箭刚拔出似的，血突地喷出，淋淋洒了一脸一身。

晁盖仰身翻倒在血泊中，像先前那样扭动起来，然后慢慢朝后爬去。全场好汉惊呆了。有的人站了起来，有的还跪着。

或许晁盖爬回床上，一切仪式还能从头来一遍。就是管着冥冥众生的上苍，也不能不让人说漏嘴吧！毕竟忠义二字，见行见心，不能到人心底后边去搜查。可能重做一遍，小心杜绝差错，还能挽回，谁知道？梁山以前没出过这样的事。

但是晁盖一路翻翻滚滚地爬到床边，已经是一个血淋淋的大虫子，看不出个人样儿。他没能爬上床就断了气，而且再也没有活过来。

晁盖是梁山好汉中第一个死者。七百年来多少饱读之士，没人问过为什么梁山好汉中第一个死者不是别人，而是难得上阵厮杀的山寨之主。

人们只知道从此梁山好汉死后再不复生。

易经与考夫曼先生

"原来考夫曼先生精研东方宗教。"李舆生高兴地说。他接过洒出一路淡香的茶杯，欠了欠身。正厅前墙的大玻璃，远远能望见巴塔哥尼亚的雪峰，在天尽头卷裹着白云，浩浩莽莽地行进。

这个叫考夫曼的人，伸出手来，拍拍李舆生的前肩。手背上散布着紫色的斑点，使他红白相渗的皮色更加透明，而他蓝褐色的瞳孔也几乎是透明的。

"我们西方人研究易经，当作数学，当作逻辑，愚蠢！愚蠢之极！"他的本地话口音很纯，音调只有当他自责愚蠢时，才听得出一点儿德语的高亢，"命运的奥秘只有东方人才能体悟。所以我对您，名满京城的李大师，同意远道来访，深为感激！"

李舆生点点头："冒昧了，很高兴有这机会。"

他们沿着走廊慢慢踱步。考夫曼一头纯银白的须发，无一丝杂色，就像窗外的草坪一样整洁得似乎有点过了分。他几乎比李舆生高半个头，身躯挺直，不像八十岁的老人。而这房子也太特别：前后都是大弧线，像个眼睛，前厅的正墙全是玻璃，正是注视的瞳仁。屋内没有富豪们喜欢的各种摆设，夸耀财富的名画，炫弄蛮勇的刀剑之类，仅有的陈设都是线条简明干涩。住在这里决不会很舒服。

而屋子面前，是平缓下降的山坡，渐渐进入长草拂动的浅谷，在对面又升成不高的山丘。近近远远的山间，有一些别墅式的房子，照例的红瓦白墙。除了细细的车道划过蜷曲的条纹，山色是纯然的荒野。李舆生可以想象，人们从老远瞥见这所孤悬的后现代式建筑时心中的惊奇。

他是昨天坐火车到达的，今天在城里租了辆汽车沿着山谷开来，那时红紫的阳光正在茶褐色的玻璃面上打出一连串的彩环。

"考夫曼先生既然懂易，就省了不少解释。"李舆生小心地斟酌词句，钱是付得不少，这反使他无心应酬，"先生究竟要我看什么？"

考夫曼微笑了，笑得几乎有点羞涩，皱纹在眼睛周围层层叠起，整个脸被细密的网罩了起来，只有那又光又高的鼻子挺立在岁月的等高线之上。

"中国人说，只要相信易，易就能帮助我，对吗？"

"当然，"李舆生说，"不过——"不过什么，他犹豫了。他想说易卦凭的是直觉，人谋过多，干扰天命，结果依旧，不如不算。但请他来不是讲这个的。他不知怎么说下去才好。花园之外，还有一大圈院子，实际上整个山坡是空的，仅半人高的石墙，看来是粗石垒成，沿坡起伏，只是个标记而已。只有正对房子前门的方向，在路笔直向坡下延伸的出口，围墙空出一截，算是院门吧。这房子几乎是完全无遮拦的，住在里面的必须是从不需要防备他人攻击的人。

"是这样，"考夫曼似乎明白李舆生的犹疑，"我想修改遗嘱，这幢别墅是我最心爱的产业，与其留给欧洲什么远亲，让他们马上转手出售，不如捐给地方教育局，让他们用作小学生文化馆。"

"这是功德，"李舆生说，"难为你这么好心。"

"我只想先看看这房子风水对孩童是否有利。我没有孩子，这房子也从没有住过孩子。"

"你想得很周到。"李舆生舒了一口气，事情看来比他料想的简单一些，"气场无非讲个协调，请让我实地勘察一下。"

他走回客厅，取他的手提皮箱，里面有卷尺、望远镜、分厘卡、地图等。他想了一下，只取了个罗盘，端在手里。

"这所房子我非常喜欢。"考夫曼说，他跟着李舆生，但礼貌地总与他保持两米远的距离，"你几乎能触摸到宇宙，在这里不妨把命交给天——当然这只是对我这样命硬的人来说。"

"不错,孩子们稚嫩,阅世太少,更要讲个趋避。"李舆生说。他已经一圈走过来,又回到正厅,走到了门外。已是初秋时分,山草颜色转深,纯然的黛绿,在山谷消失的地平线尽头,城市在西边的雾霭中似有若无地浮沉着。

考夫曼站在他的身边,两人同时从罗盘上抬起头,对视了一眼,然后避开,但两人头转向同一个方向。现在无法再视若不见:他们的目光同时看到对面一座略低一些的山脊上那个尖顶的方碑,隔着山谷,相当远,但在澄蓝的晴空映衬下,分外清晰。石碑的尖,正巧画在正厅与院门中轴线上。

他们都没有作声。似乎过了很长时间。

还是考夫曼先开的口:"不知正向大能场的自然流动有没有阻隔?"

"气场可以调整,"李舆生抬脚朝花园的一边走去,"例如,可以在院子进门处种一排树篱。"

"阻挡什么?"考夫曼问。

李舆生皱皱眉头。他明白他正落入一个预设的陷阱。他早应该避开,却被他的所谓敬业精神拖了下来。他骂自己太不善于机变。

"屏障有利无弊。"他尽可能轻描淡写地说。

考夫曼拦断他的去路："大师，长树要多年，木根不固，反被金克。不会有凶事？"

李舆生停住脚步，但他不愿看考夫曼。他像是作弊被当场抓住的小学生。花园小径上铺砌的小卵石，似乎纷乱任意，却有纹理。

他断然抬起头，面对考夫曼看来的真诚眼光。

"你是行家。"他说，一边转过身，走回正厅。他打开皮箱，把罗盘放了回去。考夫曼跟在后面，抱歉地讪笑着，但没有阻挡李舆生收拾工具。

"煞气才需要挡。有什么煞气会攻过来呢？"考夫曼紧追着问。

李舆生在合上箱子盖之前，从夹袋中抽出那张数字怪吓人的支票，放在桌上："这风水我看不了，赠金奉还，望另请高明。"

他把箱扣啪的一声按上，提着站了起来。但是考夫曼依然站在他的面前，手指对按成一个笼形，谦逊地提在胸前。他的衬衫上，黑领结打得一丝不苟。

"大师，天意无法强求，我只请教一个风水理论问题。"不等李舆生同意，他就接了下去，"我行火运，南方为吉。正北方向有异物不就正阻断我的气脉？"他用的词很文，看来他读的风水书籍，是个好译本。但他过于咬字眼，几乎像个老学究。

李舆生却觉得这个老人的卖弄实在是咄咄逼人,他有点恼怒了:"若是北半球以南为吉的运,到南半球就以北为吉。"

"那么对我这个北欧佬无碍的事,对赤道之南的儿童就将会大不利,对吗?"考夫曼把已经很高的身躯又挺了一挺,"新遗嘱已立,我不想改,也不能改。"他的德语腔又露了出来,他必已是咬牙切齿,虽然他脸上还是那么和蔼。

李舆生拒绝再接话头,只朝边上移了移,走出了玻璃大门。他生气,生自己的气。在这个南方国家,他的事业很成功,被崇信者视为半仙。但他心中总认为运卦占卜应如平常人,有童蒙之心。这个考夫曼知道得太多,又说得太多,再不走开真有伤身的可能。

他像逃跑似的开车走了。第二天大清晨他就起身打坐,想洗去前一天染上的焦虑和俗嚣。旅馆隔音不太好,隔壁朦朦胧胧传来收音机的新闻。他屏息凝神,意守自身,把一切阻隔在外。

该去火车站了。但就在结账的柜台上,赫然摊着地方报纸:本地犹太教社团在市郊的一个排犹屠杀纪念碑昨夜被炸毁,疑为右翼极端分子所为,警方正在调查云云。

他满腔愤怒,再次朝郊外的山谷开去。车子从山路转进矮墙间的大门,他猛刹住车,差点儿撞着了正站在院子中间的考夫曼先生。

他跳出车门,愤怒地高喊:"你,是你干的!你这个伪君子!你这个战犯!杀人凶手!纳粹!你这个种族主义疯子!"

考夫曼静静地看着他,须发的整洁一如往昔,衣衫熨得笔挺。但一夜之间,他明显老了许多,直挺的背脊现在疲倦地佝偻着。

他让李舆生喊了个够,没有一句自辩。然后,他平静地说:"我也知道我有种族偏见,为怕偏见引出判断错误,我特地请了个支那民族的风水师来,结果呢?"他笑了,笑容极端傲慢,"结果他也认为是避之则吉的煞气!谁的偏见呢?"

李舆生愤怒得几乎要扑上去,这个侮辱是他自找的:"你将上法庭受审!旧债新账一齐算!"

"当然当然,什么能躲过大师的眼睛?不过查了半个世纪也拿不出证据,法庭一直拒绝引渡。这次我倒想看看法庭能否拿你的巫术作证据。"考夫曼说着,声音突然很疲倦,似乎在谢绝与这世界的任何争吵,"这些犹太狗竟然正对着我的门树起那个伪证!"

李舆生一步跨到考夫曼面前,拦住他的去路,狠狠地说:"你把我拉进你的仇恨,为什么?"

"我想看看邪教与邪道能不能互相保护,你以为我真会相信那套迷信?中国宗教与犹太教一样,劣等民族的劣等上帝!"

"那么好吧,"李舆生一字一字地说,"我不妨告诉你,我昨天就看出你已是凶气贯顶,离死不远了!"

考夫曼嘴唇咧开,慢慢地化成一个真诚的笑容,他的皮色又开始变得透明。"你说对了,亲爱的大师。"他绕开李舆生,拖着脚步朝屋门走去,"我就等着看死神、法庭、犹太人,哪个先抓住我?"

当然,李舆生想,占卜测的是结果,你赌的是过程。你如果横下心来一意孤行,那么任何宗教任何哲学你都可以蔑视。这么一想,他也心平气和了。但就在这时,他看见将合上的门里,新添了一排浅绿色的树,一排盆栽树!原来如此,现在你挡什么气呢?

他坐到车里,望着倒映着山景的玻璃门发愣。或许他根本不应该到这个异国他乡来?这个老是潜藏在他心头的问题再次冒了出来。或许更不应该让祖先的智慧给异邦人用作互斗的权术?天不同,教也不同。在这凶气纠结的异乡,不讲仁义之心,易会变成无道之器。难道他,一个借此谋生的人,应对此负责?

他转过车头,沉思地开上山路。他看到对面山顶有几个人影围在只剩半截的碑石周围,祷告者是愤是悲伤?不,这事已经与他无干。他沿山路驶回去,决心把这整件事忘记干净。

绛衣人

揭榜当天，李生就雇船回家。再次落第，不再像第一次那样失魂落魄，不敢见人。但是他想立即找到答案，回答他心中的疑惑。

正巧有船启碇下航。撑出城区，秋景就一片寥阔地展开。顾宅正在城郊沿河的一个镇上，小半天即到。暮霭紫黄地垂落到江面上时，他已见到一片青瓦的民居，拥簇着沿山而筑的一所大院，叠裹于叶荫浓密里。他让书童先去投札报信，自己端整衣冠，安心定神，然后沿码头走上街市，走向街顶端的山脚。

顾夔先生是李家世交，李生这辈人均以号称之为宗周公。他来省城赴考时，就在顾家住了一夜。祖父有信带给宗周公，请他指拨照应。宗周公一代大儒，道德文章，天下敬仰。五年前以大学士辞官赋归，卜居此镇。传说他在朝廷卷入政争，得罪了一派，被诬为结交不轨之徒。现在他闭户读书，著文立说。

老远李生看见门人侍立于嵌着金钉的乌漆大门外，说宗周先生已在厅中等候。

李生刚要施礼说惭愧，宗周公已迎上来，抓住他的手说："文战胜败小事，勿置于心。"倒使李生不知说什么才好。宗周公高大轩昂，声如洪钟，飘飘长髯垂到胸前，没有一茎白丝，外貌就令后辈生畏。在厅上坐下，他问李生有什么打算，李生说回家闭门攻读，明年再战，宗周公大为夸奖，说李生年少而志不在小，前程远大。

"以老夫愚见，你文章火候已到，恐怕更应慎德养气。"

李生想起来祖父托带给宗周公信中的话，不禁脸上飞红。祖父说李生心气浮动，好作艳词，尚需前辈时加诫警。那天宗周公看了连连点头，说词作得好如柳永，必失龙头之望，文章正气在乎一心云云。教训已毕，取出手书笔记数册，说是他正在写的《老栗庵类记》，不妨翻阅。

这时宗周公脸色阴沉下来："文章小术，功名大事。你祖公所托，老夫不敢不全力相助。那天你来时，我让你读的书，你仔细读了？"

"那天在贵宅就读了。"

"省城红尘万丈，士子流品复杂，有没有受不良子弟教唆？"

李生看了一眼宗周公的脸色，不由得心栗："绝无此类事。"

"文气难养，却极易受损，因果报应之事，听来荒诞不经，一旦有渎伦犯义之事，倒也秋毫不爽。"

李生着急了，这话听来似乎考试失败，责任在他。如果万一宗周公这样回覆祖父，回家日子就难过了。一急，本不敢问的话冲口而出："先生不已经试过我？"

宗周公却避而不答，大笑起来："好，好，今日累乏，早早安息，还是住老夫书房。明晨，给你饯行，还有一封信烦你带给你祖公。"

这样的安排正中李生下怀。他让书童先回船上，告诉船老大明日中午开船。顾宅仆人带他穿过顾宅曲曲弯弯的回廊，到宗周公备有卧榻的书房。外面已下了一场雨，天黑得很早，一股潮气逼退了秋热，但宗周公的书房宽大而洁净，书柜排得整整齐齐，叫人顿觉凉意。李生把几炬蜡烛都灭了，只留下一株，把烛芯剪了，使光燃得更低一些。桌上摊开着一本书，李生一看，还是那天宗周公给他看的笔记，翻开着，压着镇纸。他一看，还是那一页。他心里顿觉得恼火。

烛光闪忽，高低明灭，但宗周公的手书大字，方正遒劲，一丝不苟。那种仿颜体，好像时时在提醒，写什么倒是小事，这道貌正色最为重要。窗外，秋风在院子里穿过，抽打着高大的栗树,森森作响。忽然,他感到一阵颤抖抓住他的后心,转过身来,果然,看到了她。

她和一个月前一样,穿着绛红衣裙,无声地推开门走进来,对着李生,深深道个万福:"小妾在此有礼了。"

李生从书桌前站起来:"又来嘲弄我?"

她站在房中心,挺起胸脯,脸对李生,没有任何羞惭的表情,反而眼睛挑战似的直视过来:"怎唤作'又来'?"

"一个月前我住这儿,那夜不就是你?"

蜡烛光在屋内回旋似的转动,他看到她姣好的脸容上露出笑靥。

"小妾今夜真是仰慕郎君之才而来。"

"上次呢?"

"上次只是为李郎道德正气作个例证,以感上清。"

她直截了当地证实了李生心中的疑惑,李生不由得心里冒火。

"这么说,你上次来欲以身许,纯是做戏?"

"你呢?你上次严词峻拒,是假是真?"

李生的第二层疑惑又被她断然揭开。他觉得眼前这个少妇简直是邪魔,知道他心思的每一瓣每一层,他真想动怒了。

"心不诚能欺鬼神?我再次名落孙山,都是你之过。"

绛衣女咯咯地笑起来。她走上几步,李生推开椅子,从书桌边退开去。她更笑得前仰后合，露出两排整齐的牙齿。李生从来没有见过大家妇女如此放肆地笑。女子笑停了，喘着气说道："其实鬼神好欺，自己难欺。你既然心中早已津津然，还把那驱淫令说得一板一眼——你得怪自己。"

李生被长辈训斥，都没有这样狼狈过。他说出了几乎是小孩子的气话："那天你假，就不让我也假？"

那女子又往前走了一步，抓住了李生的手，眼睛调侃地挑逗："今天我真，就不能你也真？"

好个聪明伶俐的可人儿！李生想。他干脆倒出他心中一直想问的最后一个问题："你究竟是顾宅何许人？"

"小妾早已不是顾家的人。"

李生刚想问这"早已不是"是什么意思，他的嘴就被两片温热的嘴唇堵住了，然后他感到贴到他身上来的全副柔软，他感到喘不过气来。那绛红衣裙的腰带已被她自己解开，落到地上。

突然刺入梦中的打门声把李生从床上惊醒。他还没来得及弄清他在什么地方沉睡，就听见宗周公的叫声："贤侄，开门，开门，开门！"

他应声说就来，这时他才忽然想起他身边是个女人，而且和他一样赤裸着身子。但来不及了，书房门被几个灯笼的巨焰推开，他把被子一拉，把落在床下的衣服披到身上，就跳起来，朝门口迎上去。

绛衣人

他牙齿直打颤地问:"怎么啦?"

几个仆人拥着宗周公,他的脸照在火光上方,显得特别森严可怕。

"贤侄为何不开门?"

李生支支吾吾,刚要说睡死了,宗周公已大步朝床那边走过去。李生吓呆了。宗周公猛地撩开纱帐把被子一掀,把手中灯笼照过去,李生闭上眼睛,听天由命了。宗周公忽然扬声大笑起来。

李生睁开眼,看到床的里半边,铺满了书页。宗周公拿起枕头边上的一页,顺手递给李生,李生眼一扫,不就是一个月前那夜早读熟的一段?

拒色诱第三十六

吾同年唐皋才高过人,赴京会试时闭户读书,有少妇寡居,慕皋才名,夜欲奔之。公急颂驱淫令云:男女大防礼法不容。天地鬼神罗列森森。不以物移不让欲侵。大哉名教岂容破损。女羞惭而退。是年,大魁天下。

"好!好!"宗周公高兴得直搓手掌,"贤侄持身谨严,不负老夫重望。"他在屋内跺脚转了个圈,"本是想来告诉你,老夫连夜进城诣见周学官,请他务必重阅试卷。周学官说榜第尚未上报,事尚有可为。"

李生茫然不知所答。

"贤侄德行坚贞,应有此报。"宗周公大笑出门,一边说,"你稍留等消息,我将修书给你祖公,这几百两银子的事,想不至怪罪老夫?"

一切复归寂静,灯光和脚步从走廊里消失,李生跌坐在床沿。他手摸过去,没有人,没有醉人的体温,只有几张冷冰冰的纸。

他一直呆坐到天快亮时,才穿好衣服,走出门。他决定立即离开这地方,离开这一切叫人困惑的把戏,甚至不向宗周公告别,他再也不想来此地。晨露寒浸浸喷在他脸上,他疾走着,只想快点离开。他远远地看到河边,船还泊在那里,静悄悄地,没有一个人影。水面上雾气飘飘忽忽。突然,他看见船头上立着一个人,一个女子,穿着绛红衣裙,好像在朝他这边看,好像在等着他。

他迎着潮湿的河风奔跑起来。

蛊　舞

上百万人都说见到过这孩子。

一年一度那个疯疯傻傻的日子,上百万人涌到这个街区,嘉年华车队绚丽晶亮,怪兽鱼龙绵延几英里长。表演者大跳大吼,还有好多忍不住闯进队列来一起跳的观众。半夜散了以后,本地住户们才喘出一口气。也难怪,大扩音器一早起就嘣嘣地敲打,满地丢下的冰淇淋盒彩纸片玉米芯儿几天也扫不干净。

上百万人都说见到过这东方孩子。都说有一个黑人个儿奇高蛮大,穿了一套不知道从哪儿弄来的戏装,俨然一个塞拉西皇帝,提了一根玻璃串似的发光的手杖,脸上却画着整整一部虹彩。他肩上驮着一个东方孩子,脚步敏捷地成串儿跳,腰扭成一个长鳍的鳗鱼。而肩上手舞足蹈的孩子却坐得稳稳,两人配合默契,这哥儿俩怕是为今天的双人演出练了一整年。

上百万人都说见到过这孩子。他们鼓掌喊好，确实是好，而且，他们事后想起，这孩子怕是这个狂欢节上唯一的东方人，除了那些端着照相机的看客。

其实这孩子才来到这个国家。他十岁，父母亲把他留在中国五年，留在外婆那里。他们得自己站住脚，才能把孩子接出来。他们没想到站住脚是这么难的事儿，而且永远也没一个可以喘口气说真站住了的时候。所以最后把孩子接出来时一样没站住脚：妈妈还是在医院化验室里做技术苦力，爸爸的论文还是没写完。

爸爸说孩子留在外婆那里，受迷信影响，不好。妈妈听不得这话，一听就会吼起来："你妈怎么不愿带，我妈哪点儿对不起你了？我们母女俩沾到了你什么好处？"说着眼圈儿就红了。爸爸当然立即不吭声儿了。

孩子刚来，却已经遇到过几次这场面了。他不明白外婆有什么不好，他特别想念外婆，外婆总陪着他玩。今天周末，本国人给多少都不愿干活，休息是他们神圣的权利。妈妈是要做的，有加班工资。

妈妈说："今天下面有杂耍。你就在窗口看，别下去到街上去挤。在家里听爸爸的话。"

男孩就在窗口看热闹。游行的车队一拨儿一拨儿过，堆得比人还高的大喇叭箱把窗玻璃震得发抖，爸爸手指堵着耳朵看了一阵，皱着眉头躲到他的房间里，关紧了房门。孩子可不怕闹，他最喜欢大锣大鼓的庙会。就这阵势看，这里的庙会也不错，女孩子身上晶晶闪闪特别好看。还有好多戴假面的，脸上涂满颜色的，跟中国庙会上的一样。

外婆每次看到这种人，就说："你靠远点，是鬼。"

"可不！脸上画得真像鬼。"男孩说着就想挤到前面去看个清楚。

外婆说："不是像鬼。他们就是鬼。别挨近。"

男孩想不明白："就是鬼，为什么还要画得像鬼？"他看着场子里翻着跟斗怪叫怪唱的鬼，又快乐又害怕。

"鬼就是得像鬼。"外婆说，把他拉走。

他们看了一会儿耍棒儿的，卖面人儿的，卖蝈蝈儿的，男孩突然说："这些鬼以为画得像鬼，别人反而认为他们不是真鬼，只不过装成鬼。"

外婆笑起来，说："你真是个人精儿。对了，画不画，都是真鬼。咱们躲着点儿，别让鬼给抓去。"

人群涌来涌去，外婆搂着孩子怕被人挤着。孩子还是伸着头东张西望。忽然就有吓人的事：一个鬼走过来，一边擦脸上的颜色一边叫住外婆。他们争着说什么事儿，男孩却看呆了，那个鬼慢慢把自己擦成他们家一个邻居叔叔。

男孩突然打断他们："外婆说过，哪怕你不像鬼，也是鬼。"

外婆狠命扯了他一把:"小孩家别瞎说!"

那叔叔大笑起来。外婆马上把小孩一兜身半抱半推地拉走了。

回家路上,孩子还在问:"叔叔到底是不是鬼?"

"当然不是。"外婆不高兴地说。

"那他为什么要画成鬼呢?"男孩不服气。

"我给他放了个蛊!"外婆三个手指捏起来突然往小孩头上一啄,孩子吓得一缩头,"他就变还成人。不过你这孩子今天特别烦人。"

孩子摸摸脑袋。他觉得外婆特了不起。他长大也得学会把鬼变成人。

男孩现在只在满街的鬼里找,看哪个鬼最让他喜欢,他也去给他放个蛊。

他跑去问爸爸哪个鬼最好,可是爸爸听不见他说话。爸爸关着房门,他敲门也听不见。肯定是一边套着耳塞听音乐一边写他的论文。

男孩回到窗口,就看到了——这个鬼脸上涂得五彩油光,穿了一身闪闪亮亮的蓝衣服,打着一个大花领带。他全身都是色彩,只有手背是黑的,手心发红。他舞跳得兴高采烈,嘴咧得一口红舌白牙,不知道为什么在震耳的音乐声中,每个人都听得见他咯咯的笑声。

男孩说:"这真是个鬼,我挺喜欢的鬼。让我来把他变成人,那种蛊,我会放。我把他的爪子变白。我让鬼做一阵人,带去给外婆看看,再变回去。"

他转头就从屋子里跑了出去。在爸爸的房门口他喊了一下:"我马上就回!"他跑到街上,在人堆里猛推硬挤,还钻过一道栏杆,就跑进了街上的游行队列里。他奔了好一阵才追上。

狂欢节游行顺一条几英里长的路线绕圈。那天下午,大家全都看到这奇怪的双人舞。那孩子怪可爱的,舞的那狂热劲儿,活脱像个黑人孩子。他的手指特别优美,三指捏弄,小指翘翘的。两人摞成一个,像八肢同舞的湿婆大神。

大家都看到他们沿街一路舞过去,天黑之后,处处燃起了篝火,跳舞的人脸一闪一闪的,就再也认不清楚,谁也没有再见到今天表演得最精彩的这哥儿俩。

敌　档

看着面前这个年轻人一脸的正儿八经，杨部长忍不住皱了皱眉头。

他这个人脸上一向没有表情。他是一个别人记不住的人，没有任何特征。敌档，他心里笑了笑，敌档上还不知怎么在描写他。

眼前这个年轻人偏偏就是这样一种角色：太较真，好像有意要人忘不了。军统会征用这样的人，无怪乎他们会失败。临来之前，杨部长在干部处作了些准备，了解了这城市地下党的一些情况，知道这个姓李的小伙子抗战时原是流亡学生，在大学里入的地下党。

年纪轻容易死心眼。他已记不清自己年轻的时候，他好像从来没有过年轻的岁月。

"别急嘛！"他说，一面慢慢地调着咖啡，这香味很久没有闻到了,"情况越急我们越要冷静,有的事情事到临头会好办得多。"

但那个小李同志还是在追问应当怎么处理,面前的咖啡连碰都没碰。他只好委婉地说:"这事你不用操心,到时候会有人来管。"

那个年轻人身子挺了起来,不是听明白了准备离开,而是摆出一副辩论的架势。他反复说这个城市的军统站已经在布置处理档案,他们很快就会销毁一些对革命事业至关重要的文件。

"你注意他们布置的潜伏地下工作网就行了。"杨部长说。

那个年轻人却还在较劲:"万一敌档给烧了怎么办?"

"烧了怎么办?"杨部长渐渐有点恼火了,他最讨厌的是部下自作聪明。两周前,他由秘密通道进入这个已经围城几个月的城市,向地下党布置迎接解放的准备。这个城市的地下党几乎与党本身的历史一样长,杨部长本人就是十年前从这里派到根据地去的。但是组织多次被破坏后,地下党已经改组过很多次。很多新人只知道他是集团军司令部派来的敌工部长,他们不知道他对这个城市国民党里的人,比对目前这个共产党地下市委了解还多:打了二十多年交道了。

"那样,革命事业的叛徒们就会漏网!"那个年轻人忽然激动起来,不顾眼前首长不耐烦的脸色,"那些经不住敌人威胁利诱自首变节的人,会潜伏下来,成为帝国主义反动派的第五纵队,给革命事业造成极大危害。"他声音之大,杨部长不禁朝四周看有没有人注意他们。

起初市委建议开个会布置工作,看来他们已经认为这个城市是红色天下,毫无地下工作的顾忌。他却坚持一个一个部门的负责人单独接见,每次换地点,换服装,换自己的名字。倒不是对已经动摇的守城军有多高估计,他只是习惯了这样的方法。他是从最危险的年代过来的人,这个咖啡馆是三十年代的老接头地点,他喜欢这里的气氛,在这里他从来没有出过事,他能看得见周围所有的人。阔绰的老板是多年心照不宣的朋友,现在是小老板当家,更聪明,在这种时候绝不会出卖他。

他做了个小声的手势。

那个年轻人压低了声音:"那几箱档案,编号绝密CP608、609、610,特别重要。"那个年轻人还在说,他的样子完全不像坐咖啡馆的阔少,活脱是一个大学里的"进步青年"。

杨部长决定不再跟他啰唆下去:"敌档的事,党组织会布置别人对付,你不用管了。"

"历年被捕共产党员,尤其是重要干部,审讯记录全部在里面。他们现在已经偷运不走,万一动手烧,怎么办?"

有几秒钟,杨部长真想在这个娃娃脸上扇个大耳光。

高级干部传阅文件中,有一份说临解放的城市地下党发展太快,鱼龙混杂。他当时读了颇不以为然。看起来,这样的狂妄青年还真有几个,他想是否有必要叫地下市委赶快把这个人调走。

"小李同志,你可以走了。"他板起脸下了命令。

"我只是偶然看到其中一两份,有些人被捕后的表现,真是触目惊心,出狱前写的自白书情调很颓丧,不像革命者。"

还在说!杨部长愤怒得几乎想掏出枪来,当场毙了这小混蛋。如果不是在这个咖啡馆的话,或是在当年他手下有一个特别行动队的话。你被捕过吗?你尝过身陷敌手只有你一个人面对命运的痛苦吗?你有什么资格挑剔前辈?从来没有自我怀疑过的人谈得上什么主义?

但是他强耐着自己,尽可能和缓地说:"年轻同志,好好学习,迎接解放。"他站了起来,把礼帽压到眉毛上。对方也迟迟疑疑站起来,好像还要开口说话。

杨部长决定给这个家伙来点狠劲儿,再不明说,真会闯祸:"组织上没布置的事,不准你管!"

他离开后,心绪依然有点乱。他这次来,是布置尽量完好地保护城市设施,现在他倒情愿这个大城市在战火中灰飞烟灭。

他应当早就想到在关键地方放个明白人。

他决定冒险打个电话给军统站长郑涌少将。他们是老对手,斗了多少年,互相杀了对方不少人。正因为此,互相也很了解。他看来逃不出去,即使他能跑得了,也得为手下那么多跑不了的人着想。

他打了电话。对方吃了一惊,但马上懂了。郑涌说本来就没有销毁这种档案的计划,这是共产党自己家里的事,他们不想管,不过他愿意合作,让过去的事变成过去。跟这样的人说话,一挑就明,不会累得慌,杨部长想。幸亏,他找对了路子。

跟着大军进城时,他是兴高采烈的。在军管会主持第一次工作协调会时,前地下市委的一个负责人把他拉到一边。

"我们有个年轻同志受了重伤,现在在医院抢救。"

"喔?"他说。

"是我们打进军统的小李同志。"

"是吗?"他当然记得这个小头疼,这样的人容易出事。

"国民党特务头子郑涌正要烧毁几箱最重要的机密,被他发现了,在搏斗中打死了这个罪恶累累的反动派,自己也受了伤。"

杨部长惊讶得说不出话来。

"小李同志要我向你报告此事。"

"那几箱档案呢?"

"已经运到集团军司令部。我们正要为这位同志请功,我们的年轻同志革命觉悟真高!"

"当然!当然!"杨部长说。

他颓丧地跌坐进椅子里。他已经能想象今后年月中此事将引起无穷无尽的麻烦。

"杨部长身体不好?累了?"

他觉得头痛得眼睛都睁不开。他知道他这时脸色苍白,嘴唇发抖。

"不不,没事,真是优秀同志,任务完成得很好,你代我慰问他。"杨部长说,"不不,你先把窗关上,太闹。"

街上正是秧歌锣鼓喧天。

少将与中尉

你一进门，我就认出了你——活脱你父亲当年模样，比他还高大魁梧。

坐，坐，喝茶。听你父亲说起过，十年前吧，他来看我的那次，一九八四年，说起过有个儿子。你母亲是藏族，还健在吧！你该有三十二了。

好记性？还没有糊涂就是。马上八十了，哪一年的什么事，都没忘记。唉，你父亲在天之灵有慰了——儿子成材了！叫什么名？李醒。啊，我的名。你父亲真念着老朋友，情重如山哪！在哪儿工作？河湟农场外贸公司。光是个牌子？牌子有用。牌子比真货有用。有什么可让我帮忙的，尽管说，什么港商台商的。

来跟我说你父亲的事？我和你父亲都是历史过来人。你父亲仙逝时也算高寿，我们谁也没想到会活到这把年纪。

命不一样？别这么说。我只是好好为新社会做个反面教员嘛，叫作臭名昭著。刚才我以为又是什么记者来。我不让他们进门，讨厌。喔，开门的是我夫人。对对，老妻前年去世，无子，不像你父亲那么有福！年轻漂亮？咳，读历史的，看我的书入了迷，两厢情愿。今晚我让她好好露一手，买些上好羊肉。便饭。不恭。不恭。你远道来，如见故人。

来跟我说你父亲的事？当年的事？当然你是读过我的书的啰？一九六五年一本，一九八〇年一本，这几年还在写一本。海峡两岸都用作历史佐证材料。没写到你父亲？光写了大人物？——不好写呀！怕牵累你父亲，怕把你父亲案子弄复杂。第三本书要大写特写，打我回乡看到你父亲把他带出来写起。你父亲几次大险都和我在一起，救过我命，跟我做机要秘书十三年，从一九三七年到一九五〇年。我俩最了解，最知心，再核心的机密我都让他知道。说句笑话，我们跟女人们的事，也互相知道。这才叫患难与共，刎颈之交。我只比他痴长五岁，他称我大哥，那时我可能样子年轻些，我们长得也像。有人说我们像孪生兄弟。其实那时我们年龄比你现在还小，共产党方面年龄也不大。那个乱世嘛！

一九五〇年的事？唉唉，不堪回首。所谓川西反共抗俄联军。我是临危受命，拉起几万人开进山里。孤注一掷——想的是第三次世界大战，做一番英雄奇迹。羞愧啊！

最后攻破的事？咳，非正规军，不像打仗样子。最后只是比跑马。连卫队都四散了，目标小些。只有你父亲跟我在一起。在大凉山一个洞里躲了几天。风声小了些，想好好睡一觉，结果被共军查到了。那时我想自裁，你父亲劝了我。我才四十，你父亲三十五，你父亲说留得青山，来日方长。咳，都是一脑子反动念头哇。我被押到成都一野司令部，后来关在战犯所。你父亲罪轻些，劳改农场。

待遇天差地别？那时谁知道后来的事。当时我肯定自己准枪毙，你父亲不会死。什么特赦战犯，什么文史委员，什么政协委员、统战对象，都是后来的事。我知道，你父亲劳改十年释放后，有家难归，留场做了农工。正是三年饥荒时期，回乡反而可能饿死，不饿死文革也会打死。我很同情嘛，我还在铁窗里，一无所知。

你父亲比我苦？我知道。文革我也不好过，被造反组织抢来抢去，要我指证叛徒。为我大打出手，一夕三惊。还是中央文革认为谁是叛徒应当由他们定，这才把我保护起来。你父亲到八四年才敢来找我嘛，白发相见，人生何堪啊！没想到他回去不久就去世了。怕是旅途劳顿。

是生气死的？大家都冤，都撞进历史漩涡，身不由己，想跳也跳不出来。原先挑的角色，越演越不像了。

要翻案？不明白。

你父亲临终时全说了？当然，当然。

说他是我，我是他？有趣。

说我冒名顶替，欺世盗名？他是军统少将谢醒，我是中尉文书李光程？他干吗不早说，要多少年后让你来说。害怕？怕我这个无权之人？他可以对共产党说嘛！共产党何必放一个假的军统头目在这儿？

他说过的？就在八四年回去之后想想气不过？那就奇了！连共产党都不愿相信，我有什么办法？我想跟他换，让他来北京做政协委员，也没用。

准备打官司？准备到港台报上捅出来？好好！共产党说不通跟国民党说。我跟你说白了，我现在最担心的就是人老珠黄，货色卖光，没谁再想看谢醒的书了。你去打个真假谢醒官司，正中下怀。要不我给你找几个港台驻京记者？你这身衣着不像少将公子，我给你换换行头。说实话，哪怕你这官司打赢了，我是个中尉文书，冒充了大半辈子军统少将，还写了几本书，这将是二十世纪一件大奇事，把我的一生总结得更加有声有色。

所以，让我全部告诉你吧，趁我老婆去买羊肉。你父亲说的是实情，但不能说命运不公平。那天半夜时分共军已漫山开枪搜寻。你父亲惊醒了，抓过衣服，那是我的衣服。我不知他是有意无意，半夜黑洞洞看不清。你父亲一世英雄，我最崇拜的人，我想他是抓错了。他先摸出洞去。我把衣服穿好,发现是你父亲的将官服,于是我就坐在洞里。我做了你父亲十多年秘书跟班,梦里也想当将军,我就坐在那里做了五分钟将军。

历史就在那五分钟里翻了个儿。

忧郁的布鲁斯

她正出门,手提包已放在门外,白色的高跟鞋已踩在门垫上,钥匙已在锁孔里逆时针打完三圈,这时她听到电话铃声。

她奔进来,拿起电话,说:"您好。"

没有回答,对方房间里似乎在放音乐。

她说:"喂?"没有回答,音乐更响了。

她说:"喂,说话呀!怎么回事?"

但这时她发现她原以为是噪音的音乐声,似在回应她,进入了主题展开——那是一首忧郁的布鲁斯,在弦乐的宏大背景上,一管小号几乎是犹疑地进入乐流,在深沉中展现哀婉的主题。

她被迷住了,好一阵才回过神来。她说:"你不说话我就不听了。"她放下电话匆匆出门去,心里挺恼怒,正在她忙碌时，接到这种自以为聪明的傻气电话。

第二天她又听到了这音乐电话。她正坐下来给人回信。她不太给人回信，只有非常值得的人才回。但有时她不知说什么才好，她不喜欢鼓励任何追求者。

她拿起电话，还是那段爵士布鲁斯，而且正是从上次中断的地方延续下来。主题经过几次回旋正进入高潮，小号的乐流如泣如诉，似乎蕴满得不到理解得不到回应的相思。她似乎听见了一颗孤独的灵魂的呻吟。

于是她说："不管你是谁，谢谢了。"

她放下电话，正在回的信变得热烈而真诚。有点对不起这放音乐的人，她想。

卸妆时，如果有电话来，她总是把听筒夹在肩和脸之间。这需要异乎寻常的本领和耐力。当她听到电话中竟然又是音乐时，心里就恼火了，她说："你知道吗，你是个胆小鬼，不像个男子汉！"

她不太愿意去想这是个什么人。追求她的人太多，为了吸引她的注意，有的人会出怪招绝手，以诗代言，以画代信，写本书献给她，等等。无非是突出自己。但这个人却有意隐没自己，而且锲而不舍地隐没自己。有时她觉得几乎听到那个人的叹息。但她说不准，也可能是大提琴的和弦。这是一个害羞的人，她想。

这人看来是她的热心观众，每当她演出时，总在她卸妆将毕时打电话到化妆室，如果她不演出——像她这样的配角舞蹈演员，是否出场不会事先宣布——电话就会在八时准打到她家里。近来她演出机会不多，几乎习惯了每晚八时听一段布鲁斯，几乎像闹钟一样。

每次，她静听几分钟，就开始说话。

"我想你有很多话要说，"她温和地说，"你说吧，我听着。"

她说："你何必在孤独中沉默呢？说出来我可以帮助你。"

她甚至说："你不觉得你在暗处我在明处，这有点不公平吗？你在欺侮人。"

但没有回答，回答她的永远是那一曲忧郁的布鲁斯，而且似乎永远没有结束，小号的进入越来越变得即兴、随意，有时切分变得很复杂，有时调性任性地跳动，好像音乐不再受任何规则控制，剩下的只是情绪，只是情绪忧郁的自渎。

她渐渐有点坐立不安，成天想着这个神秘的人，或许小号就是他吹的，不然怎么会有那么即兴的变化。他可能把电话筒放在膝上，在弦乐背景中深情地依着身体。她变得焦躁，不再给任何求爱者写回信，也不去赴约会，只想着晚上八时的电话，想如何说上几句绝话，把那个人引出来。

她说："行啦，这一套收起来吧，老掉牙了。"

她说："告诉你我可生气了，我忍耐到了限度！"

她甚至开骂:"你这个胆小鬼!你这狗杂种!你这婊子养的窝囊废!"

但没用,回答她的依然只是布鲁斯的哀婉。她开始钦佩这个人神经之坚强。这个人不达目的不罢休的,他有足够的、远远比她多的毅力和忍耐力。但他的目的是什么呢?

因此,她在八点铃一响时就拿起了电话。这次她不等听上一段音乐才说话。在小号急促的泣诉中,她冲口而出:"我爱你,不管你是什么人,我爱你!"

音乐声突然停了,然后对方挂断了电话。从此以后,她再也没有听到过那忧郁的布鲁斯。

在历史的背后

小小说六则

贵妃·方士·唐明皇

九谷町的樱花开始飘落时,玉妃太真院就酒香不断了。但春晚之时,忽然大雨滂沱,道路阻塞车马冷落。玉妃久美子正百无聊赖,注视着西窗外青山层层,连绵无穷。碧衣侍人说有客,使她精神一振。但当她听说来客远涉重洋,自大唐国来,却慌乱得不知所措。

"最も美しい娘に接待ちせむ。"她说。她命侍人先去布置茶席,礼待宾客。但侍人不久又回来禀报,说来客只求见夫人,说是大唐天子亲遣的使者。

玉妃知道这一天终于来到了,她一直知道会有这一天,实际上她多年来一直等着这一天。她叫侍人一应招待如仪,请来使稍等。

然后她端来镜子。多年来她时时端详自己，天天妆扮自己，看能否依然一笑倾国。

来使最后被引入垂满纱幕的客室。他屏息长跪，见到眼前飘来大唐贵妃服，紫绡，凤舄，往上看，见到佩红玉，冠金莲，然后看清了烛光下，贵妃艳若仙子，面如芙蓉，皮肤依然若凝脂。

玉妃长揖来使，问皇帝安否。来使一一作答，说天宝十四年来诸事，并说太上皇深居宫中，日夜思念贵妃，寝食难安。玉妃听到此，不禁黯然。

"皇帝怎知我在此地？"玉妃问。

"高力士在朗州开元寺临死时留下密书给太上皇，谓当年在马嵬坡，他与龙武将军陈玄礼不忍杀贵妃，迫一宫女替死。乱军之中，送贵妃至江南，转歇浦，出瀛海，抵扶桑。怕太上皇忍不住要找回贵妃，又起风波，一直不敢告诉太上皇。"

"力士用心良苦。"玉妃叹道。

"现大唐天下安然，凶逆已扫，"来使说，"上皇望贵妃移驾归国。"

玉妃默然良久。

"转禀大唐天子，就说妾不在东国扶桑，"玉妃决断地说，"高力士贼奴妄语惑主，妾已死于马嵬。"

来使吃惊地望着玉妃，玉妃脸惨白，不知是伤心，还是敷粉过厚。他来扶桑后，见富贵人家女子个个敷厚粉，说是大唐名妓带来的时尚，举国效尤若狂。

"臣不敢转达此言。"

"转禀大唐天子，"玉妃不由他分辩，继续说，"就说你游神驭气，出天界没地府，见妾魂魄于蓬莱仙山。"

"无据之言，不敢欺君。"来使战战兢兢地说。

"就说妾说起，天宝十载秋七月乞巧之夜，深更无人时，上与妾并肩立誓，愿比翼连理，相守终生，来世亦为夫妇。"

"既如此，胡不归？"来使又劝。

玉妃长叹，良久说道："转禀大唐天子，在仙境妾依然雪肤花貌，美颜长驻。天上人间，终会相见，昔时之丽人犹堪侍奉陛下。"

她一直忍住的眼泪终于沿颊哗哗地流下。但这时，她已转过身，朝内室走去。

刘知远·白兔·李三娘

契丹铁骑蹂躏河南，北还时携走整个后晋朝廷。一直在山西按兵不动的刘知远得探报，知道时机已到，决心进军中原。

先行部队已准备出发，刚任命为前军指挥的世子刘承祐突然不见了。世子才十七岁，刘知远急得直跳脚，侍读老夫子只知世子带卫兵去狩猎了。刘知远命禁军连夜到四乡搜寻。

可是第二天一大早，门侍即报告说世子在客门候见。上殿后，他满脸严肃，没等刘知远发问，就恭恭敬敬地说了："禀父王，昨日儿想应去练练弓法，准备南进军事。在野外射中一白兔，不料白兔带箭奔逃，儿骑马追之，忽至一村庄……"

刘知远觉得他语无伦次，关切地走下来："大郎，你病了，什么白兔黑兔的。"

"儿在村头遇见一妇人，"世子继续说，"那妇人说丈夫十七年前投军，她无依无助，在磨房产下一子，只能口咬脐带，后托人带给丈夫。"

刘知远脸色惨白，转头便走："你得了风寒，回去！我让医官马上来。"

儿子还不想住口，在他身后又追了几句："妇人说她丈夫也叫刘知远，乞父王怜悯百姓，为她在军中寻找一下。"

刘知远不再作答，像逃跑一样离开大殿。当他转进侧室，帘后走出夫人岳氏，脸已气得通红。

"大郎这些胡言乱语，"夫人不等刘知远开腔就说，"完全是那批自称太子党的小人物搞出来的把戏。包藏祸心！"

"放肆！"刘知远喝道。他快步朝书房走去，想摔开这妇人。自从十六年前被她父亲岳太守招赘,妻党岳家的势力一直是他发迹爬升的根基。

"此种时刻,不能出家丑!"岳氏哭叫起来。这话一下子提醒了刘知远。他马上命校尉带人便衣前去布置,然后由禁军护卫,他带上文臣若干,驰了大半天,到达一个山村。校尉报告已查明这个叫李三娘的妇人正在村外麻地做活计。刘知远命随从人马保持距离,他自己取了一个包袱,走向村子。

不是预先探知,他怎么也不会认出这个满面风霜皱纹如裂的老农妇,就是昔日那动人的村姑。不过这无关紧要,他上前对她说:"不才刘知远击叛臣朱温,拒契丹蛮夷,十七年未能顾家,三娘,你受苦了。"

这妇人直起身,茫然不知所答。

"三娘,这里是我的九州按抚使四十八两黄金印信,权作凭信,现取你回宫作皇后。"

刘知远的文臣武将已围拢上来,外层密密围着村民。李三娘惨白的脸像风中抖动的麻叶。

"刘知远功成还乡。"有人宣叫道。

"李三娘麻地捧印。"又有人应声对上。

群呼万岁,伏地而拜。刘知远感到荣光罩满全身。

刘军南进时,所到之处已到处传说李三娘咬脐郎故事,刘知远已是伦常道德的表率,顺利登基。而那神奇的白兔跑入民谣,跑入平话小说,跑入杂剧南戏,直到今天还在赚百姓们眼泪。

方孝孺·燕王·建文帝

株连九族八百人的大决之日就是第二天了。当夜,大狱的禁卫又加了几重岗,典狱长刚给方孝孺送来美酒盛宴,突然来了圣旨,皇上召见。

方孝孺很久没有吃好睡好,召见使他很恼火。他不明白,燕王到此时还有什么可说?已派过多少人来劝谕,那些乱贼降臣,言语之猥琐,反而使他觉得视死如归才能无忧无虑。

囚车在大队骑兵护送下到达禁内,他被带上内殿。灯火之下,朱棣那张紫红脸膛倒不像传说那样杀气腾腾。

"方先生,"朱棣语气很恭敬,"方先生,有扰清梦。方先生学问气节,孤一向钦佩。先生忠于允炆,允炆之令想来必从?"

方孝孺没想到朱棣如此说话,不由得一怔,路上准备了腹稿的关于名分正气的训词一下子塞住在喉咙里。

"桀犬吠尧,各为其主。"他只能说。

"好!"朱棣喝彩说,"先生必言而有信。请看这是谁?"

方孝孺转头一看,大吃一惊。灯光照亮了边门,从中走出建文帝。看得出他虽然沐浴整装，却十分憔悴颓丧。方孝孺立即下跪，心里一时乱如麻。按他的布置，此时船早应到吕宋国，怎被奸人害了？

朱棣得意地大笑起来："贤侄，说话吧。"

建文帝的声音控制不住地颤抖："我已决定逊位，请方先生草逊位诏。"

方孝孺跪着不动，没有反应。

"诏天下必先生草，"朱棣说，"我将善待二位，天下太平。"他暗自庆幸，不必为政敌制造一堆烈士，或许历史会对他多留点好话。

突然，方孝孺跃起，一头撞倒建文帝虚弱的身体，用双手的镣铐猛击建文帝太阳穴。他的动作迅猛，等卫士们回过神来打翻方孝孺，建文帝已救不活了。

朱棣吃惊得说不出话来。

"忠臣怎么还弑君？"他大惑不解地问。

方孝孺抬起头，满脸泪水："道之于事，无乎不在。忠外无忠，非忠于一人，非一人之忠。"他越说越感到精神高扬，全身痛快，"臣为忠而忠，非只忠建文。"

朱棣听他这么来回磨弄盘说，头都晕了，突然明白天下事本各有各的目的。道学士人，他父亲一杀就几万，事出有因。

"你就不顾九族？"朱棣站起来，决心已下，却又问了一句。

"便十族,奈我何?"方孝孺被武士架着,甩回一句,"天下溃决,唯有殉道而读书种子方不绝。"

朱棣的武夫本色,被他逗起:"极好。我给你加一族。你的百多门生文友本拟流放,明晨一并斩首。凑满你的贯数。"他的手禁不住往刀柄上按,"头颅用作信仰,应当鼓励。幸好头颈也多,物尽其用。让我们各自完成历史任务。"

阎应元 · 陈明遇 · 江阴人

松江、宜兴、昆山义兵先后失败,典史陈明遇知道整个江南起事已近尾声,江阴被围已迫在眉睫。他知道只有一个人有可能率领这些未经训练的民众作守城之战,那就是被他挤下台的前任阎应元,这个流寓江南的北方大汉。

阎应元被解职后因战乱无法北返,几年来一直住在城外祝塘镇,借一山庙安身。

吴江民军被歼消息传来的当夜,陈明遇赶到祝塘,朝镇后一座山庙赶去。

庙门虚掩,阎应元端坐在堂中一蒲团上,闭目静虑,似乎对门外的响动一无所闻。

"阎先生,"陈明遇恭谦地说,"在下有礼了。"

阎应元略略抬起头:"陈先生别来无恙?春光已老,先生游兴不错。"

"阎先生,江阴全城十万老少,大难当头。望先生不计前嫌,出山为江阴人民作主。"

阎应元微露笑容,说:"江阴人还想到我?江阴人心窄气狭,精明自私,我已领教够了。南北大定,改朝换代而已,何难之有?既已早降,就安做顺民,何必为区区薙头小事烦恼?今日为薙发留辫而流血成河,明日为留发断辫又要死多少人?今日为拒易东夷服可赴死不顾,明日为争易西戎衣又会兴多少风波?今日改男人发可大动干戈,明日改妇女妆又若丧考妣。呜呼江阴人,得筌可忘鱼!你做官很有办法,何必与愚民一般见识。"

陈明遇耐心地听完他的长篇训词,他知道阎应元有气要出:"先生所言极是,然先生见其一未见其二。社稷亡江阴人未十分在意,薙发令下江阴人大愤,这固然是舍本逐末,然此时民心不用,更待何时?"

"作何用?"阎应元不明白地问,"大明江山气数已尽,你聪明人难道看不出?"

陈明遇正色说:"先生知其二未知其三。你我沉溺下僚,为区区典史一职钩心斗角,只因不逢其时。大丈夫不惧死,惧无人识……"

不等他说完,阎应元从蒲团上跃起,抚掌大笑:"好!我早思及此,未知君意耳。鞑子用薙发以虚趋实,我领江阴

在历史的背后　171

人搏命以实求虚。不用再说了，我意已决。"

他们齐步走出庙门，庙外江阴城与祝塘镇少年六百明火执仗，欢声雷动。

阎应元身躯伟硕，双眉卓竖，赤眉长发貌似关羽。巡城时一人执大刀随后，凡退缩杀无赦。守城八十日，至八月中，尸臭遍城内外。城破之日，士女死者，井池皆满，十万城民无一降者。阎应元引千人上马格斗，刀破头盔，伏地气绝时，叹曰："江阴人，直娘贼江阴人，谢了，谢了。"

昭君·毛延寿·汉元帝

他的例行公事，每天画出一张。宫廷画师报酬丰厚：除了皇俸，候选妃子竞相送他厚礼，虽然为选妃而赶画相当辛苦。

画到最后一人了，他松了一口气。这批候选妃子个个艳色惊人，就这位不太够美人标准，无怪排在最后。他行家地端详起来：眼鼻、腰肩、胸臀，似乎都不太合尺寸。但后退一步，合成整幅，他吃了一惊。他感到如狂的创作冲动抓住了他的画笔。

他示意让这说一口方言土语的女子脱下外衣，只穿单薄的紧身内服。与其他人一样，她借机从衣袖中掏出一枚什么金玉，要走上来。画师不耐烦地挥挥手让她赶快回到位置上去。这种感觉已经多年没有出现，此时顾不了俗务。

皇帝与匈奴单于在侧殿上观看皇家画院仕女画展，想让单于见见天朝文化人物之盛。但皇帝圣颜不悦，这些画中选妃一个赛一个地相貌平庸，最后那个怪物几乎不成人形。

但单于却在最后那幅画前站住不走了。

"大汉国妇人美貌如此！"他感叹说，"想必公主貌亦如此。"

皇帝心里突然一动。枢密院与匈奴单于的代表团谈判不顺利，对方息边争的条件是开长城五关通市，要不就和亲娶公主，二者都太损天朝尊严。

非我族类，其性必异，皇帝得意地想道，何不顺水推舟，他说："这就是长女永安公主。"

这怪女人解决了外交难题。皇帝送走单于退回内庭时，又朝画像看了一眼，突然觉得画中的女人姿色异常，不难看，相反，有一种特殊的韵味，一种无法用恰当的汉语词汇来描写的美。突然，他感到多年未有的冲动。

黄门官回报说这是荆郡新进宫女名王嫱。他命令马上宣见王嫱与宫廷画师毛延寿，看究竟是什么名堂。

宫女跪在皇帝面前，匍匐不敢抬头。皇帝走到她面前，端起她的脸看了一阵，转头喝问垂手而立的画师："你收了多少贿，胆敢欺君罔上，把丑女画美？"

跪着的宫女不由自主哽咽了一声。皇帝又走过去，端

在历史的背后　　173

起她的下巴，泪水使她眼睛晶亮。他猛地回头，对毛延寿吼道："你妖术欺世，胆敢把美女画丑！"

画师知道这次他万无生理，但咎由自取，他不应该让艺术冲动控制自己。

"禀陛下，"他壮着胆子说，"奴才的画，可让陛下用新的眼光，发现世上未显之美。王嫱之美实因奴才之画而得。"

"妖言邪说！"皇帝大怒，"画就应惟妙惟肖，栩栩如生！画人应同照镜！"

他击掌招来侍卫长："毛延寿画艺劣陋，思想堕落，交刑部议罪，明晨五马分尸。王嫱交大礼司，赐予妆奁，下嫁匈奴。"

还有一道命令：主持选妃的八内监在王昭君画像前枷锁十天，然后按画中美人标准到全国重新选妃。

诸葛亮·周瑜·黄盖

曹操第一个明白赤壁之战的历史不是用刀杀出来的。那晚，他提起笔写道："赤壁之役，值有疾病，孤烧船自退，横使周瑜获此虚名。"他掷笔上马，以为历史已经写定。

话说诸葛孔明先生在江对面草船坐着，早就料到曹操这一毒招。吴楚文化与中原文化毕竟不同，诸葛亮除了装神弄鬼，还有别的招数。

他告诉一直陪着他的鲁肃，他要去看芳名满江南的艺妓李亚仙。孔明先生庆祝胜利，要破一下例，鲁肃是君子，虽皱皱眉头，倒也同意保密。不过周瑜的臭脾气他也明白，一头就颠颠地跑去报告。

周瑜一听，臭骂鲁肃是书呆子，马上易军士服，带上亲信卫队，直奔亚仙馆。

不料狂欢之夜，爆棚满座。将级军官或能开后门进去，像他这样阿兵哥打扮，只能上二三流妓家，那里也晚了。

周瑜这下傻了眼，在门口转悠了一阵，才看到摇摇晃晃从里面走出黄盖。周瑜上前把他的胡子一抓，问里面在干什么。

"唱曲呗！"黄盖刚要发作，一看是总司令，酒吓醒了，却不明白司令干吗这么凶狠。

"诸葛亮呢？"

"那毛孩子？"黄盖哈哈一笑，"比谁都醉，跟亚仙轮着唱书呢！唱我们刚打完的仗。"

"糟了！"周瑜急得双脚直跳。他拔出剑来，命令卫队往里冲。黄盖躲得不够快，屁股上挨了一剑。

周瑜冲进亚仙的妓院后，做了什么，跟诸葛亮又搞了一轮什么讨价还价，笔者至今尚未能考实，不敢创篡。我们只知道从此后曹操是个恶棍兼傻瓜，诸葛亮像个神仙，周瑜落个好坏参半，而黄盖吃了一剑，当了个苦肉英雄。

在历史的背后

注视三章

一

你安排自己的失踪,特别周详地安排失踪的踪迹。

对任何视者而言,我们都只能先见到踪迹,再见到对象,对象是踪迹的最后集合,如果我们能把踪迹集合起来的话。但这可能性很小。我们注视踪迹,然后我们倦于追踪,或自以为得计地找到了对象。注视是很累人的事。

你偷拣了妻子的一只手套,取了一柄她用过的切菜刀,你把油箱几乎开空,然后驶到大西洋边的陡坡上,放下手闸,一使狠劲,汽车飞了出去,撞在巨石上翻过身,又撞向另一块巨石,然后碎成两段。一部分车体燃烧起来,另一部分直接冲进海里,五脏六腑洒了整整一路。

你得意地搓搓手,像好莱坞电影那样大烟大火地毁灭,而你一个人从火焰中走出,一个不可摧毁的半神。你不仅能做生意,也能自编自导自演。

而且,也像电影,会有人看。你知道你妻子正在歌剧院,她取不到不在场证明,除非从那个戏子那里。你知道她肯定又会到后台去送花捧场,而他不得不向警方说明她的白色敞胸夜礼服洁无纤尘,胸前的黄色石竹花如每夜一样鲜亮。这个作证将把他们绑在一起,抓奸成双地捆上法庭。

那时,这条遍地狼藉的踪迹将在录像中放出作为证据。所有的陪审员、律师、法官、电视观众,将注视你落入大海被冲走的方向。

在呈现中,我不是呈现者,相反,我是被呈现者,我就是呈现。或者说,呈现使我主体化,因为我用呈现来强迫他者注视,我能使注视者像稻草人一样充塞了呈现。因此,呈现是使我主体化的结构。

你在旅馆里打电话给萧玲。萧玲吓了一跳,然后在电话里大哭起来。你打断萧玲,让她立即坐火车到上纽约的斯卡苔尔镇来,你将在镇上教堂的祈祷席埋头祈祷,等她。"别问为什么,快来。"

你知道萧玲会顺从地按你的要求做。一星期毫无动静。你已开始着急了:警方似乎没有逮捕任何人,电视上只提了一次华人实业家某某失踪的消息,放了一张没留胡子的你的肖像。警方似乎没有逮捕那两个狗男女,或许他们都把车祸看作失事？看作自杀？你懊悔没留下更多的踪迹。今天是歌剧院休息日，你决定再摆个疑阵。

他人作为主体，与我的联系，建立在他人注视我这可能性上；如果我作为主体，而他人只有客体，我的注视很可能被切断。要保持注视，不得不以客为主。想作为实存者的我，不得不面对这根本性的苦恼。

你知道萧玲会顺从的。萧玲永远顺从，好像在肯定定型化之重要：东方妇女，就得贤淑贞慧。你有点明白了定型化的好处，至少你对事态发展有把握，明白自己置身何处。你等到萧玲后就带她到店里买了一套妻子也有的服装，然后带她去旅馆。你签了那个婊子养的歌手的名字，他的签字花俏而俗气，容易学；而东方女子全是一个样，难分。

其实很不一样，你知道。索菲是香蕉女人，从来认为自己是美国人，嫁给你从心底里觉得吃了亏。而萧玲刚从台湾来，全身是东方的清爽，尤其在床上。

床上戏就像一幅画，在任何画幅中我都在寻找对方的注视，寻找注视的消息。只有注视才能使我们真实地进入性高潮。麻烦都是从失去注视开始的。

过了两星期，还是没有动静。看来旅馆主人根本没有发现那是值得报警的事。你知道只能找人帮助了。你打电话找唐人街某人物，那个人挂牌私家侦探，实际上神通广大。电话那头笑了起来："早就知道你会来找我，密斯脱孙。"

"什么?"你惊异地问,"你不相信我被杀了?"

"当然不相信。你的现场太完美。"

"警方怎么可以不侦查?"

"只要没人催,警方情愿记录在案,慢慢来。"

最可怕的处境不是身处敌人之中孤立无援,而是敌人都面带笑容顾左右而言他。不成为对象的我自动从意义中脱落,我就从这世界上被剥夺了存在的权利。

"我想请你帮我取得证据。要多少我付多少。"

"你老婆跟人睡觉的证据?那没用,你得取消失踪才有离婚资格。你的公司已经改组,你要恢复身份,新董事长能谅解吗?"

"谁是新董事长?"

"那还用问?"

晚上你睡在萧玲身边。你喝醉了,萧玲服侍你;现在你酒醒了,萧玲累得睡着了。看着枕头上萧玲娇美的脸庞,你骂自己愚蠢,从一开始就不应该去在意那婊子往哪个方向注视,只应当在意你的目光指向何处。

毕竟,只有上帝和青蛙不用闭上眼睑休息。只有他们的注视没有时空限制,周全而且永恒。最主要的是,只有上帝和青蛙不在乎别人的注视。

二

这是你的第一天,第一天走在这个满是性信号的城市里。你走在街上的样子很狼狈,还没有从第一家你迈进的书刊店的震撼中恢复过来:你一进门就被书架最上面一排刊物像蚂蟥一般吸住了视线。那一排女裸体千姿百态展列在封面上。你脸红心跳的,与其说是这些女人胴体之袒露,不如说是她们明显的,几乎不戏剧化的诱惑,也就是完全不针对某个人,尤其不针对你这外族人。你除了垂首离开,落荒而逃,别无他计。

人的本能是在对他人的欲望中寻找意义,这不仅是因为满足欲望的锁匙握在他人手中,更是因为欲望的第一目的是被对象所承认,被对象认为值得占有。

街上引人注目的女子都穿得太少,她们的肉体在你的意识边缘反而像无实体的幽灵,而且渐渐变得不相干,好像她们只是在自娱。

你也已经看到大银幕上连续反复的动作,把书上的点到即止变成无比清晰的演示。这放大倍数使你感到威胁:你的视野被全部占满。你转过身,黑暗的电影院里只有三四个男子,你背后的那个,嘴张得好大,脸痛苦地扭歪着。你猜到了他在干什么。走出电影院你才明白你应当羡慕这个人:你的所见只是物,他的所见才是淫欲对象。你是窥淫而他是参与。

不存在具有意义的自在之物,也不存在虚怀若谷白纸一张的观者;注视与对象靠欲望连结。他不可能看到赤裸的对象,因为我必须用注视给它肉体。

而你,你从一个欲望钉在耻辱柱上过久的文明古国来,你当然只能迷失了方向。

你掏出地图,想知道方位。

"找路?"有个女人问你,你抬起头,看到一个温煦的微笑:嘴唇是鲜红的,上面有幽蓝的眼镜。这个几乎日照终年的城市,女人身上似乎有一层金黄的亮光。

"不,不,我不找路。"你慌忙说,揣起地图就走,正好走在与那女人相同的方向上。你看到她的肩膀和手臂几乎是橘黄色的。

"不过还是谢谢你。"你在她身后说。

"你是中国人?"她说,侧过头来看你。

"对。你呢?"

"你看呢?"她顺手把变色眼镜一摘。她并不很年轻,也说不上是绝代佳人,但她的脸部线条有一种清雅,东方女子的清雅。她身材几乎赶上你眼睛的高度,而淡红的紧身裙裹着坚实而骄傲的凸起。

"你不找路,那么在找什么呢?"她戴上眼镜,嘲弄似的问。她的法语是最纯粹的本地口音。

你语塞了。你找的东西很明确，但又无法确定。你有起欲的欲望，但还没找到欲望的起动。她调侃的嘴唇使你的心陡然一动。你想这是你应当勇敢果断的时候。你赶紧走上一步："我们能认识一下吗？"你伸出手去。

她停住快速行走的脚步，好奇地看你一眼，粲然地笑起来："当然，很荣幸。"

她伸出手来，但你刚抓住她的手，她忽然看了一下腕上的表："糟糕，我迟到了。"

说着，她抽回手，向你挥挥，就快步转进一条小街。

在眼光与注视的辩证法之中，不存在巧合，只存在针对性。在性的游戏中，永恒的遗憾是：对象从不在你看她的方向看你；反过来，你看的也永远不是你想看的。

你傻住了。你伸出手去，不是请求，也不是抓攫，而是想留住她的可接触性，她的实在之明证。但她转身消逝只是一瞬间的事，你落入虚空的跌降却是那么绵长。

当你终于抬起头，你看到自己正站在一个酒吧门口，酒吧开着门，却挂着绛红的门帘，里面传来节奏鲜明但乐调柔和的音乐。门口一个穿着整洁西装面相和善的小伙子，样子几乎像大学生，客客气气地请人进去。你自然地进去了，想让自己至今还在怦怦跳的心静一静。

酒吧灯光不亮，很长的吧台从门口一直延伸二十米到里端，三三两两的顾客有的坐在吧台边，有的坐在板隔开的座位上。整个酒吧照得最亮的地方，却是调酒台后面平行二十多米的狭长舞台。你吃惊地看到显然刚走上舞台的三个女人，一边扭舞走动，一边慢慢地脱衣服。你往里走，稍站后一看，才发现三个女人，一白，一黑，第三个是黄种人，正在把她水红色的紧身裙慢慢往上撩起剥掉。她把音乐二板当作一拍，身体缓慢优雅地扭动，腿胯坚韧而腰肢柔顺。当她外衣拉上手臂露出脸来时，你差一点叫了起来，这不就是她，你冶想的女人！只是在舞台灯光下她显得比在街上年轻漂亮得多。

然后你发现这三个肤色的女人，几乎一样漂亮，她们脱掉了乳罩，乳房几乎一样是完美的大弧线。座位上响起了稀稀落落的掌声，你也只好鼓掌。你看到那女子朝你一笑，她也许只是朝掌声笑。

男人上当，是以为女人是永恒的性对象，女人上当，是以为男人是永恒的性力之源，于是，两性关系成了互相炫耀自夸的假面探戈。

他眼睛模糊了。驱动你的注视的不再是欲望，而是惊愕。那活生生的女人变成了袒陈的构图，甚至那同性无异性才有的器官，性注视的命定焦点，也因为过于清晰暴露，不再需要努力注视，只需要淡淡地看。那个曾是艳遇希望的女人到哪里去了呢？难道也像那些封面裸女一样站到了不容易够着的上排？

人生有两大悲剧：一是失去欲望对象，二是获得欲望对象。过于实在的占有使注视失去了距离，失去了渴求的可能。

三

你什么时候演出过？别人不记得，你自己也记不清了。或许，多年以前，曾经有那么回事，但闪失一多，你自己也不好意思回想，于是记忆也淡薄了。

巡回演出的马戏班还是收留了你，你生活在隆隆响的大汽车中，仔细地管着服装、道具、五花八门的器具。马戏团名字换过了，老板换过了，人员换了不知几拨，只有你是真正老班底留下来的人。不过谁也没见到过你上台表演的辉煌日子，那些蹦蹦跳跳的青年男女都叫你中国老爹。他们到服装车里来，当着你面换衣服，根本不必避你。他们天天演出几场，生活在注视之中，中国老爹不在观者之列，也没人觉得有必要多看你一眼。

注视先于我而存在。我只能提供一个角度的注视，而我的存在必须被四面八方的注视所确认；注视外于我而存在，只有在我被注视时，被置于注视之网中时，我才是我。

你是五十年代初流落到香港的，把家传的技艺带进破烂的新界贫民区。移居英国后，别的中国人不管原先干什么，一律进入餐馆业，现在都是儿孙绕膝颐养天年。只有从小跑江湖的你坐不住鱼条外卖店，跟着一个演马戏的吉卜赛女人流浪到欧陆转游各国。你曾被画在广告板上，是叫座的好角。

现在的马戏团每一地要摆开一大摊儿，柴油发电机突突地响，天还没黑霓虹灯与音乐就开始招引孩子们。坐在车里，你只听得见大棚里一阵一阵的喧声。你不想去看，到散场才轮到你忙碌。那些身材娇美只穿三点的少女，无时不在蹦跳的黑人，装模作样的小丑，轮流占据舞台中心。深夜你忙停了，拽着腿回到车隔舱你的铺上，却看见一黑一白两个赤裸的人在你床上折腾。看见你进来，他们甚至连歉意的微笑也没给一个，又回过头继续他们的运动。你的在场对他们不具有任何意义。

别人的注视作为我的镜子出现：面对镜子的孩子第一次看到自己的注视，才知道了我的存在，在这之前他只有身体这部分那部分分散的感觉而已；少男少女面对异性注视才第一次知道自己作为对象的存在。

冬天多雨，生意清淡。他们在诺福克演出后，只能停下来等邀请。现在连白天也有人自己带上被单来借你的床。你只好撑把伞，到这个毫不出众的小镇街上转悠：照例是长满常春藤的小教堂，照例是石碑东倒西歪的墓园。你在墓地中一脚高一脚低地走着，突然你看到一小块平置略有斜面的墓石，刻着个怪名字China Lee，中国李，还有一段字迹模糊的题词，说是二次大战时英国商船征募的水手，船沉落海十多天才被救，截肢后疏散到这小镇，十年后死于此处。

你突然一个冷噤，突然想到你可能是这个无名的中国水手死后，甚至生前最后十多年，所遇到的唯一中国人，而且今后几个世纪几十个世纪恐怕也不会有个中国人看到这块墓石。

我不得不承认自我只是建筑在很小的一片陆地上，周围是缺失的无边大海。我寻找别人的目光，像沉船焦急地发出SOS。但随着岁月流逝，我的落脚点越来越小，自我越来越卑微，直到死亡擦除任何我曾被注视的痕迹，一如我从未存在。

那天你很晚才回到马戏班。大家都在喝酒玩闹，你把老板叫到一边，说下一次，到布拉德福，你也要演出，演本行拿手戏中国大魔术。

老板惊奇地嚷了起来，全班子哄堂大笑，一个黑小子吆喝一声连翻三个筋斗落到你的肩膀上，你没撑得住，垮倒在地。这下大家都指责那小子无礼。老板也发了慈心，觉得何妨同意，只是让你好好练习，演出一星期的最后一场才让你上，这样演砸了也不影响生意。

当报幕的小丑用夸张的声调宣布专请来中国皇太后殿前大法师演出，你似乎生平第一次被灯光照亮。你调匀呼吸，步态缓慢而庄严地往台前走，一言不发地向观众鞠躬——你不知道有多少观众，你事先就禁止自己看一下场子。你的龙缎大袍在灯火下熠熠发亮，神秘的异国情调使全场骚动起来，然后又静下来，静到只听见一个小孩的哭声。

你一言不发，只是慢慢地举起双手，一只又一只白鸽从你手中飞出。

"十二连飞。"你用中国话大声宣布。异国腔使黑暗中的孩子们兴奋地叫起来。

一个转身，舒展大放恰到好处，你从长袍下端出一大缸水，倒进玻璃柜时，倒出红黄二色金鱼。

"吉庆有余。"

你没等掌声停下，你知道怎样使观众喘不过气来，使他们眼花缭乱。你从长袍中变出一件又一件使全场欢跃的东西：一只大花瓷缸长着绿树，一条活蹦乱叫的狗，一辆自行车，甚至变出一个你自己也没想到的东西——一个半裸的女人，又拽出一个浑身涂油的黑人。你知道这是伙伴们歉意的表示，但你的惊奇脸色使全场大笑若狂。

"万象更新。"你汗流满面地喊。

最后将是一盒火。要动作敏捷而准确，捧出来时，磷才能把汽油点着，而且手腕要用有力的转动使火苗腾飞。这时你突然头晕，打了个趔趄，你明白汽油盘可能弄翻了。但你完全没有停下来的意思，你必须走向预设的高潮，让观众的注视归到最辉煌的一点。

你尽可能捷速地抽出铜盘，火还是猛地点燃了你的大袍。

"万家灯火。"你扬声高唱。全场都猛地站了起来，听你在火焰中大笑，他们屏息凝神，以为这全身之火只是中国大魔术的幻觉，连后台马戏班的同事们也这么想，因为你在火焰中笔直地站着，笑声不断。

而在这欢乐的火之舞中，你再也不是那个可怜的，没人注意的孤苦中国老人。

我对被注视的渴望，是最折磨我的欲望。在折磨中，人生走一个反环8字结；想象的症状最后变成真实的象征，内部翻成外部，我的欲望在注视中变成我的证明，而欲望的证明在注视中把我变成自我的奴隶。

这是我全没商量的命运：不是我思故我在，也不是我视故我在，甚至不全是我被视故我在。投向俗世之物的注视永远只是一种任意的可能，因此，只能是，我演故我在。

巴烈亚柯夫问:"答应几点还车的?"

"三点,押着三百定金呐,事务处借的。"阿辽沙代巴沙回答,他什么都懂,懂了就要抢着回答,"怎么说的——操他姐儿的。"他学巴沙的腔调。到中国三年,他学的中国话还真不少,学的骂人话更多。

"成了小兵油子!要是我小时候,早给母亲打屁股,或是被学监用藤条打手心了。"男爵想,"这小子得受点教育才行,不然怎么办?真的当兵吃粮?"

可是阿辽沙还在学中国骂人话,绕嘴曲舌的,挺过瘾,引得巴沙直笑。"到底谁操谁呀?"他突然说,一下子满脸通红,好像刚明白这几个音节是什么意思。看到阿辽沙脸红,男爵心里就有什么东西软了,化了,他觉得手指尖都有点炙烫。

"那就别管定金了。"男爵说,"开回去吧,我们得有辆小车。"

"这车不值三百!"巴沙惊奇地说。

"下次回天津找这个车行老板,不怕他不还。"男爵说,"现在快点赶回去,得准备打仗。"

嗬!巴沙兴奋地用手敲驾驶盘。巴沙长相是典型的哥萨克农民,粗鼻子大下巴,对男爵很忠诚,从乌拉尔一直跟到中国,只是太容易激动,不是小车司机的料子,在欧战中他原是开装甲车的。

"给多少钱?"

"先给半年饷,打下南京再加半年饷,打下上海加两年饷。"

"乌拉!"阿辽沙嚷起来,他脱下帽子想往天上摔,想想无处可摔,只好又戴上,嘴里的欢呼也不知所措地停住了。男爵不让阿辽沙理军人式的平头,始终不愿意他成为军人,打他一出现起,男爵就处心积虑想把他甩掉,每到一个地方,男爵就想让他留在东正教堂办的收容所,或是留在饮奶派办的主日学校里,阿辽沙每次都跑了回来,而且都是在部队开拔之后,半道上才出现在士兵队里,男爵只好让他再跟一程。

阿辽沙把军帽戴上,他的男童式长头发前刘海,原是掖到军帽里的,现在只好挂了下来,使他看起来又像个女孩子了,头发淡褐带红的。

"这次帮谁打谁?"阿辽沙忽然想起来问。

"管他呢!"巴沙说。他又猛踩一下油门,汽车呼啦一声擦着道牙,抹过弯,进入八里台。

"到底帮谁打谁?"阿辽沙追问。

"帮的叫张宗昌。Чжан-Цзун-Чан。"男爵说慢些,让巴沙和阿辽沙一齐拉长了调门学这几个音,然后哈哈大笑。

"打的是孙传芳。Сун-Чуань-Фан。"

巴沙和阿辽沙笑得几乎呛住。巴沙看见男爵也跟着大笑起来,就索性把车停在路边,三人都笑得弯下了腰。

"宗——昌——传——芳!"他们齐声吼着,乐得差点闭过气去。

阿辽沙忽然一脸严肃,又问:"到底帮哪个打哪个?"

"Цзун! Чан! Чуань! Фан!"

"这么怪的名字,不打他们打谁!"阿辽沙嚷道,接着又大笑,直到流出眼泪直喊肚子痛。

二

民国十四年的鲁浙战争,是军阀莫明其妙开仗游戏中最莫明其妙的一仗,连利害关系都没弄清楚就打了个不亦乐乎。

当时吴佩孚和张作霖都明白,已经占领了京畿和中原的冯玉祥西北军,是他们的主要对手,他们正在调整关系准备打大仗。奉军因战线过长,基本是不战而撤出上海与江苏全境,让从福建败退出来的孙传芳得到可乘之机,占领了沪宁杭膏腴之地。

至于孙传芳,素来胸无大志,至多只想割据东南,从未有扩展到苏皖之北的野心。他甚至连徐州也不想打,整个十月份都在等吴佩孚或冯玉祥的军队来占徐州。

而代奉军接防徐州的张宗昌,半年前刚把山东督军的官位坐稳,实现了他多年扬威家乡的野心。作为奉军的客籍军官,得此足矣。

既如此,何争之有?果然,战后不到一年,这两个山东老乡化干戈为玉帛,称兄道弟,合力对付蒋介石的北伐军。

但是一九二五年十月底十一月初,沿津浦线徐州至蚌埠段打的这一仗,却也是内战史中不多见的——忽然就动了真,红了眼,打破了鼻子。

三

男爵沉下脸。

"阿辽沙,你留在天津,这次部队要走很远。"

"嗨!"阿辽沙转过头,做个鬼脸,咬牙切齿地说,"你是我爸?"

阿辽沙没爹没妈,至少他记不住他们是什么样。爹是个苦役犯,到底犯了什么罪被流放到雅库茨克地区,阿辽沙也说不上,因为他早死了。母亲带着他从这个男人屋里搬到那个男人屋里,最后还是扔下他不顾,跟人跑了,看来是回伏尔加河上的察里津去,那是她老说起的地方,不然她不会下这样的狠心。

阿辽沙不知跟着谁流浪到外贝加尔,那时他才十岁。

这一千多公里路他是怎么走过来的，连他自己也说不清楚。遇见他们队伍的时候，西伯利亚已是冰天雪地的白色世界，已是每日狂风如刀举步艰难的路。

那年，一九二二年秋冬，跨过贝加尔湖东行的人很多，最后一个独立于布尔什维克的政权远东共和国解体，在东行的溃流中，只有男爵带的这批人马还像一支部队。穿过风雪交加的外贝加尔地区时，队伍就像滚雪球似的有了近万人，大半是伤弱病残人员，还有更多不知哪儿来的也不知属于何人的妇女和小孩，跟着就合一堆走了。

阿辽沙那时才十二岁吧，男爵想。十数辆马车上堆着辎重和伤员，已经挤得太满。雪封的冬原难以筹粮，每天晨晚两顿饭抢得混乱不堪。终于在一次与红军游击队的遭遇战中受了极大损失，幸亏对方部队太小，得了便宜就没有死追。部队扔下几十具尸体逃脱了。

男爵下命令非部队人员一律离队。第二天，他从马车上乱糟糟的东西中找出一个小男孩。部队集合起来了，污秽的各色皮帽下是冻得发青的脸和冷漠的眼神。男爵知道问也问不出个名堂。他下令把这男孩子捆在枝叶脱尽的树干上，命令今后搜到非部队人员，一律捆起来扔在雪地里。

"不然，"他说，"不然这支部队将被赤军像牲口一样一个个抓住屠宰。"

这样部队行进就比较快了些，女人和孩子被撂在后面，在乌沉沉的地平线上，他们越落越远。西伯利亚十一月的白昼实在太短，天空很快就从淡白变成灰红，变成紫黑。部队宿营时，天已经黑透了。士兵们悄没声息地置锅做饭，每个人都沉默着。男爵心里也很烦躁。这时男爵才想到那个没有人要的男孩可能生了病，是被哪个好心的士兵藏在车上的。他根本没多看那男孩一眼。

"唉，我就应该那么残酷吗？"他问自己，"难道俄罗斯人死得还不够多吗？"

终于，他听见远处传来低沉的脚步声喧闹声，接着是营地里士兵跑动的声音。他走出指挥所帐篷，看到士兵们在欢呼，有人从篝火边拣起火把，迎着远方的脚步声奔过去。不久那些女人和孩子就冲进营地，冲到篝火边。他们都装作没有看见他，有的士兵斜着眼害怕地看他一眼。他孤零零地一个人站在黑暗里。人们冲到烧着汤的大锅边，不怕烫破嘴地猛抢浓腥味的鱼汤。

他看到了，他终于看到了那个男孩。那男孩在火里抓土豆，烫得双手换着直甩，却舍不得放到地上。火光烤着他的脸，脸上全是黑灰，还有烟呛出来的眼泪。他把土豆刚塞到嘴里，又腾出手来到火堆里抢食。

巴烈亚柯夫站着看了很久，篝火闪动，看不清楚，他不知为什么心里有种又酸又苦的感觉。那十多个篝火边已经响起了精神十足的手风琴声和打情骂俏的尖笑，西伯利亚刺骨的寒冷迫使人们舞跳得更欢。

此后一连十多天他只好用这个办法：军队提前走，提前宿营。落在后面的妇孺像一小片林子，像一群野雁栖停在地平线上。用这办法部队挡住了几次袭击，没有被击溃。他们在十一月中旬绕过已被红军占领的赤塔，越过西伯利亚铁道，然后跨过满蒙边境。满洲的中国军队怕他们进袭满洲里或海拉尔，迎上来命令他们缴械。男爵坚持要进行正式的受降仪式，他希望像一个指挥官，体面地结束一支虽败犹荣的军队，尤其是在大群妇孺赶上来之前，像一支正规军，接受解散的命运。

他这一招有意料不到的效果：奉军给了一些遣编费，又转而同意把这支部队保存了下来。奉军的张宗昌将军喜欢用比他还高大的俄国骑兵做他的开路仪仗队，但同意不调散男爵带的这个团。

他们沿哈尔滨、长春、奉天，撒下一路的俄国小贩和俄国妓女。他想，在天津应当把部队再做一次清汰，留下老弱，还有阿辽沙这种年龄太小的。

四

他没想到部队又越滚越大。许多俄国人听说奉军不仅进了关，而且要下江南，都想跟部队到中国最富庶繁华的地区去发财。这个团的编制是三千人,当时他想可以扣出一笔钱,现在几乎达五千人,占着天津南郊的一所学校房子,整日乱哄哄的。跟他从贝加尔来的老兵都升了军官,还是管不好——新加入者大多身份不明。他猜很多人是远东的流民和刑事苦役犯。

在济南集中时,他打电话给张宗昌要求补发军饷。部队大了。

张宗昌说:"哪来那么多人?你把什么龟儿子都拣进来骗钱?"

男爵说:"都是打过国际战争的,你们中国还没见过这样训练有素勇猛善战的部队。"他知道张宗昌是有名的痞子将军,他没把握张宗昌能否听懂他的弦外之音。张宗昌在海参崴干镖局时学的几句蹩脚俄语远远不如他的钱袋有吸引力。

"不信,我们在济南城演习一番如何?"他说。

"不许胡来!"张宗昌吼了起来,"你马上向南开拔,到徐州后,沿津浦线东侧,与四十七旅一起向蚌埠进攻。"

"钱呢?"男爵决不松口,给多少钱打多少仗,"我们在天津谈好条件的,按兵员给饷。"

"我派人到徐州等你。"张宗昌说,咬牙切齿地,"查了你的账再给钱。"

"好吧。"他一着不让地回答,"我们到徐州演习也可以。"

"你小子真耍横?"

"我在徐州等钱然后南下。"巴烈亚柯夫说着放下了电话。他觉得有点屈辱,跟一个中国流氓军阀互相比无赖劲儿。他为了事业,为了永不能忘情的理想,需要一笔钱。他可不是为了几瓶伏特加,为了几个小钱,就会在任何异国他乡为任何人打任何仗的雇佣兵。

火车一路往南,车经过的田野陌生无情趣,越往南越平坦而单调:割成小块的田地,冬小麦还没能遮盖光秃的土壤。矮小的农人,同样矮小的士兵,头上裹着青布头巾的农妇,陌生的人,崇拜着陌生的上帝——圆头圆脑的金塑,可笑的偶像。他不明白这些似乎平和宁静的人民为什么要打仗,而且报上说有几个教授、大学生居然学俄国人,开始玩革命。

他拳头轻轻地捶着桌子,桌上的酒杯本来只是跟着火车轻轻地抖动,现在跟着他的拳头轻跳。

"俄罗斯人,"他想,"可怜的俄罗斯人,天生的奴才,谁答应给他们分田,他们就为谁拼命。就像这一车俄国人,有钱就打仗,反正比做工务农轻松;而那些政客,那些在欧洲在满洲的流亡政客,党派林立,像一九一七年一样分崩离析,互相拆台,互相攻击,互相谩骂,结果一事无成。尤其是那些社会主义党派,什么孟什维克,什么社会革命党,什么犹太裔社会党,帝国就是他们颠覆的,到头来不过自食其果。"

不过他最恨的是英国人，那些傲慢的英国佬。他想起在天津租界和那个英国情报部特派员的谈话。他指责英国为什么取消前议不再为他重返俄国的计划提供资助，那个自居俄国通的家伙竟然说他们将支持"温和的理智的左派"，只有这样的人物才能把俄国从极端主义者手中拯救出来。

Moderate sane left，那个家伙说了俄语，又用英语重复一遍，似乎每个英文词都浸透了唐宁街的政治智慧。

"那么我们这样的人当然是不够格的了！"巴烈亚柯夫男爵愤怒地站起来，"无怪你们也弄了个社会主义的首相！你们背叛了丘吉尔的英国，寇松勋爵的英国！"

那个自命为俄罗斯救星的家伙也站了起来："我可以告诉你，别引用我，引用我也会否认，这正是寇松外相在任时的决策。国王陛下的现任工党政府只是认可这个政策。"

"让我也告诉你，"他猛地推开椅子，大步往外走，"你们根本不懂俄罗斯国情！俄罗斯人民敬畏上帝，尊重权力，你们西方的意中人根本无法统治俄国。"

他走出门去，听到那个英国绅士特务大声说："你们俄国贵族失败就在于太傲慢。"但他已经不想回答。他可以告诉他俄罗斯帝国的毁灭就是世界毁灭的开端，首先大英帝国会跟着毁灭。但他已下定决心自己来筹这笔庞大的资金，干出一番事业来让这些英国佬瞧瞧。

"我已经年过三十，"男爵想，"我得赶紧行动，不然真可能永远回不到俄罗斯了。"

入籍军！他想起张宗昌给这次参战的俄军起的编制名称。原先想叫归化军，俄军军官一致抗议而作罢。张宗昌的谋士说中国历史上借外兵作战必须有个言顾的正名。

"去他妈的入籍！"他拳头敲得重了一些，酒溅了一点在他手上，顺着汗毛流到手指缝中。

五

在徐州车站等他的是张宗昌的参谋长，说是劳军来了，让他把部队带到一个岔道边整好队伍。岔道上停了两节货车。参谋长手下的卫兵变戏法似的推开车门：一车是鲜蹦活跳的牛羊，另一车全是伏特加酒和大炮台香烟。士兵和军官欢腾若狂，激动地大喊"乌拉"。

参谋长说："在兵营里休息两天，千万别上街，晚上我给你们再拉两车慰劳来。"

晚上七点，士兵们都已酒足饭饱，正在醉醺醺地吵闹说要上街遛遛，醒醒酒，吹吹风，各营的军官们不知如何是好时，参谋长真的押了两辆卡车到了。一打开车门，蜂拥在窗口和院子里的士兵高声吼叫，个个兴奋得发了疯，舍了命地往上冲——原来装的是两车皮女人，已经剥得光溜溜的。看见洋兵冲上来，女人发出尖叫，把士兵们刺激得更加疯狂。

巴烈亚柯夫男爵厌恶地皱着眉头。不知哪儿弄来的女人，可能原来就没好衣服，干脆像母猪一样装过来。张宗昌可能认为俄国人本来就骚得像畜生。如果士兵这样作准备进入战区，他们得到了足够的暗示，有可能妨碍他自己的计划顺利展开。

他把自以为得计兴奋得满脸通红的参谋长拉到一边，问他："钱呢？"

参谋长说司令交代到南京补。

"胡扯！"男爵一把抓住参谋长的前胸，几乎把他推倒在地上，"到南京补打下南京的酬劳，预付的钱还没给足！你用这种办法打发我的士兵，我只能在徐州演习一下才能维持纪律。"

"别！别！"参谋长连忙摇手，"我给你交底吧，司令兼任了江苏善后督办，你别胡来。过了徐州到安徽境内，由你演习。施从滨任安徽督办。"

六

男爵气鼓鼓地回到指挥部，那是兵营之间的一幢砖瓦平房，没有声音，只有一个房间亮着灯，军官和卫队都去狂欢了。

"都是畜生!"他骂道,"没有一个好东西!"兵营那边传来砰砰打碎杯盘的声音,看来是在抢女人,或是抢先后次序。

他知道手下的士兵经常搞出强奸民女的事,他尽可能装作不知道,或是干脆躲开让营长们去处理。但用如此方式送女人上门,把俄罗斯人,哪怕最低贱的俄罗斯人,侮辱到了极点,而士兵们却个个在夸张总司令待人不错!他气得用脚踢廊前的石柱子。

"看来得赶紧找自己的办法了。"他想,"谁知道这个臭村痞到南京会耍什么无赖。"

他一走进指挥室,就看见边上卫兵房间门开着灯亮着。他大步跨过去,看见巴沙正光着浑身黑毛的身子,骑在一个女人身上。女人被按倒在地板上,干张着嘴发不出声音。而阿辽沙也脱光了跪在女人身边,手抓住那女人的乳房,脸涨得通红,好像是喝醉了,又好像是胆怯不知所措。

男爵大吼一声"混蛋",伸手就去抓身上一直挂着的匕首。巴沙吓得直叫嚷,一溜烟地往外跑,连衣服也没来得及抓。那女人也吓得跟他往外跑,却没忘捡起巴沙的军衣披在身上。阿辽沙嘟着嘴慢慢地跟在后面。

"你站住。"男爵说。

阿辽沙站住了,背靠着墙,手揸开放在臀部后面的墙板上。男爵已经把匕首擎在手中,那匕首尖极为锋利。他狠狠地咬着牙,把刀尖对准阿辽沙的胸口。阿辽沙脸色变得死白,他光裸的身体几乎没有任何毛发,阴茎小小的挂在两腿间,上面耻毛还没长全。

刀尖碰到了阿辽沙当胸的皮肤,阿辽沙闭上眼睛,浑身开始打战。

巴烈亚柯夫听见自己的呼吸,他不知道自己为什么发这么大脾气,不明白为什么他想杀掉这个臭小孩,这条忘恩负义的狗崽。

在外贝加尔行军中,自从他捆过这个小男孩,他就不得不每天晚上注意这个孩子是否跟了上来,好像欠着他什么似的。每天宿营后,他焦急地等着后面的鸟群飞过来,甚至比那些有妻小落在后面的士兵还要焦急,一直到他手中的火把照到阿辽沙肮脏的小脸才松一口气。阿辽沙也看到了这个凶蛮的指挥官在注意他,起初他害怕地躲开,后来就渐渐挨近男爵的帐篷,比其他人更高声地吵吵闹闹。终于男爵首先无法再忍受这种逗引,命令巴沙去把孩子抓进来,给他一点剩余的晚餐。

那时他觉得自己像个父亲,每晚阿辽沙飞进他的帐篷时,他才感到这一天总算平安过去了——他真怕这孩子跟不上来。

而现在呢?现在他为什么生这么大的气?他不知道。

他自己也糊涂了。

刀尖陷进了皮肤,阿辽沙没有敢伸出手来阻挡,他紧闭的嘴唇哆嗦着,只是嗯了一声。一滴鲜红的血在刀尖头上冒了出来,在他娇嫩的乳头之间,顺着胸沟往下,流到他两侧带着沟窝的肚腹上。

巴烈亚柯夫男爵惊奇地发现自己开始喘不过气来,针刺一般的寒颤从他全身的皮肤掠过,他的手指开始发麻。

"噢——"他狂吼一声,抽回匕首,狠命地往地上一掷。匕首插进地板里,噔的一声金属响,像手指碰着一根紧绷的弦,余音延续了很长。

七

到火车站接他的马车回到府邸,他老远就看见白大理石的门柱前,母亲站着等他。那是他从少年士官学校第一个暑假回来。

"母亲。"他从马车上跳下来,镇定地叫了一声,然后就身一侧想从母亲身边溜过。他知道母亲的拥抱亲吻会没完没了,挺窘的。但母亲只是用手里的扇子拍了一下他戴着军帽的头,说:"我的勇士,去吧。"

他冲进自己的房间。房间是熟悉的,但他觉得若有所失。坐了一会儿,他打开门偷偷往走廊里看,看见母亲站在走廊里，好像在等他出来。他一下子扑到母亲怀里，他们亲吻得直到泪流满面。

阿辽沙撑起手臂，俯在他耳朵上，对他说："尼柯，尼柯。"

他从梦中醒过来，迷迷糊糊地说："怎么？什么事？"

阿辽沙抱着他的头颈，抚弄他的胡须："别把我留在后方。"

"唉，我的小勇士，你想干吗？"

"你上哪儿我就上哪儿。"他想了一下又说，"我要看打仗。"

他一下子醒过来了："杀人有什么好看的？千万别去，你留在兵站。"

阿辽沙像只猫一样蜷缩进他的怀里，那一头火红的头发，柔软得像母亲金黄的长发。

阿辽沙说："要是我跑了呢？你就再也见不到我了。"

"嗳，跑吧，兔崽子，跑吧。"

欧战即将开始时，士官团给了他三天假让他回家看母亲。母亲的脸容美丽而忧伤，但她很镇定，上战场本是俄罗斯贵族的特权：祖父在塞瓦斯托波尔负过重伤，失去一条手臂；父亲在对马海战中阵亡，让他很小就承袭了爵位。既被称作巴烈亚柯夫男爵，就是为了把血献给荣誉。

但是母亲说："你得去看看柳芭。"

他在把自己七零八碎的东西收进抽屉，好像打定主意不再回这间度过童年少年时期的房间，他已经是军官了。

"柳芭，你得去看看她。"

他说："我时间不够了，而且，为什么我要去看她？"

母亲说："你们从小是朋友，我原以为她会成为你的未婚妻。"

不知为什么，他听到这句话心里特别烦。他把抽屉砰的一声关上。母亲说："你怎么啦？"

半晌，母亲坐到他身边，拉着他的手说："你已经十七岁了，你没有爱过什么姑娘吗？"

他摇摇头。

母亲又追问，好像有点着急似的："你从来没有接触过女人？"

他吓了一跳，抬起头，看见母亲满脸愁容。他说："我就爱你一个女人。"

母亲转开脸："快快打完仗，快快回来，我们再好好谈谈。"

可是母亲现在在哪里？有人来告诉他，说是洛瓦特河上帕尔维诺他们家族世袭的庄园，土地早就分给了佃户，府邸现在是区苏维埃的办公楼。人是善忘的，过不久，那里没人还会记得他。

他想，等这次战争结束，他得在伦敦和巴黎报纸上再登一轮寻人启事,他不能那么轻易地接受母亲已经消失这个事实。

但是,万一再次见到母亲,他怎么回答她的问题呢?她能接受面临的事实吗?

他睁开眼已是阳光满窗。这些士兵忘掉了晨操,他也忘掉了。母亲可能还担心爵位的继承问题,至少这点暂可不必伤神了:今后的俄国爵位可能只是个笑话。

八

四十七混成旅由山东军务帮办施从滨率领,很快进入蚌埠。

施从滨急于南进。桐城施家是安徽望族,他已经五十八岁,须眉皆白。袁世凯登基前封的陆军中将,却从来没有占住过地盘。壮士老去,机会方来。张作霖许他一个安徽善后督办的空衔,让他自己去从暴发户孙传芳手里抢安徽。他急于在孙军立足尚未稳时抢占津浦线,因此他狠命地催白俄团赶快跟上,渡过淮河占领门台、凤阳一线,掩护四十七旅东侧。

参谋处报告说白俄兵把基地设在符离集,从宿县往南,沿津浦线路东撒开一路,占着每个村镇榨钱,轮番递进,一村一镇地榨,不交钱就杀人抢劫,白日抢钱财,夜里抢女人,因此,前军至今还没到蚌埠北二十里的新马桥一线。

施从滨这才知道事情不太妙:张宗昌说把最精锐的白俄军队给他配合作战,说白俄军人高马大,勇猛无敌,以前总是一露面就把对方吓唬住了,还说这个前锋团的团长是欧战和俄国内战中打出名的贵族军官,指挥有方,长于攻坚,保证能旗开得胜云云。

现在白俄军完全无意配合,他在蚌埠就孤军突出过前了。他的四十七旅残弱多欠饷久,无法独立支持。

施从滨非常恼火,这些俄国佬不知道打到南京苏州上海抢钱抢女人才能抢出个名堂,在这个淮北穷乡乱抢个什么劲儿?真是没见过世面的土毛子。

当他知道孙传芳军的谢鸿勋师在西、卢香亭师在东,正形成三面包围蚌埠之势,便决定立即放弃蚌埠,全旅北退到固镇,而且不通知这些土匪毛子,让他们孤立在前与孙军作战,不管谁胜谁负对他都没坏处。

九

巴烈亚柯夫已经习惯了每天早晨就看见施从滨的联络参谋坐在他的指挥部里,死催活缠地要他早日进军,有时他不得不让巴沙把这个脸上表情过多的军官请出去。不过大部分时间不妨让他坐在那里,男爵和他的军官们俄语说得稍快一点，那人就一副傻相，看来是北京速成俄专的什么学生。

可是，这天上午十时此人还没有出现。男爵突然想到可能情况有了变化。他立即叫巴沙和阿辽沙去找。他的侦察兵相貌太特别，言语不通，实际上摸不到任何情况。

阿辽沙气喘吁吁地跑进来，说那该死的中国佬找不到，他和他的卫兵不知什么时候走掉了。那家房东几天前已被他们抓过来捆在后院牲口棚的柱子上，一直未能交出钱来赎回，家里只剩一个老仆人，说不清楚。

这时，向西搜索的骑兵也回来了，说津浦沿线已经空空荡荡，连驻守车站的四十七旅后卫部队也不见了。

男爵这才想到施从滨可能拿他做垫背的。现在敌情不明，只能从延伸到最南端的部队开始，稳步向北收缩。他立即命令团直属骑兵连与他一起赶到已经前行到磨盘庄一带的那半个营，组织后撤。

远远地，就听见南面响起密集的枪声。最坏的猜测被证实了，前出部队一旦被粘上，全团的后撤都成了困难的事。骑兵连用最快速度前进，快靠近村庄时，他看到左侧有一片略高一点的坡地，命令骑兵连绕到坡地后隐蔽，自己带了警卫班冲上坡地观察战情。

从坡顶，用望远镜可以看到，向村庄进攻的兵力不多，约两个连，数百人。孙军大部队没影子，或许在忙着占领蚌埠。

他定了定神。只要速战速决,脱离接触,就可备战迎敌。从一九二〇年在乌拉尔与顿河一带恶战以来,还没有打过势均力敌的仗,尽被张作霖张宗昌用他们的大个头怪相貌来吓唬人,这次可能要动真刀真枪了。俄国兵得打出个威风来,才能完成他的第一步计划。他立即命令传令兵告诉稍北驻新马桥的一营,立即准备会合并后撤,骑兵连跟他从侧背袭击这股孙军。

他嗖地抽出马刀,全连都跟着他抽出马刀,噌噌地一片响。平原的劲风吹在钢刃上,擦出一种乐音。他脱下帽子,用袖口抹了下脸上的汗。

"不应该这么紧张,"他对自己说,"你是世袭俄罗斯军人,你跟号称世界最精良的德国陆军作过战,一九一四年萨马诺夫军团在东普鲁士但能堡被围时,你曾带着小股部队冲了出来,尼古拉二世沙皇亲自签署给你的授勋令,把你从准尉见习军官立时提为上尉。你是俄罗斯军人的精华。这种中国军阀战争,不过是打闹儿戏。"

但他突然明白了他为什么紧张。阿辽沙在他身边,也抽出马刀在手。他从来没教过这孩子骑术和刀术。他完全没想让这孩子上战场。今天本应当先派他去执行较安全的任务,不知怎地,他与警卫班一起跟上来了。此刻阿辽沙正兴奋得满脸红光。

"晚了。"他想。他无法在这个时候与这个好撒娇的孩子拉扯，全连都在看他的一举一动。

他侧过身望了一下，骑兵连正在他身后稍低处散开成一线，马喷响着鼻子，性急地刨着前蹄。他看到孙军的前沿已经向村庄发起冲锋，完全没有后续部队，留下几乎一直延伸到地平线的开阔地。散散落落的村子里，不像有大部队跟上来的样子。

他咬了咬嘴唇，命令骑兵从坡地侧前直接冲入敌阵。

立时，一百多匹战马就在他眼前的田野上狂奔。秋种才不久的田野被踢起一面褐黄色的尘墙，等到一片震天的"乌拉"喊声响起时，他才带着警卫班冲入战场。他们顺坡而下，马跑得比骑兵连还快。他示意巴沙，让整个警卫班缓一步，除非万不得已，警卫班不应卷入战斗。只有阿辽沙不知是控制不住马还是什么原因，直冲在前头。

他非常恼火，他疾驰着，忙着观察战情，还得腾出眼睛余光看着阿辽沙。

孙军发现有骑兵突然从侧翼袭来，正在火力掩护下冲锋的部队立即停住，掉头往回跑，其余部队立即转向骑兵射击。他们还没布置好，骑兵已经赶到他们面前。田野里有些石块，马刀在石头上迸出火星，吼喊和枪声把马刺激得分外疯狂，只倒下几匹马，骑兵已冲入对方散兵之中。孙军只能边打枪边往后撤，尽量向四面散开。

男爵看到阿辽沙的马正朝一个士兵冲过去。那个士兵开了一枪，没打中，一边拉枪栓一边往后跑。阿辽沙冲了上去，举起马刀迎头砍下，但马步与他的挥刀动作没有协调好。那个士兵听到马蹄声，回过头，满脸惊恐，但及时用枪挡了一下马刀。当的一声，阿辽沙身子摇晃了一下，几乎被震下马来。此时马已经越过士兵往前跑去，阿辽沙赶快勒住马，转过马头。他的动作太慢，马不知所措地甩头晃脑。就在这时间，那士兵已举起枪对准阿辽沙的后背。

"这个小子！"男爵心里骂，"还在玩耍呢！"

他只稍稍夹了一下他的花斑马，马就很知意地从那个孙军士兵左侧作斜线奔过，男爵右手捏的马刀正好顺势轻轻地划了一道短弧线，切开了那个士兵的脖子。血呼啦一下喷了近半米远。他从正在与马较劲的阿辽沙身边跑过，愤怒地喊了一声："站着别再动！"

阿辽沙满脸惊奇地看到临头的生命危险突然消失，那持枪者倒在地上，枪扔得好远，满地的血朝土里渗。他还没回过神来，不明白为什么男爵一脸凶狠。他的马不知应往哪个方向走，一蹶一蹶地挣扎，把阿辽沙颠得看不清任何东西。

骑兵连已经在包抄逃散的敌人，把他们驱向北，而北边庄里的部队已端了刺刀冲出来，与骑兵配合把敌军夹在中间。那些士兵似乎吓傻了，只听见零零星星的枪声，没有一个人在跑。的确已无处可跑，也没有继续抵抗的可能。

"投降！"男爵喊道，"投降！"他们都学过几个战场上最可能用到的中文词。但是没有一个人在缴敌人的械。在一片乱糟糟的叫嚷声中，只看见俄军骑兵和步兵从两个方向合拢，在全神贯注地杀人。巴沙挥舞着血淋淋的马刀，已经冲过战阵，又返回身来冲进敌人中间。有人举手投降。他从马上俯下身，把马刀狠狠地插进那个人的胸口，然后用力往下一按，那个人双手握住刀口，嘎声大叫，但他的内脏和手指一起落到地上。他向后翻倒，噗的一声，只剩一个腔壳，像空桶一般歪在地上。

"我的上帝！"他想，"这是屠宰，这不是战斗。"

他想叫停部队，赶快结束战斗准备后撤，可是看来也没有比杀光砍尽更快的结束战斗的办法。大部分敌人已被马队砍倒，从庄里冲出的步兵正在宰杀最后一批活人。

中国人打内战一向是尽可能多抓俘虏补充兵员，士兵总有投来降去的机会。他们没想到白俄部队不需要他们作兵员补充，没时间也没心思抓任何俘虏。不仅如此，俄国兵已经在搜杀伤员，用大刺刀朝喊叫的嘴一刀直插进去。抹血装死也没有用，俄国兵正在把任何比较完整的尸体开膛破肚，骂骂咧咧地把嵌在骨缝里的刺刀往外拔，弄得满身血腥。

巴烈亚柯夫男爵知道战争无优雅的死法，看到过被炮弹炸碎炸烂的尸体，但没看到过这种结束战斗的办法。他知道他手下有不少人不是职业军人，只是些流氓，但现在几乎每个人都在狂醉地杀人。只有一个解释：中国人外貌如此不同，好像不是在杀人，而是屠猪杀牛。

他必须马上制止这种酷行：撤退已经不能再耽搁。

正在这时，他突然又想起阿辽沙。他转过头，看到阿辽沙的马孤零零地站在两百米远的地方。他心里突地紧揪了一下：怎么回事？他纵马跑过去，才看见阿辽沙站在马旁边，怔怔地看着地上躺着的那个士兵。那个人的头几乎完全被砍断，只是后颈还连着，血还在从头颈里伸出来的长短粗细不一的管子往外直冒。

忽然，阿辽沙提着刀蹲了下去。

"别！别！"男爵嚷了起来。在这一片喧闹之中，他的声音传不远。

当他勒住马，阿辽沙已经按住那个死掉的士兵的头，用刀子割，他的手被血染得通红。阿辽沙抬起头，看见男爵在朝他走来，就咧嘴露齿，几乎是白痴一样怪笑。

男爵觉得他的心在敲捶胸壁，几乎无法呼吸，他的脸色一定非常狰狞。他看见阿辽沙把那个头颅提起来。那士兵的头发太短，抓不住，只能抓住一只耳朵。血顺着阿辽沙的手臂流到肘上，他的军服上鲜血狼藉。他尖细的声音在狂喊："这个人差点打死我！这个人要杀我！这个人杀我！"

他不知道阿辽沙脸上是汗还是眼泪，他只看见他的双眼充满恐怖,那两只曾让他看个不够的无邪的双眼,长着密密的女孩子一样的长睫毛,现在充满了恐怖:不是被杀的恐怖,而是杀人的恐怖。

而那个中国人的脸相也怪:一只眼睁得大如圆球,另一只眼紧闭着,半个脸浸泡在血里,好像擎在阿辽沙手里的不是一个人头,而是一个肮脏的厨房小伙计在摆弄的一块烤肉。

他这才想起这个士兵本是他杀死的,赶快看自己的马刀,马刀尖上果然还有血,沾了土灰,变成一块说不出颜色的脏斑。

阿辽沙手中的头颅跌落在地上,他用脚去踩,去踢,嘴里不知叽叽咕咕在骂着什么。

一阵恶心带着酸水从胃里冲上来。你怎么啦?这又不是你第一次杀人。打了十多年仗你已经杀过不少人,再加一个又如何?战争不是杀人就是被杀。至于这个脏小孩阿辽沙,既然上了战场就得学会杀人。

"这是你的错。"他想,"你根本就不应该优柔寡断,你早就应当赶他回后方。你白白糟蹋了一个孩子,他应当只是个孩子:天真,有一点儿坏心眼,有许许多多的缠绵。"

十

他想起阿辽沙今天早晨与巴沙吵架来着,这才使他没有及早注意到施从滨联络参谋的失踪。

他记得阿辽沙正在卫兵室对着巴沙大叫大嚷,看见男爵走进指挥室,就迎着他跑了过来,嘴嘟得好高。

"你怎么啦?"他惊奇地问。巴沙是个嘴拙的人,不容易跟人吵架。尤其阿辽沙本是他的唯一好朋友。

"巴沙说我是赤党崽子!"

巴沙走上来,啪地行了一个军礼:"报告团长,我只是说他父亲可能是赤党,流放到雅库茨克的大部分是政治犯。"

男爵说:"巴沙,我看你自己就是个赤党!"他走到摆好早餐的桌子边,"一九一七年你们顿河哥萨克部队最早响应布尔什维克,在前线罢战,杀了军官回乡。"

"我回了老家,但我没参加杀军官。"巴沙还是一板一眼,看来很老实地说着。

"不是布尔什维克让你们跟外乡人平分土地,你们怕不会跟布尔什维克翻脸。"男爵继续训他。

"这也是实。"巴沙垂头丧气地说。

"那你瞎说阿辽沙又是为什么?"男爵问。

"我只是可怜这个孩子,"巴沙说,"政治犯流放苦役,说不定原来还是个好人家,念书的。"

这话让男爵一愣——他从来没有想过阿辽沙本有可能成为什么样的人，似乎阿辽沙命该来到他的身边，命该跟着他走到天涯海角。似乎他对阿辽沙的照应还是给这孩子的恩惠，不然他必定沦落于贫穷，甚至死于沟壑。或许，或许在别样一个俄国，阿辽沙会完全不一样，甚至有资格可怜他这流亡的空头男爵。

而阿辽沙还在他身边咕哝："我不是赤党崽子！我不是赤党！不信到战场上看，看我杀该死的赤党。"

男爵刚要提醒他他们面临的孙传芳不是赤党，才突然想起来联络参谋的事。他站起来匆匆往外走。

"咱们什么时候才打仗？"阿辽沙追问。

十一

把受伤的人和几具尸体抬回村子装车，士兵们在乱叫嚷："中国军队不经打，杀起来比割麦子还容易，为什么要后撤？"

巴烈亚柯夫男爵根本不想向他们解释。他开始讨厌自己带的这支部队，不仅嗜杀，而且愚蠢。现在村前的开阔地上已经悄没声音，听不见枪声，也听不见呻吟。这支白送命的部队竟敢单独向北冲出那么远，想必施从滨的部队已经退到浍水边上。不仅敌方是我的敌人，连自己人也是我的敌人。这个破烂的村庄几乎空无一人，除了些走不动路的老人，连老太婆都跑掉了。看来他们在北边一路村镇弄出来的名声已经传得很远。但是，这个村一看就知道穷得没什么可榨的，进驻这村的营长直发牢骚，说浪费时间吃了大亏等等。

"应当把那片战场收拾一下。"他想。那块弄得像肉砧板一样的田地，留着让孙军看，几乎是有意挑衅。秋日中午的太阳时晦时明，云块的影子使田野斑斑驳驳。从远处看，像所有的战场一样，七零八落地躺着一些灰黄的军装，只有风吹着军帽在乱滚。一切都那么宁静、安详，好像发生过的任何事这时也应褪色了一大半。他想还是尽快撤退为好。

现在无法做掩埋敌尸之类的事。他催着部队尽快向北奔跑。周围士兵身上都冒出一股汗水与血腥臭混合的怪味。太阳又在头顶出现，影子踩在脚下。

"上帝，"他在心里祈祷，"你饶恕我们这些罪人吧，我们哪怕迷了路，也都是你的羔羊。况且我做的一切，都是为了俄罗斯，都是为了让俄罗斯重新回到你的慈爱之中。上帝，现在我祈求你的宽容，你的佑助。上帝，我把我的全部谦卑陈露在你面前，请给我力量。"

巴烈亚柯夫男爵是从来不在任何人，尤其是军人之前显出谦卑的。他的沉鸷冷酷使部下和同僚害怕，却使他自己更心寒胆惊。刚才的默默祈祷使他好受了一些。

他催着马,想赶上部队。这时他看到阿辽沙等在他身边,在他旁边骑着马,像个打碎了母亲梳妆镜的孩子,低着头,一声也不吭,只是把手在军装上擦,像是要擦掉手上的血迹,反把军装弄得黑黑红红,肮脏不堪。他时不时拿眼角觑男爵一眼,他知道男爵对他很不高兴,但他不知道自己究竟错在哪儿。男爵觉得阿辽沙的模样十分愚蠢。当然,其他士兵样子并不比他整洁,整个部队就男爵一个人,少将制服上几乎未沾一滴血,马靴还是油光发亮,齐齐崭崭。但是,他似乎感到,阿辽沙目前这种茫然样子,似乎是在提醒他刚才的事还没过去,没有被抛在村后的田野里。

他几乎觉得阿辽沙在眼前很讨嫌,他想挥手叫他走开。

往西南方向侦察的骑兵班已经赶回来向他报告,说是有几千人的大部队正朝这个方向疾进,明显是冲着他们来的。

"这么快!"他一惊,"肯定是铁路上运来的。两方军阀都占着铁路车皮,这不是我的国家,进退由别人作主。我光顾着在津浦线东弄钱,没想到,万一我们落难,没人会伸手。我为什么跑到这么一个异国他乡来杀人?"

现在对着他们赶来的部队,是有备而来,有意决战的。

他策马向前冲去,让部队明白得赶快跟上,他也想早点赶到前面村子,让那里的一个营部队就地做工事,现在撤退已经来不及。二部加起来,再加上骑兵连,有一千兵力,借村庄依托，可以打一仗，到夜里再设法向施从滨部靠拢。

他刚赶进前面村子，就听到后面枪响了，看来进攻部队已经与殿后的骑兵接上火。他迅速召集了连以上军官，匆匆布置了阵地交代了作战意图。然后，他攀到一个较高的屋顶上，看到孙军已经越过刚才打仗的那片田原，沿村庄一线展开，兵力足足有一个团，五六千人，形成比这个村庄宽得多的一个大扇面，迅速朝前推进。敌人兵力比他估计的大得多。他无法在这么宽的正面接战，兵力不够。如果让后续部队赶上来支援，就有可能全部落入陷阱；不增加兵力，就面临包围。

只有用个突然的反冲锋，才能打乱敌人的进攻，摆脱包围。很冒险，他明白。但别无他法。

"巴沙，"他对守在屋下的警卫班长说，"巴沙，你记得我们在坦普夫附近那一仗吗？"

巴沙说："当然，差点死在那里。"

"那你记得赤军水兵怎么冲锋的？"

"记得，怪吓人的。"

"好吧，到拼一下的时候了。你带头，我让二、三连全部学你。越狠越好。"

巴沙开始剥衣服。

"注意，任务是吓唬他们，把他们打昏头。别冲得太远。我让你回时你得把队伍带回来，不能恋战。千万，千万。"

巴沙说明白。

男爵在匆匆做着布置时,巴沙站到短墙上,大喊:"弟兄们看我的!跟我上!"他捶着长满黑毛的前胸,拿着水壶猛喝;俄军的水壶里装的全是伏特加酒。然后巴沙把水壶一扔,大喝一声,拿起上了刺刀的步枪就往下跳进田野往前狂冲。

部队似乎犹豫了一下,但紧接着几百人全部跃了出去,全都剥光了上身,一手持枪,一手拿着水壶,一边跑一边喝——他们还没来得及把酒喝完。喝完的边冲边狂吼。

男爵有意把刚才参加屠杀的两个连投入反冲锋,他们已经杀红了眼。既然野蛮,就索性派野蛮的用场,既然打的是糊涂仗,就来个糊涂打法。

阿辽沙抬起身,看傻了。男爵把阿辽沙头一按,喝令他不许乱动。

"看来,"他想,"人的蛮勇和人的智慧正成反比。现在智慧救不了我们。"

反冲锋的部队迎面而上冲进敌军中翼,而守在村里的部队则朝两翼猛烈开火。一霎时,喊杀声与枪声响成一片。虽然两翼敌军尚在有效射程之外,但突如其来的对抗使他们停住了脚步。孙军的中翼看到野兽般扑过来的满身是毛的俄国人,胡乱射击了一阵,不久就动摇了。两翼的部队想向中间靠拢，但在村中射出的火力控制下，难以向前运动。一时间，部队不知如何是好，然后是全体向后奔退，中间丢下一大片尸体。

巴烈亚柯夫男爵看到他的目的已经达到，就命令号手吹号退军，同时叫骑兵连赶快冲出去，把部队接应回来。

他回过头来，阿辽沙已经不在身边：他又与骑兵连一起冲了出去。看来这个臭男孩今天一定要证明自己是英雄才肯罢休。男爵恨得双拳直捶屋顶的瓦片。

赌气打仗等于自杀。男爵镇静下来，用望远镜观察着。果然，反冲锋的部队还在刺刀肉搏，巴沙看来没法把这些人拉回来，可能也真的无法立即脱身。他看到敌人两翼退得很快，中间大部分人也放弃战斗，往后侧方向猛跑。

男爵想："糟了，再不退就回不来了。"

还不等卷在肉搏战中的双方部队脱离接触，孙军大开的正面，早已设好的机枪火力和迫击炮突然就打响了。密集的子弹把突出在最前面的双方士兵都打倒在田里。其余的人，包括已经在撤退的人，只能伏卧下来，而骑兵连的进路被迫击炮火阻断。

留在镇上的营长跑来向他请示怎么办，是否冲出去援救。

"不能动。"他喊道。

今天这个仗他们完全没有准备。他们没带重武器，只有几挺机枪,现在一点用不上。这个营如果再出击,只是冲入坟墓而已。而且胶着在此,就别想再撤离。往北一路村镇的部队也无法北撤。

别冲,千万不能冲。他狠狠地咬自己的嘴唇,一股咸涩味冲进他的口腔。

孙军的两翼在火力掩护下,朝躺在中间田野上的部队包抄上来。俄军士兵明白再伏着不动就是等死,跳起来想往后跑。但凡是跳起来跑的,不久就被机枪子弹追上,像风吹一样刮倒在地上。田野里现在是一片惨叫和詈骂夹着迫击炮弹的声声爆炸。

这时,马队跳了起来。援救无望,他们得救自己了,敌军两侧的火力已逼得很近。他们跳上本来躺伏在地的马,狠命往回奔。炮弹在他们中间爆炸。粗野的俄语在乱喊。有些骑者从马背上滚落到地下,而无骑者的马在惊恐中嘶叫并继续狂奔。

而其余的骑兵则擎刀在手,不是对付敌人——敌人在两侧朝他们密集射击;他们用马刀刺马臀和马腿,平时心爱的战马痛楚地狂喊,疯狂的四腿几乎不沾地地奔跑,嘴鼻喷着白沫,身上溅出的血抛成一条弧线。

村里的人全屏着气,有的人胡乱放枪鼓劲。一部分骑兵已经跑回村子。田野上除了已被打倒的,还有一部分骑兵尚未脱离危险。男爵看到阿辽沙几乎落在最后,马的狂颠使他只能紧紧贴在马背上。

"快跑,上帝保佑你,快跑。"

晚了。

阿辽沙似乎在向他伸出手来,似乎在喊他,在求助。他手伸出去了,却不够长,够不到阿辽沙。田野上飘满了烟尘和灰雾,爆炸的闪光几乎变成红色,人马狂奔的影子已变得模糊,机枪声却变得死气沉沉,似乎对这场战斗的胜负已漠不关心。但男爵清清楚楚地看见阿辽沙的马忽然打了一个趔趄,前腿跪下,几乎朝前打了一个翻滚,而阿辽沙则被往前抛出几丈远。一刹那间,人和马都不动了。

"撤!"他对营长喊道。阿辽沙的倒下使他突然清醒过来,想到了他作为指挥官的责任,想到他对全团五千人的责任。

营长还在犹豫。他对着营长的脸喊道:"乘现在敌人还没顾得上包围这个村子,快撤,全速奔跑,与北面的各营一起,一直到与四十七旅接拢后再停下构筑阵地。"

营长明白过来,转头就叫喊起来,整个村子都响起皮靴跑动的声音。

男爵留在屋顶上,用望远镜仔细搜寻阿辽沙倒下的地方,看还有什么生命的踪迹。在巴沙那些人倒下的地方,反倒看见士兵在蠕动。

他很纳闷,几千之众的孙军似乎忘了向这个村子进攻。

居士林的阿辽沙 227

炮声也停止了，只有吼叫和枪声此起彼伏地响着。他惊奇地看到孙军几乎是按部就班地在玩杀人游戏，每个班分工井然地分别追杀一个俄军士兵：他们剥掉每个尚在呼吸的人的裤子，然后从生殖器开始零刀割。有的则被点上火，滚灭了又点上，他们拾起柴生了几个火堆，用刺刀逼着把俄军士兵往里赶，或捆起来往里扔。田野像集市一样乱哄哄地喧闹。被虐杀的士兵用俄语在乱骂乱叫，有的看到死亡临头的士兵开枪抵抗，有的裸着身子乱跑乱叫，手捂着腿裆，血流满两腿。

男爵感到一阵恶心，猛地他呕吐起来，全身控制不住地痉挛，差点从屋顶滚到地面。他抓住屋脊，又爬了上去。他的马在屋下等着，他随时可以跳上马跑走，但他得知道阿辽沙的下落，虽然他知道如果看到阿辽沙被人剥光活割，他会更受不了。

我们是异类。我们杀人时是异类，我们被杀时也是异类。这些中国人对我们不公平，我们也无权要求公平，他们只是用残忍告诉我们什么叫残忍。同类之间的恻隐之心，哪怕在野兽间也可能有，在我们之间不存在。

他大声号哭起来。四周已没有部下，他可以哭出声来。他是俄罗斯军人的精华，生来就注定在战场上为俄罗斯帝国一刀一枪地争取荣誉。他没能带着队伍捐躯在伏尔加河平原上，或死在察里津街头，光荣而心境平和，却在这异国他乡军阀之间肮脏龌龊的小战争中,让他的同胞受到如此凌辱,死得如此卑劣而痛苦。

太阳已经偏西,整个田野已变成血红的颜色。上帝啊,这就是你的创作:在这片平静得骗人的田野上,俄罗斯被人从生殖器割起,血肉模糊畜生不如地在羞辱中死亡。

十二

白俄入籍军连夜往北溃退,而且为了取直路,直接从津浦线的路肩和边道上向北跑。沿路的四十七旅岗哨想挡住他们,都被不客气地用刺刀逼开。拂晓时,施从滨的军法队乘压道车赶来,用机枪扫射,打死了十多人,也没能止住北逃的军队,反被俄军骑兵从侧翼包抄上来砍掉了脑袋。

到天亮时,原本在固镇之南掘壕三道准备迎战孙传芳军的四十七旅各部,已经被溃兵牵动,一律向浍水上的固镇铁桥狂奔。孙军残杀俘虏的事已传遍全军,恐怖症随着脚步声蔓延,俄国人已和中国人混在一起。

施从滨一看情况危急,赶快把装甲指挥车开出来,沿着铁路扫射机枪,想止住溃兵。但溃兵只是向两侧田野散开,没有停止北逃。最后装甲车也只好在铁路上向南警戒,慢慢北行。施从滨计划退到固镇整理队伍,凭河一战。

孙军马葆珩旅经过一夜整顿,早晨搭火车向北追赶,不消一会儿就远远看见装甲车。装甲车向火车开炮,火车头猛地停住。孙军士兵跳下车,向北追赶。施从滨看见孙军遍野追来,只能一边开足马力向北跑,一边扫射,尽量阻滞敌军的速度。

快接近固镇桥时,施从滨接到报告,说是孙军的上官云相团昨夜从浍水上游湖沟一带偷渡,现在正在向固镇猛攻,看来是要全部截断四十七旅的退路。留守固镇的四十七旅三团正在拼死保卫固镇车站与桥头阵地,请旅长迅速过河。

从装甲车上,可以看到溃兵在固镇铁路桥上挤得满满的,只能缓缓向前移动。桥很窄,只能容下火车铁轨,旁边有一人宽的巡检道。像所有的淮河支流一样,浍水河床奇宽,夏潮留下两岸一片齐膝深的泥泞。中间的河水比夏天窄多了,但仍有一人多深。北军和俄国兵都不善水,只有很少人看到桥上太挤,急得试图泅水过河,浑身泥泞地在水里挣扎。

装甲车朝固镇桥上空开枪,想驱散溃兵,反使桥上的人更急着往前挤。不断有士兵从桥上挤落,跌下数十米,在泥滩里打滚。

施从滨无奈,只能从桥头往南退,但很快肉眼就能看到正在往北追杀的孙军。子弹打得装甲车皮砰砰直响。装甲车又重新往北行驶。从南岸也能看到,孙军抢占北桥头的战斗已打得枪声火爆,硝烟飞腾,还没过桥的官兵更着急地往桥上挤。

施从滨从装甲车瞭望孔中看到,在溃兵的最后慢慢地走着的,是那个俄国佬团长。他似乎不着急过桥,在铁道上一步一回头地看着,好像在等什么人。他的军装依然那么整齐,与战场的混乱完全不相称,肩章上的星星还在闪闪发光。他长着修剪整齐的栗色胡子的脸看来很镇静,只有在装甲车渐渐驶近时,他才举起手,指着装甲车喊什么,似乎他还握有指挥权。

"妈的,蚌埠是他们不策应弄丢的,今天又是他们冲了我们的阵。"施从滨的几个副官参谋着急地催他,"老毛子不仁,咱还讲什么义。旅长,你一世英名,不能毁在俄国佬手里。"

施从滨啪地一下关上瞭望孔,说:"好吧,冲他老毛子。"

装甲车猛地加速,只听见那俄国佬大喊一声,就听不见声音了。接着就是挤在桥上缓慢朝北走的士兵齐声发出的不像人声的惨叫——装甲车从百多米长的人堤上硬轧过去,桥面上拥挤着的几百士兵,除了已接近北桥头的人连滚带爬地躲开了,其余的人几乎无一幸免。在铁道上的人眼看无法躲开,拼命往两边挤,大部分人还是被拦腰拦腿轧成两段,而在巡检道上的人,挤在装甲车轮与铁栏杆之间,除了一些手脚快的人赶快跳下河或攀吊在铁架上，都被碾死在两层钢铁间。装甲车犁开一条人沟，所到之处，固镇桥的钢结构哗哗地向浍水挂下腥腻的血与内脏的瀑布。

装甲车冲过桥，整个车子下半截全被迸溅的血染红，铁轮上挂着肉片。装甲车加大马力冲进固镇车站，车站上两边部队正打得激烈，已冲入车站的孙军眼巴巴地看着装甲车隆隆地开过去。但孙军冲击固镇前，已经把北边的铁轨拆毁。装甲车冲过站速度太快，看到铁轨被毁，来不及刹车，轰隆一声倾覆于道旁，里面的人被一个个抓了出来。

施从滨对俘虏他的孙军士兵说："你们辛苦了。"

那几个士兵看到这个军容整齐的白发老将军如此有礼，连忙立正说："报告长官，请多包涵。"

这时从南往北追的孙军也到达了固镇桥，却在桥南头停住了。没有一个士兵看到过那么多尸体：满地流着内脏，血肉模糊地堆了一桥。间或看到脱离肢体的头颅，眦眼裂嘴，似乎还在狂喊。而某些头颅的确还在吱吱呀呀地发出不像人的喊叫，脏绿的肠子绕在脖子上。老兵不知如何才能跨过桥，而年轻的士兵竟浑身筛糠，闭起眼睛，瘫坐在地。

这个追击部队昨天刚零刀碎割外国兵，自以为练出了杀人的胆量！

十 三

尼古拉·谢苗诺维奇·巴烈亚柯夫男爵感到有一束明亮的辉光把他从没顶的黑水中拖出来。他并不感激,他想快快地沉入到黑甜的忘却之中。

裹卷着他的是温暖潮润,就像洛瓦特河的水。秋天的原野堆满了成捆的干草,夜空中有一种碎草的异香,篝火旁的农夫唱着懒洋洋的醉歌,三套马车轻快地跑在路上,走好多里都还是巴烈亚柯夫家的庄园。这些农民多少代都是巴烈亚柯夫家里的人,先前叫农奴后来叫佃农,见到少爷的马车从田边走过,他们脱下帽子欢呼。教堂的晚祷钟声越来越远。

突然的光亮把他硬拽起来。他没有想到装甲车竟然突如其来往他身上压。他本能地往边上一跳,但装甲车比他快,撞翻了他,并且从他腿上碾过去,从膝盖以上齐整地切断了他的两条腿。他像一具被顽童拆碎的破烂玩具丢弃在铁路路沟里。他看到他的马靴正带着他的两条腿整整齐齐地搁在铁轨之间。

他想穿上马靴,站起来,威严地命令装甲车退回去。他不知道装甲车里坐的是什么人,想必是魔头撒旦本人。撒旦也没理由拿掉他的马靴,侮辱他的尊严。

就在这一刹那,全部撕心裂肺的痛苦突然回到他身上,在炫目的正午太阳下,四肢飞散的痛楚使他猛跳起来。

他果然已经没有腿。他的跳只是坐起又颓然倒下,在血潭里打了一个滚。他抬起头,狂野地号吼起来。

周围的孙军闻声回头,看到这具浑身鲜血往下滴沥的尸体竟然坐了起来,而且血糊满面的胡子里发出怪叫,吓得往后跑,停住脚后还不敢靠拢,看着这还魂的尸体又啪的一声瘫倒,把路沟里的血溅起好高。

桥南的孙军终于想到一个过桥的好办法:他们把抓到的四十七旅战俘押上来,让战俘清理固镇桥上战友的尸首。战俘们一边满身脏血地清理,一边放声大哭。想过桥北上的孙军部队干脆远远躲开了,只有押俘的部队端枪警卫。他们的眼光也尽可能避开桥头。

男爵又感到黑沉沉的甜蜜把他包裹了起来。他觉得是阿辽沙在他怀里翻了个身,两只光裸的手臂抱住他的头。男爵呻吟了一声,觉得全身的皮肤都浸泡在这感觉里,热得发烫。阿辽沙淡红色的头发斜披在脸上,浅蓝色的眼睛从头发后面看着他。

"你舍得我,我舍不得你怎么办呢?"

一种温馨的又酸又甜的汁水涌进他心里。他刚成年就被连绵不断的战事占去了整个生命。他未成年时只爱母亲,成年后母亲消失了,他谁也没爱过,而是在不断地杀人或指挥杀人,只有对这个孩子……

"阿辽沙。"他叹口气说道。

好像从远处传来回应,从很远很远的地方,有个声音在叫他的昵名尼柯。好像是一个黑沉沉的教堂里,他母亲在小声但焦急地喊他。做礼拜时,他还是个小孩,神父讲道时在乱跑动。神父正在讲坛上喊叫,他发愣地站住了。

"你弃绝魔鬼吗?"

"弃绝!"整个教堂在轰鸣,信徒们跪在礼拜布垫上。只有母亲还在绝望地叫"尼柯,尼柯"。

"你弃绝他的一切恶行吗?"神父高叫。

"弃绝!"

"哦,尼柯!"

"你弃绝他的一切诱惑吗?"神父举起双手逼问。

"弃绝!弃绝!弃绝!——"全体教徒有节奏地回答,好像在朝讲坛上走,而他站在坛前,不知所措,眼看整个礼拜堂的人群要踏到他身上来。

他尖声叫喊起来,用一个孩子的嗓音:"不!不!"

忽然整个教堂都静下来。所有的眼睛都瞪着他。神父也两眼炯炯发光地注视着他。而母亲痛苦地回过头去,不再愿意把他带回座位。

他一个人落在众目注视中,恐怖把他的心啪地一下抓碎,好像全世界都抛弃了他。他绝望地捂紧眼睛。

"不!不!弃绝!弃绝!"

神父指着他，刻毒地笑起来，圣像屏风上的天使长加百列、米迦勒、十二使徒、四福音作者，全都指着他，冷笑起来。

"你就是不弃绝魔鬼的诱惑！"

"魔鬼的诱惑！魔鬼的诱惑！"全堂都在应和着，脚步声又有节奏地响起，朝他身上压过来，压过来。穿得金碧辉煌的大胡子神父，戴着高高的黑帽子，在后面威严地拦住他。他左右前后，四顾无路。

上帝，我看不见你。我只看见那么多圣像，难道你就不能让他们饶恕我的罪孽？

上帝，我看不见你。我拿了中国军阀的血腥钱。我为了一个理想信念杀过许多人。我爱过一个男孩子。是的，我爱过一个男孩子，我向你忏悔过许多次。我知道我进不了天堂，但是请你把地狱的门打开，为什么你连地狱也不让我进去呢？为什么？

我已经太肮脏，我的罪孽太深重，违背了训诫，我无颜面对你，理应见逐。我没有能弃绝魔鬼的诱惑。上帝，你就放我走吧。

但他知道上帝还没有饶过他，他感到他的身体又开始往上飘浮，他听到母亲又在喊他："尼柯！尼柯！"

不，那不是母亲，那是阿辽沙。

他想说，阿辽沙，我终于等到了你。但他知道不能说，不该说，他不知道自己在哪里，也不知道阿辽沙魂在何处。他应当下地狱，他不应当带阿辽沙进地狱。他早就应该把阿辽沙留在任何一个东正教堂，留在上帝身边，他却一直下不了决心，最后眼看着阿辽沙走进屠场而无法救助。在北退的一路上他牵肠挂肚，总想等到阿辽沙才过河，结果谁也过不了河。

"尼柯！尼柯！"这喊声越来越清晰。

"不！"他在心中对自己喊，"别再醒过来，别再见到阳光，快沉下去，快沉下去。"

他说："阿辽沙，快帮助我。"

太阳光猛地刺入他的眼睛，阳光中阿辽沙像个天使一样镶着一道光边，像天使一样柔软的翅膀抱住他。

他明白那无法忍受的痛楚又将袭来。他说："阿辽沙，快给我一枪，快让我死。"

"尼柯！"

"快让我死！求求你！"

"我没枪。"阿辽沙恐怖地说。

他听见阿辽沙哭喊起来，用中国话说："老总，行行好，给他一枪吧。"

没人答理他，谁也顾不上给他这点恩惠。

他抓住阿辽沙的手，碰碰他身上总是挂着的那把匕首。这动作太清醒了，需要太多的回忆，他痛得大叫起来。

"快!快!"

阿辽沙手颤抖着抽出匕首,解开巴烈亚柯夫男爵胸口的纽扣。这时有个孙军士兵看到俘虏手中突然有了武器,举起枪高喊什么话。

"快!快!求求你,阿辽沙。"

上帝,你为什么要惩罚我?就因为这孩子太软弱,太容易受诱惑?受我这个魔鬼门徒的诱惑?我现在还在诱他行恶吗?

"尼柯!"他听见一声狂喊,"尼柯,我爱你!"

他在痛楚中抽得太紧的肉体,啪的一声,突然松开,他的灵魂终于逃脱了出来。

就在这同时,响起一声震耳欲聋的枪声。太阳又在西沉,整个浍水两岸浴在绯红的光色中。

十 四

从固镇到蚌埠的铁路第二天已全线修通。上官云相决定挂一辆专车把施从滨送到蚌埠去。固镇之役后,津浦线上基本已无战事;张宗昌部队正准备撤出徐州;施从滨的四十七旅已全军覆没;白俄入籍军余部已向北远逸。上官云相决定亲自送施从滨到蚌埠孙传芳的五省联军总司令部去。

孙军的前线总指挥卢香亭和前军团长马葆珩也分别有

信给孙传芳,要求礼待施从滨这位北洋军人前辈。

过固镇时,车开得很慢。施从滨从车窗里胆战心惊地朝外望,只看见固镇桥栏杆上有些浓淡不一的污痕,像鸟屎,不像发生过什么死人的事。他坐的位置不靠窗口,无法朝桥面上看。看是看了一眼,不甚分明。

但是过了固镇桥,在他记得装甲车开始冲桥的地方,他看到一个满身肮脏不堪的毛子少年,胡乱裹着绷带,呆呆地坐在路沟旁。路沟斜坡上,躺着一团血肉模糊的破布团似的东西。火车开过时,那小俄国佬抬起头,一瞬间,恰好跟施从滨眼光对上。施从滨觉得那双眼睛绿得几乎透明,头发血红,颜色腥秽,好像城隍庙玉帝殿后面泥塑的小鬼。

他打了个冷噤,觉得这兆头很不妙。

施从滨在蚌埠下火车。汽车载他到孙传芳的司令部。进去以后,施从滨行了个军礼。孙传芳在鸦片床上慢吞吞地吸烟,好像没看见他似的。过了一分钟,才打量一下这个北洋武备学堂的学长。几年不见,他头发胡子都花白了,算来也不过是五十七八吧,活脱是个倒霉蛋。

"施老,你不是来做安徽督办的吗?"孙传芳依然慢条斯理地边吸烟边说话,"安徽我已经给了陈调元,只好请你另找地方上任了。"

他使了个眼色,旁边的人就把施从滨双手往后一扳,卡上手铐。

施从滨着急地说:"馨帅,您和雨帅、效帅合作,联手救平南方。施某不才,愿效犬马之劳。"

孙不屑一答,抬一抬手,卫士就把施从滨往外拉。施挣脱了,昂起头高傲地往外走,一步步走得很稳。

上官云相说:"帅座,咱们北洋军,向来礼待败军之将。"

孙传芳跳下烟床,拉住上官云相的手:"这次打仗,你功劳最大。你知道,咱们从小半个省,两个月内打成五个省,新归顺者太多,颇有不服,得镇他们一下。"

"是不是为固镇桥上的事?"上官云相犹犹豫豫地说。

"那算啥,总得死几个人,"孙传芳哈哈一笑,心里很痛快,"各为其主,施老头无罪。"他招招手,下面人送来擦得晶亮的银盆,让他洗手。他这是在日本士官学校留学的整洁习惯。他掸掸水说:"只好委屈一下施老了。借一下他的头。"

枪声传过来,很远,但依然清晰。

上官云相摇头。他心里想:"这太残酷了。"但他没有再说话。

十 五

三十年代,天津的居士林一度附丽于法相清扬寺。和尚晨课时,在家信佛者也参加打坐。该寺于民国三十年重修经堂，因居士们大量捐助，修建得特别宽大。和尚环坐于边，居士列坐于中。

晨课的和尚中有个高鼻深目的洋人，相貌特别。他十年前来寺出家。当时不少人反对，说俄国毛子不干不净，比他国洋人性更躁。说的人多了，法相寺主持元虚大师很不以为然。他说佛眼慈悲，从不分贵贱愚贤，当然亦无华夷之别。此人看样子尚年少，眉眼善良，又能说中国话，何妨先试几天。

"洋人能礼佛就不容易，"他心里想，"天津洋人又多，华夷杂处，有个表率，也能弘扬佛法，是个造化。"

因此法师谕说：毋须追问来历。佛法非神教。成佛成魔，在乎一心。此人或许烦恼极重，一旦以经说开示，以戒律调伏，无论利根钝根，均有解脱之望。

赐法名曰唯慈，剃度入寺。

至今唯慈和尚出家已十年。他修行刻苦，持戒甚严。平时沉默寡言，不妄语不两舌，与同寺师兄弟从无纠纷。勤杂事了，独自静坐，用功辨道。看来确是心清如水。主持常暗中称奇。

"此和尚现缘或别，"主持想，"说不定真能知因知果，心证菩提。"

但有时他又感到此和尚孽障甚重，不易参透。是否能成正果，还得借以时日。

民国居士佛教大盛，都说英雄晚年皆礼佛。天津居士林常客中有著名北洋将帅多人如靳云鹗、孙传芳等。唯慈和尚听说此事，心猛地一跳，但马上静了下来。

他与孙传芳无冤无仇。

那天他的马被子弹击中，突然蹶跌，把他掀下地来，一时跌昏过去。醒来时，一群孙军士兵已跑到他跟前。他要站起来奔跑，被一枪托打倒在地。

几个士兵端着刺刀围上来。一个士兵说："这小鞑子头发长，嫩皮嫩肉，该不是个姑娘家吧？"

其他士兵哄笑起来，说："是男是女都得扒裤子。"

于是他们用刀割碎他全身衣服，他手护着裤裆惊叫起来，这些士兵更高兴了："丫挺的屁股比女人还白，衮他屁眼儿。"

他吓得要蹦起来，被刺刀在腿上划了一刀。那天他被多少人强暴，他已弄不清，他流血不止，痛昏过去。军官赶来集合整队时，他才被拖拽到俘虏营去。

"这跟孙传芳有什么关系呢？"他想，"现世报而已。"

那天夜里，在徐州的那天夜里，尼柯说让我们祈求上帝恕罪吧。他不明白，他说："我们犯了什么罪呢？"

尼柯说："你没犯罪，我犯罪带累了你。"

尼柯让他穿好衣服，把带十字架的项链取下来，放在圣经上，然后跪在地上，也让他跪下。

"好好忏悔。"尼柯说。

他被尼柯的语调吓坏了。尼柯悲伤地喃喃了很长时间,弄得他心里也酸酸的。他真诚地请上帝饶恕。

但是上帝没有饶恕他,更没有饶恕尼柯。

做俘虏的第二天,他与其他俘虏一起被押到固镇桥头。俘虏中只有他一个俄国人。或者说,他是冲入那片田地的俄国兵中唯一活下来的。上帝要给他更重的惩罚,要他来作人不如兽的见证。

他一看到桥上情景,马上明白他参加作的孽远未清账了结。他几乎能料到尼柯也落在里面,所以当别的俘虏魂飞魄散,被刺刀逼着才敢去收拾,他却大步地走上桥,在碎尸堆里找长着黄胡子的面孔。

有个俘虏好像明白他的心思,在他耳边说:"桥头前二十多米,路沟里有个老毛子,好像是长官。"

他心急火燎地往回冲。押看士兵挡住他,他急得叫起来:"Мой Брат!我哥!我哥在那里。"

士兵一下子就让开,而且满面同情地看他奔到刚才又在跳号的半截子血人身边。

果然真是尼柯。

他早猜到尼柯会代他死,因他而死——遭此大祸,两人都生还是不可能的。如果他侥幸不死,尼柯就必得代他受过。但是他没想到尼柯会在血泊中扭动一整天,求生不得,求死不得，比在田野里被零刀割碎的巴沙他们还惨。

没有神父，找不到帮助。唯一的随军教士留在符离集大本营。他们根本没准备打仗。只有他来帮助尼柯了，他想。他伸手去取刀子时完全没有犹豫，他知道尼柯万无生还之理，完全不可能。

孙军士兵叫他放下武器，而且用枪对准他。他知道是误会了，但他没时间解释误会：耽搁一秒钟，尼柯就代他多忍受一秒钟的苦。况且，他想，祸是他闯下的，死在一道，也算称了心愿。

他双手举起刀猛插进尼柯心窝，用力过大，全身都扑了上去，正好使那一枪落了空。子弹从他头发中穿过，削去了一点皮，至今他的光头皮上还有一个摸得出看不见的疤。

而随着这一刀这一枪，他觉得他已行了最难行，忍了最难忍。停战后，孙军把其他俘虏补入军队，留他无用，放了他，让他搭火车回满洲。他不想回到遍地俄国人的哈尔滨，他们不会理解他。他在天津下了车，找到尼柯执意要他留下的天津东正教堂。

那里的大司祭瓦连廷·西奈斯基，原是随军司祭。他说想进修道院，西奈斯基同意，条件是他得忏悔一切罪孽，大司祭知道入籍军士兵必有杀人强奸等事，先须清心。

但是当他把他和尼柯之间发生过的所有事全说完后，西奈斯基神父长叹了一口气，说："我的孩子，愿上帝宽恕你。你算不上杀过人，你没有罪，但我主耶和华的圣殿不能留你修道。天主的意旨人不能违拗。"

他早就应当明白，上帝已抛弃了他和尼柯。不仅是上帝，而且还有家庭，还有祖国。从徐州南进时，文书来登记"万一"的通知地址表。他什么也写不出来，他记得的唯一"地址"是雅库茨克流放营，那里即使有住户也全是新一批人了。尼柯却是写了一张又撕一张，写了一张又撕一张。最后两人都填的是"无"。

无家无国，众相本色。

于是他成了佛徒。佛使他了烦恼，断死生，佛使他从瞋恚忿怒中解脱出来，把他从仇恨的死结中释放出来——他不必再为全家流放而恨沙皇，不必再为被弃于西伯利亚而恨母亲，不必再为流亡到中国而恨俄国赤党，不必再为俄国人被残害而恨中国人，不必再为中国人被残害而恨俄国人，不必再为白俄军被打败而恨孙传芳，也不必再为尼柯被压死而恨施从滨。而且，也包括尼柯：尼柯救了他？尼柯引诱了他？他拖累了尼柯？他害死了尼柯？他们应当互相爱？他们应当互相恨？都不是。

或许，尼柯只是一个启悟之门，一个公案。

所有这些陷于苦海的人，一切烦恼，皆名为净。只有佛见众生苦而起大慈悲心，照见五蕴皆空，而度一切苦厄。

于是，他心境平静下来。他从一个嚣躁不安的气盛少

居士林的阿辽沙

年，一个见杀人也学样，见淫欲也慕恋的无聊浪子，变成无人无我，无去无往，无垢无净，渐趋涅槃的出家人。

所以他也不必多看一眼孙传芳，也不必有意避免看孙传芳，只不过又是一个参加打坐的居士。

那一天晨课，和尚已经入座，法师已准备焚香，居士们也陆续坐定。他看到有个女居士坐到孙传芳座位的后面。他忽然看到她的长袍里腰间有一硬状突起物。

该不会出事？他心里突然一跳。

他在心里往自己头上猛击一掌：这个世界，还有你看的份？

他低眉敛神，和上大家合颂的祷文。于是他又感到心静如水不起波澜。当一声枪响几乎就在他耳边爆发，全场只有他一个人，连眼皮也没抬起。

半秒钟的愕然，接着全场大乱，各种怪叫轰然而起。和尚们全都逃离蒲团，有的与居士们一样伏在地上躲避流弹，主持法师立即被人拥走，近门的人都夺门而逃。

只有他端坐不动。谁打了谁，打死没有，他不想看。谁还将被打死，他也不想看。他自己有没有危险，则不必想。他正在礼佛，佛无偏袒，该报自报而已。

他听见一个女人声音在尖叫："我是名将施从滨之女施剑翘。孙传芳不义，残杀我父。我为父报仇，恩怨分明。现在我去警局自首，各位作个见证。"

大厅的慌乱消失了,蜂然响起的,是一片喊好声:"侠女!义女!巾帼英雄!了不起!这仇报得好!"

"以水洗水,以血洗血,永无了结。"他禁不住想道。

但他马上自责:"你还未出三界烦恼,未得无拘无碍大自在。"

他依然双手合十,独自一人把经文念诵下去。他希望不受干扰,尤其不受自己心动的干扰,把应做的晨课做完。

乱哄哄的声音渐渐静息。有个师兄走过他身边,有意推搡了他一下,故作惊讶地说道:"哟!唯慈师兄,你的造化极深,比主持法师还深。你现在是泰山崩于前而色不变。"

他有点恼火,无法再诵经。他知道他在本寺和尚中并不得大家欢心。僧团一如任何人群,不喜欢看到不随俗的人。但今天他持心念经,竟也惹人不快,却是他没想到的。

他不说话。另有几个和尚开口了,都是善辩的角色。

"佛法大乘,出世而入世,宏通救世。见仁义之举与己无关,你就无动于衷,远非得佛本心!"一位师兄正大声激昂。

"众生为本,佛出人间,人生正行,正是菩萨法门。以慈心入军阵,才能出世而归慈悲!"这位好像要率寺僧军打仗。

他依然没有作声,但是他的心因愤怒而急跳起来,他感到气闷,他很久没有这样的感觉了,很多年了。他几乎听到自己的血在冒泡,似乎要沸腾。他恨自己。

佛啊,你也让我跟这些自称佛徒的人争论吗?在你的法眼前有必要论个是非吗?

"世界无量,现身无量,"那几个师兄弟陶醉于词辩,"即使不杀戒,小乘止绝,大乘中有可作的:为济度于三界之外,不杀反为不守持戒。"

这些人根本不知道什么叫开杀戒!他想,回忆一下子如打开的闸门拥塞了他整个思想,十年前的那些场面,又直刺他的眼睛。他只杀过一个人,尼柯,那才是破杀戒之后的大悲大苦,万劫不复之苦。

他想了很久的话,终于忍不住夺口而出,就一句话:"西方不是菩萨应该去的。"

"什么!?"众僧始而惊讶,终而大哗。

"什么邪说!"

"诽谤佛祖!"

"报告大师去!报告大师去!"

他们脚步纷乱地跑走。没有人看到一颗眼泪在他红褐色的睫毛上越结越大,终于啪哒一声掉在他合十的手指上。

他终究还是没能诵完经文,与那天每个在场的人一样。

十六

关于"西方不是菩萨应该去的"一语,究竟应作何解?是否圆正彻底?是否见有所蔽?是否只是对治悉檀?是否把无边方便的佛法牵强过度?在三十年代佛学界,曾是个热闹题目。有兴趣者可以翻阅佛学研究会《三时月刊》的"大醒法师记念特辑",或一如法师所著《人间佛学讲演录》第九编,等等。

笔者个人觉得,现代佛学的讨论,偶尔失诸过于做学问。就拿此题目来说吧,有谁想过说此语的,是唯慈和尚还是阿辽沙?

沙漠与沙

第一章 古城子

一

一九三三年五月一日国际劳工节,苏联驻伊犁领事阿普列索夫举行便餐庆祝会,会后放映电影《战舰波将金号》。三十六师秘书长章亚邵也在被邀请之列。好多年没有看电影了,看到激动的起义场面,泪水模糊了他的眼睛。

正在这时,他听到过道那边有人叫他。银幕的余光使他看不清叫他的人,但他知道是三十六师驻伊犁联络处的秘书。

秘书凑到他耳朵边说:"师长派人来,有急事。"唱片箱放的音乐给电影伴奏,他坐着又看了半分钟电影,然后站起来走出去。

他看到师部的联络参谋尕扬坐在门厅里,高大的苏联士兵持着上了刺刀的枪,笔直地站着。尕扬满身尘土军衣不整,装作没看见这两个苏联人,自在地抖着腿。见到章亚邵,他霍地站起来,敬了个礼。

章亚邵挥了挥手,简单地说:"我们回去说话。"司机开来了吉普车,他让秘书留下跟苏联领事打个招呼。

"师长让我马不停蹄赶来,从古城子出发跑了三天才到这鬼地方。"尕扬不无怨气地说。

章亚邵等车离开苏联领事馆的院子,开到黑暗的街上,才开口问什么事。

"师长要立即知道谈判情况,"尕扬说,"到底苏联人怎么个说法。"

章亚邵没有回答。看来战事已迫在眉睫。深入新疆的甘肃回军与利用政变刚上台的盛世才之间争夺迪化,非打硬仗不可了。而苏联人还在掂量。

他当即决定赶回东疆。

第二天,他去见阿普列索夫,为电影晚会不告而别道歉,说他得赶回去处理一些杂事。

他又说,这一个多月充满革命同志之间深情厚谊的交谈,已经廓清了一切可能的误解,他们已经在同一目标下取得了一致的意见。

"瓦西里!"对方微笑着感叹,"瓦西里,你们中国同志老那么严肃!"一边点着头,像是原谅一个不懂事的孩子。接着就问那辆旧吉普还能否跑这上千里的长途,是否让他支持一点汽油,或是奶油,然后他们一如往昔地按俄罗斯礼节在两边脸颊上互吻。

回到车边,他看到车上已有一堆礼物:十瓶伏特加,斯米尔诺夫名牌酿制;十罐黑海鲟鱼子酱;一箱伏尔加牌奶油。

"给你们小司令的。"

他说哪能收此重礼。

"你们中国同志个个很孔夫子。尤其你,瓦西里,等到共产主义在全世界实现,各取所需,你这样客气,怕也得营养不良!"

车很快就走出伊犁城,驶入天山北麓风景如画的高原牧场。哈尔克山与额尔布特山之间,草原缓慢地起伏,牧草已从淡碧转成墨绿,黑白二色的羊群分外打眼。

这个阿普列索夫老他莫斯科留学时期取的俄国名字,有点别扭,但也有点让他高兴。俄罗斯人挺有人情味。其实他们在莫斯科只见过两三次,在什么远东问题讨论班上。那时这小伙子还挺腼腆,看到漂亮的女学生会脸红,现在却很会调侃人了。

晚春,北疆少有的明媚时光。这里无所谓公路,没铺柏油,也照样全年通车,难得下雨。他走这条路已不是第一遭，每次走过都感慨不已。他来自江南，人口稠密，百物繁盛，初看这里的景色几乎是野蛮荒莽。如果你能敞开胸怀，那么，新疆非凡的气度，野性的魄力，能使你心襟辽阔，旷然开朗。

四五个小时后，古尔班通古特沙漠浑然铺开，汽车沿着山脚狭窄的土路，担惊受怕似的避开沙漠的无垠。一色灰黄，永无变化，没有风，却有风痕：沙漠上有一条条绵长的波纹。波纹叠起处有略高的沙丘。唯一的起伏，唯一的节律。

他一恍惚，觉得不是车在前驶，而是沙漠在向他奔来。绵亘数千里的沙漠，带动整个大地，莽莽然猛扑过来。

他摇醒自己。满嘴沙粒，很苦，很糙。

"秘书长，"联络参谋说，"秘书长，师长说路上不能停，怕有危险。"

"有点危险也比这强！"司机插嘴说，"这沙子有完没完？"

司机座旁边的秘书，把头翻倒在座椅背上，睡得挺死，嘴张开，粘满了沙土，随着土路上的颠簸左摇右晃。一刹车，被自己撞醒了。看着他一副目瞪口呆的样子，大家笑起来。

然而不久，难熬的困倦又袭上身来。他已经不像这些小青年那样倒头就能睡着。好多天来睡眠不足，思考紧张，寝食难安。整个三十六师，包括师长马仲英，都太年轻。

也许，在这个令人焦虑的地方，空旷得令人揪心，也许只有年少气盛才能忘掉压力，放马狂驰？而你，竟然忘了已过而立之年！这年龄就是焦虑的年龄，况且生在这个焦虑的年代。

他明白他的想法开始可笑起来。他怀疑自己是否真老了，革命精神不再昂扬。

而尕扬，那相貌还是个孩子的联络参谋，一个人单骑千里赶到伊犁，刚交代完就一头撞倒睡得个万年不起，现在却精神抖擞，连眼也不闭一下。西北沙漠气候正合他的意，他只是把军帽脱掉，换上甘肃回人习惯戴的白布帽。他平时脸上表情很少，但动作灵敏，精力过人。不知为什么，这些回民青年士兵，绝少萎靡多愁之态。

万里无声，只有汽车引擎打鼾似的吼着，单调，重复。

车过玛纳斯河。此时应是丰水期，天山雪水正在融解，河水还是浅得不用建桥，所谓河不过是浅平水滩，汽车可以直接在水中涉过。河里扔了一些石块作为界标，让车不至于陷到河底的游沙潭里。

而河床比周围的平地也相差不了多少，河水彻骨凉，源于天山而消失于沙漠。这新疆本身就是一个系统，一个循环：长江大河，汪洋世界，与它无干无碍。

这是个建立革命根据地的好地方。这是个建立功业的好地方。

尕扬突然唱起了歌。别人口焦舌燥,他能唱歌!而这歌,我的天,是唱给天山的颂歌!

马步芳,我操你娘,
害得老子走新疆——

嗓音粗糙而高亢,在这大沙漠中,奇特的悲凉。以前他每听到这支俚俗不堪的谣曲,心里总忍不住发笑。他可是亲耳听到马仲英师长胡诌出这支小调的。那是在三年前,一九三〇年,马仲英被他的堂兄马步芳击败于祁连山下,不得不越过星星峡暂避于戈壁。

甘州的调子,尖细而凄凉。他当年并没有如此感受,虽是与马仲英共同败北西行,他觉得自己还只是小试锋芒。当时他只觉得这谣曲太俚俗可笑,现在却感慨万端。

而这首荒唐的歌,已经成为河西甘州一带口口相传的民谣。名垂青史的《敕勒歌》也不过是牧羊人平淡的歌吟,在年代的放大镜中雅化了。历史翻过一页后,这两句不可究诘的俚词,也会被后人引作诗无达诂的证据吧。

他刚想嘲笑自己迂腐,突然,吧勾一声枪响,刺破了沙漠之寂寥。他立即伏倒在车里。司机刹住车,猫下身紧张地四周观望。尕扬动作快,早已擎枪在手。秘书也从半睡半醒中惊觉。

弄不清枪声从何处传来,射向何处。连尕扬这机灵鬼也惊奇得直眨巴眼睛。

沙漠平平展展,不像能藏得住任何人,而天山已经退得太远。

他们等了半天,没有第二声枪响传来。他们开始怀疑听觉出了问题。四个人同时幻听?

"他狗入的。"尕扬首先开骂起来,跳下吉普,"章秘书长,没事,妖怪罢了。"

章亚邵推门下车,司机和秘书也跳下来,借此舒展舒展,打打身上的灰土。

"还有多少里?"

"三百。"

"催命!"

他们刚下车,就发现影子已经拉得相当长,正投向他们东行的方向。回过头看,万里晴空中,太阳已向西偏斜,刺刺地发出红光。黄澄澄的沙漠,在太阳炫目的光圈下,泛出郁紫的色泽,颜色渐渐变浓。沉甸甸地,整个大地在缓缓地旋转。

他开始觉得身上有些凉。

二

车终于进入古城街头时,已经是第二天深夜。战乱中的古城,只是一个稍大一点的镇子而已。大半是土墙的平房,已经没有居民。正是无月之夜,街道漆黑,很远就可看到巡夜的士兵,火把照着房子,影子在街上晃晃闪闪,一个个如方匣子开开闭闭。

从几十里外的阜远开始,汽车就通过一个接一个的岗哨,气氛很紧张。但所有的士兵都认识尕扬,都指着他满脸尘垢的脸开几句玩笑。他们轻松下来,忘了车行两整天沉重如铅的疲劳。

车灯扫过街道,只看见路和墙,一式灰黄。

"那是谁?"章亚邵叫起来,他看见前面十字街口中心躺着几个人。

"没事,"尕扬说,"几个臭老毛子。我在的时候就枪毙在这儿。一个星期了。"

汽车绕开尸体,一股恶臭直冲鼻孔。他们自然见惯荒野曝尸,那多是在旷野里,不像这是在街居之中,一股恶臭直冲鼻根,猛击脑壳,使人晕厥。

大家立即捂住鼻子,屏住呼吸,连尕扬也直皱眉头。

车行十多丈远后,章亚邵才敢透出一口气。

"怎么不掩埋?"

"师长给弟弟报仇：开膛破肚，野狗吃野鸟啄，不埋，吃完为止。"

"这里的野狗都早吃肥了。"秘书憋气时间太长，现在直打噎。

"怎么就认定马仲杰团长是白俄军打死的呢？"章亚邵问。

"抓过来的盛世才军士兵说的。师长就把俘虏中的四个毛子挑出来枪毙示众。"

谁也不作声了。犯不着给白俄雇佣兵叫冤。

车停在司令部门口。半截土半截砖的墙筑得很高，像中原的大户人家。门口的哨兵端着枪。尕扬首先跳下车，大大摔摔地吆喝着往里走。

已经过了半夜。车停之后，只听见马喷鼻子。马仲英睡眠极少，每夜几个钟头，必要时可以几天几夜不眠，上半夜常用来读书。章亚邵就常在半夜去给他讲《共产主义ABC》、《十月革命》之类浅近的政治书籍，或是讲读苏联小说译本，彻夜长谈。

而早晨马仲英起床带操，章亚邵当然还得补睡眠。三十六师文职人员早操自便，优待。

章亚邵向行持枪礼的门卫敬了个礼，朝院内走，尕扬却迎面走了出来。

"师长在诵经祈祷，"尕扬说，"师长说你辛苦了，让你明天上午来详谈。"

窗户纸上有几个静立的人影,他知道那是马仲英身边的随军大阿訇和他的助手,据说在甘宁省回族新新教中,这位阿訇地位仅次于马步芳的亲信大阿訇,又听说他学问渊博,常来给马仲英讲注疏古兰经的《戛最》。

他觉得有些奇怪。马仲英把他召回来,当然是有十万火急之事。想必是马仲英问了尕扬,尕扬一句话就可以了事,问答可以很短。

"成了?"马仲英肯定问了。

而尕扬的回答必是:"没成。"

他觉得有些屈辱,让尕扬这样的卫兵看不起,但这不是生闲气的时候。

他走出来,司机和秘书还在门口。他说:"先回秘书处。"秘书处与后方基地刚从哈密搬到古城。

秘书处竟然也点着蜡烛,所有的共产党员都在等他,都早知道他今夜会赶回来。在三十六师,共产党是半公开的,整个秘书处,半个参谋处,都是共产党员。陕西党员通过杨虎城部秘书长宋祈的关系转来,西北知名的老党员蔡协春也在三十六师任参议。

只是因为他和参谋长伍英奇在这队伍中资格最老——一九二九年在山东发展马仲英兄弟参加共产主义青年团——所以尊他们二人为首。陕甘老同志与年轻同志之间关系融洽，大家甘居秘书或参谋卑职，知道这只是革命分工。

章亚邵觉得面对这些同志，心情比面对马仲英还沉重。革命的前途悬在三十六师的前途上，三十六师的前途悬在他身上。

他和每个人握手。灯光下十多张期盼的脸。整整十五个因长期无用武之地，在黑暗中寻找前路而苦闷的心灵。

于是在他心中烦躁了长久的词，顺双方熟悉的语法之渠，畅流出来。这个听众不需要你变换说话方式。

"同志们，革命到了最危急的时刻！"

三

快晨光熹微时，伍英奇才邀他去自己的房间休息，章亚邵把勤务兵留在伊犁了，在古城的房间还没有安排。伍英奇给他搭了一张行军床，二人又在半睡半醒中聊了很久。一直到起床号响起，伍英奇去参加出操，章亚邵才闭了一阵眼。

"究竟是你们掌握马仲英，还是马仲英掌握你们？"他听见阿普列索夫的声音在说。

"讨厌，"他说，"让我休息，我累了。"

阿普列索夫向来不会这么直截了当点出要紧关头，从来只是嘻嘻哈哈绕弯子半真半假说话。可不，就笑了，怪笑。

"你不想听,我也忙着,有别的人要见——盛世才从迪化派来的代表。你就好好休息吧,政委!"

他陡地一下猛醒过来。

他看到马仲英笑眯眯地站在他面前:"政委,你辛苦了。"

他从床上跳起来,一边去抓军装,一边向马仲英行军礼。马仲英没有回礼,却用两个手臂搂了搂他的肩膀。马仲英还没有多少胡子的脸,今天梳理得分外干净,看上去像个身体长得太快的少年,顽童似的脸,还承受不了肩背的沉重。只有跟马仲英征战多年的人,才明白他很能赢得各级部下的忠心。

五年前,一九二八年,占领甘肃的冯玉祥军刘郁芬部,为支持冯在中原的连续战争,征敛过甚,正值回民中常出现新老教械斗互杀,刘郁芬决定不谈是非,双方头目一律逮捕斩首,逼得新老教齐反。此时在西宁回军任营长的马仲英才十六岁,带了个十四岁的弟弟,率五骑平日一齐闹大街玩耍的密友,翻过祁连山进入河州,一呼万应,猛扑河州城。冯玉祥急遣主力部队吉鸿昌等旅入甘激战,战事在该年秋冬蔓延到甘南藏区,次年春天卷入宁夏。

原先人们都以为这是小孩子闹游戏,拉部队打仗玩:司令竟然比部队里所有的人都年龄小,还带了一个更小的弟弟做副司令。等到西北千里战火，才知道这个小司令能做大事。

马仲英个头比章亚邵还高，肩膀很宽，强悍的肌肉在军装下滚动。面对他，章亚邵觉得自己是个智慧成熟的兄长。一九三〇年初，他们在山东泰安筹划，趁中原大战冯军难以西顾之时，重回西北拉队伍。章亚邵常和马仲英谈苏联红军的政治委员制，从那时起，马仲英就叫他政委，但只在私下这么称呼。

马仲英老对他说："什么时候我们不再用这个三十六师的青天白日旗，升上镰锤红旗，那时我就可以公开称你为政委，那有多好！那不就百分之百布尔什维克化了吗？"

每次他听到马仲英喜上眉梢的感慨，心里总是一阵发热。

他说："师长，我正等着向你汇报。"

他的眼睛这才从顺光处，看到马仲英满脸红光，好像刚在操场上练骑术或是翻杠子。

"好，好，我在师部等你。"马仲英说着走出门去。

门外停着好几匹马，他跟着马仲英走到门口，几个卫士齐刷刷向他敬礼，说："秘书长辛苦了！"那河州口音让人觉得亲切。都是些很年轻的回族士兵。

三十六师的士兵都相信马仲英马仲杰兄弟是薛仁贵转世，白虎星下凡，刀枪不入，命中注定封侯。兄弟俩也认为自己是福将，一向带头冲锋，大呼陷阵，这战争游戏任怎么玩法都不会丧生，因此，他们带的部队人再少，再处于劣势，依然敢打敢拼。

不料十九岁的马仲杰，带着十多个枪洞，躺在这个小县城的城墙上，躺在血泊里。

似乎不可能的事确实发生了，似乎不能想象的事已经出现。古城虽然被马仲英的后继部队攻取，马仲英多少明白了新疆这场远征，不能单靠勇猛和运气。

派章亚邵去争取支持，马仲英也明白是成败的关键。

"这次苏联特地派个代表谈判，不再是伊犁领事，而是特派员阿普列索夫。巧的是我们是在莫斯科就认识的老朋友，他特地送给你这些礼物，表示他对师长的敬意。"

"真的，那太好了。"马仲英跳起来，让卫兵全去搬东西，一边关上门，"这次若是谈成，你政委第一功！"

然后，马仲英小心翼翼地坐下，突然就道出了主题："那么说，苏联担心个啥呢？"

马仲英像个被错怪了的孩子似的，不安地扭动着，扳着手指节："难道他们不知道，我马仲英积极革命，忠心共产？安拉可作证。"

章亚邵已经习惯了马仲英的词汇混乱。平时，他只是心里一笑，婉转地教一下，现在却使他分外忧虑：明摆着留学日本先攻政治经济学，后在日本陆军大学毕业的盛世才，更能掌握革命语言。

或许语言只是说法，盛世才与马仲英永远不会有当面辩论的机会，公文也都是秘书长起草。可是，也许苏联人就会发现这些词儿粘连着的一连串儿东西。

章亚邵环顾四周，现在说到了关键处，他往前靠靠，稍稍压低声音："坚信革命，坚信苏联，就必须一面倒。"

"一面倒？"

"就是说，只依靠共产主义的苏联，不能靠国内各种反动势力，或国外帝国主义。"

马仲英呆住不动了，这话太复杂，他不太懂。

章亚邵看已经把他吓住了，就点得更清楚一些："苏联方面对三十六师内各色人等很不放心：日本人电报师，土耳其军官，国民党蓝衣社，英国冒险家特务。"

他按昨天夜里同志们彻夜讨论的方案，不提回教阿訇，也不提维吾尔盟军头目，先只针对几个单枪匹马的孤立人物，这些人反正未得重用，从他们开头。

"英国冒险家特务？"马仲英皱皱眉头，"你说的是那个，叫什么来着，斯什么的，斯坦因吧？他只想找点古董垃圾，什么佛经卷子破纸片，你不是陪他去了一次敦煌吗？"

"这事我已向苏方解释清楚了，师长可以放心。"章亚邵说，斯坦因是他投出的容易处理的引子，"斯坦因待了几天就走了，其他人怎么办呢？"

"你说咋办?"马仲英问。

"听师长的。"章亚邵断然回答。

马仲英站起来,在屋里来回走,咔嗒咔嗒地扳着手指骨。他是一向来者不拒:三教九流的人翻山渡水到嘉峪关外,有的还是从外国来,慕他的英雄之名,投奔他,是给他的面子。尤其是他年岁小,看到有经历有资格的人投来,更是高兴。有用与否,绝不考虑,哪怕军队补给困难,也得养着。

章亚邵以前只觉得马仲英这江湖盟主瘾头实在幼稚。经过艰苦的谈判,他的看法就不一样了。整理内部,确立革命力量的领导地位,已是当务之急。

"苏联人要我怎么办?"马仲英又问。

"阿普列索夫什么也没说。"章亚邵坦率地告诉马仲英,"不过我猜想盛世才也在跟苏联人谈判,莫斯科在掂量你,掂量盛世才,看支持哪个人合适。"

章亚邵示意马仲英走近,更轻声地对他说:"盛世才最近清理内部,杀了好些个,关了不少人。"

"怎么?"马仲英像摸着一个火烧的煤块一样,猛然跳开,"要我杀人?!"

章亚邵被他这么一惊咋,也哑住了。马仲英的恐慌完全出乎他的意料之外。从野蛮无理的屠城中杀出威名来的马仲英竟像妇人一般惊惶。

"我不能杀自己人!"马仲英断然说。

"这些人是打入我们内部的反革命,比敌人还危险。"章亚邵想说。但是施加压力得适可而止,丑话得让马仲英自己体会出来。他不能把整部苏联肃清反革命史,一下子灌给马仲英。诱导和耐心,才不至于引火烧身,不至于让这些人组成反对革命的联盟。

看马仲英不言语,他等了一会儿。然后,他一字一句说出关键性的建议,昨天获得同志们一致同意的决议——成立我们的契卡。

"是不是调查某些人,师长可以指定几个人负调查责任。"

"这还不好办?"马仲英高兴起来,眉开眼笑地,他大步走到门口,顺手从墙上取下军帽和马鞭,他的司令部总是弄得很整洁,物件放得井井有条,"我们这就去看他们,你和我,我们一道去。"

章亚邵犹犹疑疑地站起来。马仲英这后生究竟是特别愚蠢呢还是超等聪明?怎么就抓住他话中的一个字眼,把他的长期性建议,变成一个短促行动?

马仲英在门口叫:"尕扬,带上一些秘书长捎回来的俄国酒俄国罐头。"

章亚邵走到院子里,卫士牵来了马。他说:"不是去调查吗?"

"有这个,就调查出来了。"马仲英矫健地翻身上鞍,"这些龟孙子儿呵!"

四

房子实在太矮小。古城居民已逃散,民房可以随便征用作军队住房,师部人员还可以住上稍好些的房子。这个电报译报师,对住什么房子,也真是太不在乎一点了。

"我和秘书长,来看看你过得怎么样。"马仲英挥挥手,让毕恭毕敬地行礼的于华亭坐下。卫兵把酒食端了进来,于华亭一声谢都没有,只是赶忙用袖子抹一抹桌面。这小个子动作很敏捷,两眼溜转,贼头贼脑。三十六师新发的军装,穿在他身上像一块抹布。看着卫兵斟酒,他的眼珠几乎转不动了。

他端起酒杯,向两位贵客让了一让。

马仲英不喜欢喝酒,他只沾了沾唇。章亚邵端起酒杯,一股酒精气直冲鼻子眼睛。还没等他下决心,于华亭已经仰头一杯倒在嘴里,黄黄蜡蜡的脸立马像泼上血似的变得通红,接着喉咙里发出咕咕噜噜的声音,两眼朝上直翻,双手撑住桌面,身体向后仰,椅子后翻角度越来越大,好像马上要连人带椅倒个仰八叉。

这样的姿势撑了很长时间。章亚邵看得目瞪口呆,几次想伸过手去扶他一把，此时于华亭吐出一口气来，脸色也在几秒钟内变得平缓。

章亚邵从来没见到过这样受虐狂式的饮酒法，马仲英却只是嘻嘻笑着，看表演一样，由这个小个子折腾得死去活来。

"酒好！酒好哇！"于华亭一面感叹着，一面拿过酒瓶，给自己又倒整一满杯，"师长！秘书长！谢了，谢了！"

他有近四十年纪，在三十六师的全体官兵中，这年纪的人只有几个。他的口音很怪，有点像辽西土腔，又不是太像，用的词不能说不对，总觉得不是地方。据他自己说是热河开鲁人。父亲留学日本，攻读金融经济，毕业后留在横滨正金银行工作。他出生在日本，从小在外说日本话，在家跟母亲说辽西话。在日本读书有日本名字，十五岁父亲亡故，跟母亲回国，才用于华亭这原名。曾服务于北京电报局，学会了破译电码。三十六师的全体共产党员都认为这一套完全是编造的鬼话。

于华亭刚要举杯再饮，马仲英突然向前一扑，敏捷地用手捂住他的杯子，另一只手攫住他的手腕。

"你，日本间谍大西忠！"马仲英厉声喝道，凶神恶煞一般。

"就是，就是。"于华亭忙着说，脸又开始浅红，他想把手挣脱出来。

马仲英非但没有放开,相反,捂住酒杯的手也突然飞起,逮住于华亭的另一只手腕。他站起来,隔着桌子俯过身去,呲着嘴直冲着这个半日本人吼叫。

于华亭一挣扎,碰翻了他面前的酒杯。他脸皮在痛苦中抽搐,眼看着酒液在桌上流淌。不知是马仲英腕力太强,痛得受不了,还是酒精气味太冲,泪水从他布满红丝的眼白中漫出来,流下打着皱纹的眼角。

"怎么个间谍法?"马仲英逼问。

"日本来的,读密码的,必是日本间谍。"于华亭赶快说,浑身扭动,想从马仲英手里挣脱。

"谁派你来的?"马仲英手一提,攥得更紧,咬牙切齿地问。

"日本国皇军参谋本部今田少将。"

"谁布置任务?"

"天津驻屯军参谋长松本健儿大佐。"于华亭唿噜噜地往外倒灌中文字儿,夹着做噩梦般的吠叫,听不清楚。

"任务是——"

"变新疆为日本军事前进基地。"于华亭没等问完就赶快说。

马仲英脸一翻,哈哈大笑,把手一松。于华亭正在拼命挣扎,这下子往后一个趔趄,倒在泥地上。他索性就坐在那里不起来了,双手互扼住发白的手腕,号啕大哭起来。圆圆的鼻子给搓得又黑又红，鼻涕往肮脏的军装上擦。

"师长，我坦白次数多多了。"

"再坦白一次也没甚了不起嘛！"马仲英看到他哭起来，也收起笑容，他见不得人伤心。

"以前仲杰老跟我说跟你喝酒的事，我从来还没自己来试试。"说着马仲英自己却伤心起来，他转头对着章亚邵，眼睛也有点湿。

"马团长，好朋友哇！"于华亭干脆也说开了，一边说一边哭，"好朋友，跟我喝酒，审问我。真是好朋友哇！"

他从地上爬起来，半身土灰。五短身材还算壮实，动作步态太像日本人——太像戏台上的日本人，这审讯反给了他做戏的机会。

章亚邵实在看不下去，他插嘴打断哭闹："两年前，三十六师没有进军新疆的计划，你怎么会到甘肃来投奔马师长？"

"我就是觉得师长待人好哇。"于华亭坐回到椅子上，毫不犹豫地回答。他的眼光与章亚邵碰上了，立即避开。

"你的任务怎么办呢？"章亚邵逼问。

"咳——"于华亭长叹一口气，望着面前打翻的酒杯，很伤心的样子，马仲英把自己的酒杯推到他面前，"看一步走一步吧。不就是浪人吗？不就是无家无根吗？不就是拿手艺混个饭吃？"于华亭又要下泪。

马仲英站起来，他不想再听了："行了，这次打完仗给你钱，让你回日本娶个东洋婆子，养一堆东洋崽子。"

他拍拍手，像是要拍掉这个倒霉鬼身上沾来的霉气。门太窄太矮，马仲英几乎是侧转身子，猫一猫腰，走了出去，也不向于华亭告别，让他坐在桌边，一边垂泪一边喝酒，嘴里还在嘟嘟囔囔不知说什么。

章亚邵对如此草草过场的调查很不以为然，但此时只好跟着马仲英走出来。这屋子在参谋部住的院子后面，中午的阳光一下子刺入眼膜。马仲英站在院子中央，手搭在眉上，忧郁地看着没有一丝云的净蓝天，在想什么事。

"师长，你相信他的话吗？"章亚邵不愿丢下这题目。

"什么话？间谍？"马仲英略有点不耐烦，"那是仲杰逗他的，教给他说的，拿他做下酒菜呢！"

马仲英用马鞭指了指院后，这里已是古城边上，往东看去是一片灰黄，一直伸展到天地打混的远处，暑气蒸腾，地平线在忽忽抖动。他反问章亚邵："这种鬼地方，侦探到消息，怎个向日本汇报法？怎个请示法？"

"他不是会解密码？他就不能打密码电报出去？"

"他什么电报也没打过！他手里根本没有电报机。仲杰乘他醉倒，把他的行李全翻过了，尽是破烂。只有一本日文注音的书，叫作什么的肉蒲团，我还以为是电码本——"

章亚邵觉得马仲英政治上未免太幼稚，一时又抓不住于华亭的证据。亡弟的酒友,马仲英此时不会下手。

他们各自想着心思,走到一间土屋门口,马仲英径直朝里走,里面传出一个男人雄壮的歌声和喘气声,章亚邵也进了门。

他们两人都呆住了。

土耳其军官凯末尔中将在房间里脱得一丝不挂,浑身黑毛的身子在打旋,应着他自己吼出来的歌声在狂舞,他的生殖器累累垂垂地挂着毛须,随舞旋晃荡。而他肩上却扛着一个披头散发的中国女人,同样脱得光溜溜,只剩尖尖的小脚鞋。妇人的身体被横扛,双腿缠住凯末尔的右臂,一手攀着凯末尔的头颈,一手抓住他有刺花的左臂。这么复杂的姿态,她蜷缩在凯末尔粗壮结实的肩膀上,任凯末尔胡转乱旋,没有任何声音地在空中飞着圈儿。

屋子里一股说不出的怪味。

女人首先发现有人进来,惊叫了一声。凯末尔双手一撒,顺势一旋,女人飞抛了出去,却稳稳落在铺了枕头被子的炕上。这连串儿动作,太惊险,好像两个人经常练一般,配合默契,竟然没有半点碰着磕着的。

女人马上缩进被子里,连头都盖没。凯末尔朝来人笑笑,毫无羞惭之意,到床头去摸衣服。

但是马仲英已经往外退,章亚邵正在他身后,也只能在他前面退出。两人在院中对视了一下,不好意思地转开目光,好像做了什么坏事。

章亚邵苦笑着摇头:"没灵魂的畜生!"

马仲英忽然脸红了。这个回人贵族军官子弟,不见得从来就像他带兵后那么检点,但如此癫狂疯魔,太有悖伊斯兰习俗。

马仲英调头走开,对卫兵说:"把酒送进去。"

章亚邵只听说这个土耳其人养着一个中国小脚农妇,女人成天坐在炕头,不声不响,像尊泥菩萨,而凯末尔也对她恭敬若神明。他没想到如此怪异,也没想到自己先做了没灵魂也就是非间谍的结论。

"小司令。"凯末尔在后面叫。他们俩恐怖地回头,看见凯末尔早已穿好军装从门里走出来。他的军装倒是挺合身,不知这么大的个头,从哪里弄来的特号军装。穿上军装的凯末尔,还有点儿中将的影子。

凯末尔大步走上来,恭恭敬敬地对马仲英说阿拉伯语。马仲英的阿拉伯语只有背一两句经文的水平,只能无可奈何地摇头。凯末尔突然转过身,向章亚邵说俄语。

"秘书长,找我有事?"他问。

章亚邵决定抓住机会改变他过早的结论。

"向你打听一个组织,叫泛土耳其联盟。"章亚邵用俄语说了,然后用中文向马仲英再说一遍。

"我以安拉的名义起誓,这是魔鬼造出来的怪物。"凯末尔举起手指,神情庄严,"魔鬼就是英国人。英国人十五年前毁灭了伟大的土耳其奥托曼帝国,现在又用土耳其名义扩展印度属领。"凯末尔越说越生气,点着自己的肩膀,"我肩上还有英国子弹打穿的弹孔,在加里波利之战中。遇到魔鬼英国佬,千万让我来打还这一枪。说是维吾尔缠回是东土耳其,请问,安拉怎么会允许如此荒谬的事情发生……"

凯末尔的俄语说得极快,浓厚的摩尔达维亚一带口音,很难抓住机会,几乎来不及翻译。看到马仲英并不感兴趣,章亚邵也停止翻译,跟马仲英一道走开。那个土耳其人还在滔滔不绝地说,越说越响,看到他们走远了才闭上嘴。

章亚邵很气恼,他觉得自己被愚弄了,被这个龌龊的土耳其人涮了。怎么这些间谍全是装疯卖傻,不争气。

"他真不会说汉话?"章亚邵问,半问马仲英半问自己。

土耳其人在后面喊:"赛赛,赛赛。"

他们不解地回过头,土耳其人眼睛笑成一条缝,手做什么姿势:"赛赛。"

"噢,他是谢你送酒。"章亚邵恍然大悟。

"怎么说吧,"马仲英没答话,径直往前走,马鞭垂下碰着马靴,"还有什么特务间谍,一并看了吧。"

章亚邵想说这样调查方法不对,反革命就是善伪装,但他明白此时不宜再往深里说,他只想留一个注脚:"听说参谋黄继善英文极佳。"

"你秘书长,还有伍参谋长,俄文不也说得很漂亮?"马仲英反驳说。他很少这样对章亚邵说话,他很懂礼貌。

"这就不能相提并论了,"章亚邵严肃起来,这个马仲英连敌我阵营都划不清,还搞什么肃清反革命,"这个人是国民党复兴社的。"

"你说怎么办吧。"马仲英叹口气,眼睛垂下看着地面,"你那里谈判不容易,我知道。枪毙也可以,该他们死。仲杰不是说死就死了。"

章亚邵一时说不出话来,他有点被马仲英的信任所感动,但又很着急马仲英依然糊涂,总在似懂非懂之间。他想了想,最后说:"这样吧,先把这几个人抓起来。我尽早赶回伊犁,去见阿普列索夫,就说三十六师已经初步肃清了帝国主义。"

卫兵把马牵过来,马仲英若有所思地接过缰绳。

"就抓,"马仲英像醒过来似的下决断,"我们占了大半个新疆,马上能围住迪化,盛世才只有一个迪化。我们有人马三万,盛世才只有五千。苏联人不会想不到这点吧?"

章亚邵想说革命需要思想,承认人、枪、地盘的既成事实,是中国军阀的行事方式,但他无法断定阿普列索夫绝对不会如此想。那么,究竟苏联人主要考虑什么呢?他被马仲英考住了。

马仲英骑上马,看他沉吟不语,就说:"政委,夜里你再来给我上上课。这种时候，特别要听听革命大道理。"他的语调和眼神都是诚恳的。

他拨转马头，向西，忽然放马狂奔起来，卫队匆匆忙忙催马跟上。一横排奔骑，马仲英在头里，在镇西土梁上画出七八条尘灰的白线，偏转，合成一条粗粗的大弧。然后，翻过山脊，消失不见了，线状的灰尘依然画在坡梁上。

第二章　伊　犁

一

急速来到的战事，拖延了章亚邵返伊犁之行。

一九三三年六月七日，盛世才忽然发兵出击，在北疆路口阜康一线与马仲英军前哨部队接上火，西行的大路被截断。马仲英主力部队迅速到达紫泥泉一带布防。

秘书处与师部非战斗人员均留在古城。章亚邵决定随军向西行动，伺机冲过阜康交叉口。

骑马去前线的路上，章亚邵问联络参谋尕扬抓起来的间谍犯押往哪里了。

"你不知道？"尕扬漫不经心地说，"师长把他们放了。"

"什么？"章亚邵几乎不相信自己的耳朵。

"昨夜用马车把他们送到盛军阵地去了。"

"这是为什么?"

"不知道。师长很有计谋,"尕扬高高兴兴地说,"我们都能大富大贵。"

章亚邵很气恼。马仲英周围的人江湖气太重,马仲英自己还在哥老会坐了个高辈数袍哥头目。他只能给马仲英青年团员资格,教徒不能入党,当然谈不上党内地位。

马仲英见到他时,不知是来不及,或是不屑于提这件事。凭他目前在三十六师中的地位,无法改变既成事实。带给阿普列索夫的,将是一瓶度数不明的酒。这个马仲英难道不明白我们是在为他的利益奋斗?

马仲英在忙着布置作战,参谋长伍英奇在给他写作战命令。其实一切无须书面命令:两个主力旅的旅长马虎山与是非阿訇,以及维军头目和加尼牙孜,都只能听命令,识不得几个字。马仲英坚持写书面命令,只是以示郑重:三十六师是中华民国陆军正规部队。

而且,马仲英说,留下历史。

这个村子在新疆算作市镇,地图上标着滋泥泉子。马仲英坚持作战命令中用紫泥泉子这俗名。左右的人告诉他:好名字,紫气东来,吉兆。伍英奇也就这么写。

清晨,各团的随军阿訇已主持了祈祷仪式,田野里齐刷刷地跪着灰黄的军装,祷祀声像蝗虫一般飘起。士兵戴的多是柳枝编的帽子，天气炎热，穿的全是单衣，脚上是草鞋。

接着，七千人的部队进入阵地。

章亚邵沉默地坐在伍英奇的地图桌旁，两人漠然地看着这一切。一遇战事，全师忙碌，他们越发无事可做。伍英奇不是由于党组织的批评，早就不想上前线，他根本无法参与指挥：不是没有权，而是的确无能力。马仲英军进攻哈密东黄芦岗时，以两百骑兵冲击省军三千人的部队，伍英奇认为完全是无希望的冒险，马仲英率队冲锋，大呼冲杀，省军竟大乱溃退，旅长自杀。然后，马仲英让苏联军事学院毕业的伍英奇指挥进攻长流水，伍计划周详，按步进攻，每步有掩护保障，结果乱不成军，被敌人反冲锋下来，勉强退到一个沙岗后躲避炮火，幸好马仲英率部来救援才逃脱全团被歼。

伍英奇很不愿意提这件事，他对马仲英的军事才能，就像章亚邵对马仲英的政治觉悟看法相类似。

他们坐在那里等，久久毫无枪声。对重返伊犁之行，他们比马仲英还着急。只有与苏联达成协议，才能设法改造马仲英的部队，把它变成一支真正的革命军队，而这场攻入新疆的远征才有可能载入光荣的革命史册。

不然，他们永远只是马仲英"要求进步"之象征物，三十六师的"赤化"装潢。

他们在窗台上抱膝而坐。他们一生中最美好的年华，都花在这个马仲英身上，但在马仲英接近成功时，他们只有互相安慰的份。

不是马仲英，他们也不会见面。章亚邵赶到山东泰安马鸿宾部队的军校，去主持马仲英的入团宣誓，在那里见到伍英奇。

"当时咱们还互相看不惯，"伍英奇常说，"一个大个子北方人，一个怪名字南方人。亚什么少？一股布尔乔亚味。"

章亚邵的父亲在晚清退出仕途，潜心学问，详注邵雍象数先天学，尤其佩服皇道、帝道、王道、霸道四分期的历史退化论。因此，当儿子在杭州高中读书，对政治感兴趣，服膺了马克思主义关于奴隶、封建、资本、共产四阶段历史进化论，父亲大为震怒，赶到省城要求儿子退出政治活动，不管哪一派。

儿子跨出父亲的房门，从此与家中断绝了任何关系，湖州章族已以忤逆之由把他从家谱上除名，所以他不必像其他革命者怕连累家族而改名。那是一九二三年的冬天，他从上海坐轮船去广州，在船上朗读郭沫若高亢而激越的《匪徒颂》，大波撼海，我心不卷。

如果有机会重新翻一下父亲注的《皇极经世》，他此刻想，倒也有趣：太极道心，万剥不复，或许只是在等待肩负历史使命者。

二

枪炮声突然大作,正是下午四时。

"这个盛世才倒是可人儿,"伍英奇看了一下怀表,笑着说,"打仗正正卯卯的。"他跑步去马仲英的司令部,叫章亚邵安心等着。

章亚邵手里没有望远镜。马仲英以紫泥泉子村为依托,村前平展十多里的原野为前沿。战场上一片硝烟尘土,看不清军队动向。盛世才的炮兵开始射击村子,寥寥几颗炮弹,很不准,掀起的烟尘却挺大。来回狂驰的传令骑兵反把气氛弄得很紧张。

看来三十六师的左翼已经在冲锋,乘对方立足未稳冲散阵地。

他不想再看战场,翻过身来背靠土墙作掩体,设法使自己静心。全胜了,他可顺利西行,战局僵持,也能武装护送强行通过。他的任务是证明这枪炮哄闹流血遍野,是世界革命的一部分,证明这片干枯的荒漠上打出来的东西,不管是胜是负,分享着一个已设的意义。

他忽然感到天光暗淡下来。抬头看,西斜的太阳被浓烟盖住了。

不,是乌云。巨大的云堡已经屯聚了很久,只是战场灰烟太大,他没有注意罢了。短短几分钟内,忽然阳光完全消失,厚重的幕布急降,全场一下子变得天昏地黑。

枪声突然就稀落下来,田野里传来惊慌的叫喊:鏖战的双方忽然看不见对手,不知这仗如何打下去,只能各自向后跑,只有军官们在喊叫。狂风卷起的尘沙,吹得睁不开眼。

突然间,硕大的雨珠打得土墙啪啪直冒烟,像机枪扫射一般。水还没把土打湿,雨就变成了冰雹子,冰块有黄豆大,打得脸很痛。

章亚邵惊讶得说不出话来:盛暑降雪,只有传说中西天路上的妖魔才能变得出来。他用手抱着头身子蜷起,屋外已经冷得刺骨。

如果连他这样的人都想到妖魔,三十六师的士兵又会如何想?这仗不就不战而败?

奔跑的声音越来越近,庄里响起枪声,似在阻止部队溃退。马仲英的部队从无机枪督战之事,但士兵全是单身布衫,此时已无法在野外作战,只能放弃阵地,退进村来。

他朝指挥所奔去,迎面碰上了伍英奇。

"和加尼牙孜的维族部队没有回来,他们趁乱逃走了,只送来一句话,说是秘书长要肃他们的反,他们只能回避。马仲英正在生气。"

"岂有此理!反革命挑拨!"章亚邵吼叫起来。

"现在你去不好。过一阵他会明白这只是托词。"

"那我就趁这乱劲儿沿天山北路西去，"章亚邵断然说，"我一个人走。"

"太危险。"伍英奇说。

"这是唯一的办法了。"章亚邵凛然说。他感到一种独支大局的悲壮。

他们挤过乱军，跑回院子里去牵早就准备好的两匹马，一匹驮着章亚邵的食物饮水等。伍英奇把自己的军装上衣脱下来，给章亚邵披上，自己只剩一件无袖单布褂。

"不能，你太冷。"

"别说了，我到死人身上去找，你要紧。"

章亚邵匆匆套上衣服，他自己的军装已经湿了，也只能穿在里面。

"部队上哪里呢?"他问。

"今夜动不了，"伍英奇说，"太冷。我估计明天一早就会受到攻击，顶住了，我们就能撤。甘肃带来的基干部队没受太大损失。"

"好吧，稳住阵脚，就派人到伊犁，告诉我部队情况。"他跨上马，踢了一下马肋，马瞪眼看着狂风呼叫的黑暗旷野，迟迟不敢举步。

"这一去，全靠你一个人了。"伍英奇的嗓音有点呛咳，寒风吹的。

"告诉同志们,坚持下去。"章亚邵催马冲了出去。过了不一会儿,就看不见任何人,任何房子,任何灯光,只有风裹着雨雪抽打他的脸。他不觉得冷,焦虑烤炙着他的心。一切苦难,一切挫折,总得归向一个信念的综合之处。他必须找到那个倾听者,在那里,忠诚会得到鼓励,而信念会得到酬报。

三

章亚邵没想到的是,恁他怎么心焦火燎地赶路,也要到四个多月后,一九三三年十一月,他才能重新见到阿普列索夫。

而那个风雪之夜,他不敢停下,怕误了冲过路口的机会。半夜后,雪总算停了,但气温更低。快到凌晨时分,他从熹微的天光中看到他大致的方向走对了,才在一个干河床里停住,让两匹马躺下,自己挤在马的身体间,取一点暖,并且捂干身上的湿衣服。马几次站起来,不耐烦地刨着蹄子,让他突然冻醒。

他只睡了一刻,就听见远方有隐隐的枪炮声,持续了半个多小时。他明白,他得赶快走了,虽然早晨天还很冷。

太阳出来后,地面马上开始蒸腾,炎热加倍。他已经绕过玛纳斯河,走上北疆公路。他骑在马上,一阵接一阵晕眩，不得不俯下身来紧抱住马的脖子。他明白他中了风寒，现在正发烧。他不能倒下，还得保持警觉，防着土匪、野兽、盛世才军队——一切人，包括本地任何民族的居民——他带的东西太多。唯一的生路是不管病得如何，赶快前行。

十多个小时后，夏日的长昼也已全部燃尽。黑暗和寒冷又包裹着他时，他终于奔到了伊犁府的门户乌苏。小县城破败而宁静，居民不多但回汉杂处，民风淳朴善良，没沾上覆盖全新疆的仇杀血腥。

他几次路过，认识这里的县长，一个沉默持重的老县吏，就住在县府后面，容易找到。他请求县长给上司伊犁屯垦使张培元打个电报，派车来接他。张培元是马仲英反盛世才的同盟者，但张培元为了保持伊犁多年的和平，只是精神上支持，不出兵。

他坐在县署的椅子上，感到心跳气促，天转地旋，寒战袭向每一根神经。听到县长回来的脚步声，依然那么慢条斯理，从容不迫，他心里一急，突然就两眼发黑，晕了过去。

醒来时，他已经躺在一张床上。很简陋的房间。任何床都是舒服的，床边的桌上点着暗淡的煤油灯，桌后静静地坐着乌苏的老县长，无动于衷地看着黑暗。

他抬了抬手，请县长说话。迟缓的老人一声不响，只是递给他一张纸，并且把煤油灯照过来。他眼睛调整了很

久,才看清纸上的字。那是张培元的回电:

亚邵兄鉴大驾西来恕未能远迎惊闻贵体不适旅次劳顿惟苏领事馆照知阿氏明晨返苏述职为期一月既如此何不在乌苏稍事休息一俟康复即派车迎驾弟培元叩

"消息真灵通!"他恼怒地想道,"阿普列索夫躲起来不愿见我,还是张培元有意拒驾?难道紫泥泉一战就有如此大的区别?难道我们花了如此大的代价肃清内部,竟不能得到一个诉说表白的机会?"

他一着急,浑身大汗淋漓,越着急,就越虚脱。他想起床,却起不了身。

他到达伊犁,是在七天之后。

一进督署,张培元就迎着他说:"老弟,你们把事情弄糟了,你们怎么想到去受日本帝国主义操纵?"

章亚邵直跳起来:"什么?"

"盛世才通电全国,说在滋泥击溃马仲英军,俘虏中有一名日本人叫大西忠,经审问,大西忠承认是日本陆军部特派间谍,指挥马仲英攻新,实行日帝侵略计划。"

"胡说!"章亚邵直跳起来,几乎要大喊。

"大西忠是我们揭露出来的!"

"怎么说?真有这么个日本间谍!我还以为盛世才编的

谎。怎么会给盛军抓过去的呢？"张培元很不高兴地问。

"不，不，"章亚邵说，"不是日本间谍，不是盛军俘虏。"

张培元看到他着急的样子，同情地说："老弟，你病得很重。"

张培元是新疆军政界前辈，典型中国旧式军人，忠诚而刚直，最恨盛世才之类权术人物。他和马仲英的同盟可能真不是出于利益考虑，而是义气相尚。对章亚邵，他原是有戒心的。看到章亚邵窘得语无伦次，他倒反而有点放心了。

"南京国民政府已向日本提出严重抗议，日本外交部否认派遣大西忠一事。苏联《真理报》为此事发表了评论。"

他递过一张俄文报纸，章亚邵取过来，一行行俄文字，像沙漠中的地平线一样闪烁不定。他对自己说："镇静，镇静。"他看了几遍，才弄清楚该评论的大意：大西忠为日本高级间谍，在日本接受特殊训练，一九三〇年八月，从日本派遣到中国，派遣者是日本参谋本部今田少将，到天津与日本驻屯军参谋长松本健儿密谈，制订了控制马仲英的具体部署。一九三一年，大西忠在甘肃参加三十六师，指挥马仲英侵入新疆，利用哈密民变，以泛伊斯兰主义为号召，建立回教独立国，是继满洲之后日本侵华的第二步。

"你说这个大西忠是你们抓出来的？"张培元声色俱厉地问，"那么你们为什么不审问、不揭露？"他虽穿着便装长衫，说话还是很有威严。

"不为什么。"章亚邵还没从无耻的偷袭中恢复过来，心里正烦躁得慌，这个家伙向全世界坦白的竟是马仲杰开玩笑的编造，现在人赃俱获，竟使他们百口莫辩，他期期艾艾地说，"审过了，没有证据。此人不是间谍，只是日本浪人。"

"浪人？"张培元站了起来，在房里踱步，老先生胡子几乎全白了，这时气得须发直抖，"马仲英养着个浪人干什么？起码也看得紧些，怎么会让盛世才抓了个活口？"

章亚邵想说不是盛世才抓的俘虏，而是马仲英送过去的。但他马上明白这种愚行无法解释清楚。

张培元摇头叹气："小司令如果是一介武夫，年幼无知，你老兄是专吃政治饭的，怎么也犯糊涂？这个盛世才只要抢到政权，爹妈也能卖掉，还在乎冤枉一个日本浪人？"

章亚邵愤怒起来，脸涨得通红，额上血管嚣暴起来。他是生自己的气，他的一番努力，竟然得到完全相反的结果。本想摸着苏联人的心思走，却弄得一身臊臭。

"苏联人不会相信盛世才的瞎编。"他说。

张培元看到他还在强辩，干脆站定在他面前，声色俱厉地说："这跟苏联人有头脑没头脑完全不相干。一提帝国主义就只能信其有，无法信其无，没什么事实公道可言。我们的命运拴在一起，盛世才这种人一得志，我们都得掉脑袋。"

张培元拔步往外走,也不跟章亚邵告别,只摔下一句话:"老弟,赶快商量补救之法,商量好告诉我一声。"

门一关上,章亚邵才发现自己全身大汗湿透。

四

他又发了高烧。

他的生命锈蚀不堪,抛在路边,像新疆到处可以见到的路边腐尸,也不知怎么死的,也不知是哪族的人,哪边的人,被哪边打死的。气候太干燥,尸体腐烂得特别慢,半烂半干,半被鸟兽啄食,渐渐缩成包在骨头上的薄薄一层黑皮,眼眶最先凹成两个黑洞。

沙漠秃鹰早就把眼珠叼走。

这些巨大的秃鹰,翅膀张开有大半丈宽,慢慢悠悠地在空中盘旋,极有耐心,极为傲慢。对沙漠边缘突然摆开的人肉宴席,它们不屑一顾,它们只吃最美味的部分——眼珠。

他们的吉普车惊动了正在路边享受的一只秃鹰,它陡然飞起,暴怒地冲着汽车扑过来。车上的人都发出恐惧的尖叫。司机狠踩油门,汽车轮胎叽叽直叫,把路上的沙子抛起好高。而秃鹰扇子一样的翅膀扫过他们的脸,喷上带恶腥的热风。秃鹰似乎要用爪把车提到空中撕碎。尕扬急得抽枪射击。车颠得太狂乱,打光了子弹,不近不远在一丈之内紧追不舍的秃鹰没掉一根羽毛。

似乎看不上这一车的肉食,秃鹰不再贴近追赶,而是渐渐升高,越来越高,像是准备以全部高度的动势俯冲下来,给这玩具似的车子中几个虫子般的人,以最后的贸然一击。

他们停下车,提心吊胆地仰视着,秃鹰已经忘了他们,变成了一个黑点。

他现在又面对这样一个傲然的霸主,毫不留情的重力核心,漠无表情地摧毁他多少年奋斗的心血。那不是阿普列索夫,也不是小人盛世才,而是一个既成定势的意志。

他挣扎着坐起来,给"三十六师各位负责人"写了一封长信,详细地说明了他们目前的政治处境。他建议马仲英发出通电,声明反日态度:大西忠是三十六师军法审讯并在押的日本间谍,被盛世才发重兵劫走。

他想起那个可怜相的矮个儿男人,心里有点难受。"让未来给你辩白吧,"他想,"五十年,一百年,如果你值得未来给你辩白的话。只怕你到时候已没有任何翻检一番的价值,早就消失在历史后院的巨型人尸垃圾堆里。"

他把信封在一个小铁筒里,让一直留在伊犁的勤务兵去吐鲁番找马仲英部队。

然后他就病倒了。他原本就没有恢复,现在心力交瘁,无法再支撑。好像也没有什么必要再支撑,反正信已经在路上。他睡着了,他不再梦到甘肃新疆的战争,忘掉了种种失败的挫折感,他回到了一切困惑之前。

池塘里的荷花正开得娇艳,他躲在尖尖的采莲艇里,荷叶茂盛,像屏风一样把他与世界隔开,也不让母亲看见。他知道母亲会急得到处找他,他得躲一阵才出来,好好躲开一阵,母亲会愤怒之后狂喜,把他打骂,又亲他的脸,把他屁股打得火辣辣地痛,然后把他裹卷在甜蜜之中。

他已经听到母亲焦急的声音在喊佣人,叫他们找少爷,才看到的,怎地不见了。

他往荷叶丛里躲得更深。母亲的声音渐渐远了,轻了,几乎听不见了,真的听不见了。他只能听见自己的心跳,他等着母亲靠近,靠得很近,呼地一下把他抓住,然后一阵骂一阵打。

但是什么都没有。他探头看,母亲还在岸上,在忙什么事。在招待客人,姨家的大孩子们。母亲在拍他们的脑袋,拿出粉红的米蒸糕给他们吃,母亲对他们说了什么,他们咯咯地笑,母亲也捂着肚子,笑得停止不住。

只是,他听不到任何声音。母亲根本不朝他看一眼。

他开始着急了。他摇动最高的一枝荷花,颠三倒四地摇,绝不像风吹的那种轻轻摆动,露珠在叶上乱滚,飞洒在他脸上。

他把荷花折下，在头上挥舞，大吼大叫。还是没用，没人听见他，或许他没叫出声音来。

他从船上站起来，跳着脚嚷。岸上的人忙忙碌碌，像是在过什么节，在祭祖。

他猛跳起来，踩着荷叶往岸上奔。荷叶折断，荷梗上的毛刺划破了他的脸，他跌进水里。他越快跑，跌得越深，水越来越黑暗。黑水卡住他的喉咙，他还是得喊叫，不叫永远无法够着母亲。

他捂着胸口，大叫一声醒来。

"什么地方不舒服？"口音怪怪的。那是护士，值班的。

他直坐起来，身上床上都被汗打湿了。

护士走过来看他，胸脯奇大的苏联女人，他觉得那双蓝得浑浊的眼珠不像人眼。他怎么到了这个地方？

五

他在伊犁等的不是一个月，而是整整四个月。阿普列索夫就是不回来，好像新疆的事已经不值得一顾。苏联领事馆只留一个秘书处理事务，什么都同意转交，什么回音也没有。

而他始而焦躁，继而愤怒，最后静下心来。与马仲英的联系恢复后，他渐渐把纷繁的想法整理出一个头绪。

马仲英的主力已经撤到天山南路,从南边再次进逼迪化,把本部扎在达坂城。这次进取,步子比较稳,只要不出紫泥泉子那种意外,盛世才在军力上不是马仲英的对手。

不好的消息是南京汪精卫行政院长已发布任命令,承认盛世才的新疆督军,同时公布张培元为伊犁屯垦使,就是没有提马仲英任何位置。三十六师驻南京的人报告说是汪院长认为马仲英受日本控制,哪怕只是一种可能,也不能姑息。

"也好,"章亚邵想,"马仲英对南京断了指望。"

"大家都在等待你的好消息。"参谋秘书二处的同志每次来信,都这么结尾。

阿普列索夫究竟有没有回来,除了苏联领事馆,其他人无从知道。在伊犁,苏联人一向有特权,伊犁实际上是苏联人与张培元合作治理,边界不设防,无从检查。

十二月初,天山已通体一色皑白,他终于得到苏联领事馆的通知,约他次日十时再见。

他早晨五点就醒了,没法再睡下去。他坐起来,把想说的话用俄文再写一遍,反复斟酌用上最准确的俄文词。他再次对自己朗诵。他已经朗诵了无数次。

九时,他再上床合一阵眼。然后,他整齐服装,虽然没多远,他还是坐上张培元借给他的吉普车开到苏联领事馆。他觉得自己像个应试的考生。

阿普列索夫已经客气地等候在门口。他们像过去一样拥抱亲吻。阿普列索夫仔细打量他的脸。

"听说你大病一场，"阿普列索夫关切地说，"好好休息嘛！革命不是一天的事。你这个瓦西里，叫人好担心！"

对于自己"失踪"四个月，让他差点送命急赶到伊犁来空等，阿普列索夫没作任何解释，没有必要。阿普列索夫脸刮得很干净，一片青色。二十年代莫斯科那个落拓不羁的青年革命家，后来到波斯工作，在北部美设德一带负责改组波斯共产党，对保障苏联的石油供给曾作出重要贡献，在苏联已被认为是中亚政治问题专家。

像每个知道自己重要性的人，阿普列索夫脸上挂着不像是装出来的笑容。

"伊里奇教导我们，无产阶级世界革命不会在一朝一夕实现。"

章亚邵也微笑点头，表示同意。他跟着阿普列索夫走进他的办公室，面对面地坐下，隔着个宽大的办公桌。

"看来你想跟我说的事还挺重要，"阿普列索夫还在打哈哈，"你脸上表情怪严肃的。这是密室，你放心说吧。"

他走到办公室门前，把门搭锁啪的一声扣上，声音很响，然后又坐到桌边。

章亚邵一词一句地说出他早就想好的开场白。

"阿普列索夫同志，我代表中国共产党西北工作委员会三十六师特委,向你通报我师肃清内奸和反革命情况。"

阿普列索夫收起了笑容,沉默地听完章亚邵的演说词。以前他们都是一边说笑一边饮宴,把主要关键藏而不露地点上一点。这次章亚邵决定不让苏联人牵着他兜圈子了。

"特委认为,对新疆革命形势的以上分析,是正确的,符合实际的,特委前一阶段的工作,是符合布尔什维克主义路线的。"

章亚邵稍稍停一下,转而用比较舒缓的口气说:"特委认为,联共同志定会理解我们挽救新疆革命的努力,并给予新疆各族无产阶级迫切也是必要的支持。"

阿普列索夫一声不响,手指轻轻敲着桌面。他不急于打破沉默,脸上没有任何表情。章亚邵不安地等着,最后还是忍不住开腔:"请阿普列索夫同志——"

"听你这么一说,"阿普列索夫打断他,"马仲英是无产阶级,盛世才是资产阶级,红白截然分明?"

"特委的看法是,由于三十六师共产党人的努力,马仲英部队已经在执行新疆革命的任务,年中的肃反就是证明;盛世才的主要武力是白俄巴平古特将军的部队,由于他的部队的资产阶级本性,必然反对新疆革命。"章亚邵索性把问题点得更清楚,"中国无产阶级的利益也就是苏联这个世界上唯一的社会主义国家的利益。"他很高兴准备好的辩词中有这样一个高瞻远瞩的声明。

阿普列索夫抬起在桌子上轻敲的手,打断他:"谁是无产阶级谁是资产阶级暂时不谈。白俄部队已被遣散,巴平古特已被逮捕下狱,我这里刚收到报告,这也暂时不谈。请允许我在马克思主义理论问题上提一点看法。我认为,应当说,苏联的利益就是世界无产阶级的利益,而不是相反。"

章亚邵一下子没听懂这咬文嚼字是什么意思。阿普列索夫看到他惶惑的脸色,得意地笑了。

"看来你辩证法还学得不到家。"他拉开抽屉,好像要取出马克思著作,拿出来的却是烟斗和烟丝,"苏联的利益符合世界各国无产阶级的长期利益。哪怕后者之中有些人在某个时期看不清这一点,现实会让他们明白过来!"

章亚邵顿时语塞。他没想到阿普列索夫把话说得那么绝,他从来没听到过如此坦率的国家利益论。他明白他必须作最严重的抗辩,尽管一切已指向一个不可避免的结论,他的长期等待只是使这个结论来得更残酷一些而已。

他语调僵硬地问:"苏联准备如何保卫自己在新疆的利益呢?"

阿普列索夫点着了烟:"你不觉得这谈话太书本腔了,太枯燥了,缺乏无产阶级革命家的大气度大风格?"他把烟抽得滋滋响,在大拇指上套一个铜套子,往下压烟丝。他透过烟雾看了章亚邵一眼,忽然把烟斗从嘴里拿走,故作神秘地低声说:"我告诉你一个秘密——"

他勾勾手指,示意章亚邵靠近:"这秘密就是,我即使知道也不能告诉你。"

章亚邵身体突然僵直,全身肌肉一绷,他站了起来:这是个有意的侮辱,阿普列索夫有权指斥,但没权侮辱。他看见阿普列索夫一脸怪笑,嘴扭歪,鼻子比原来的尺寸又大了几分。章亚邵从来没发觉他的脸如此难看。他吐出的烟味道极难闻,和所有的俄国货一样粗糙劣质。

章亚邵站着说:"苏联共产党有必要与中国共产党协商将要采取的措施。"

阿普列索夫也站了起来,他显然非常不高兴了:"为什么你是中国共产党的代表,别人不是?"

阿普列索夫走到一扇紧闭的侧门前,一推,门就开了,他对里屋喊道:"陈立德同志,请出来,我给你介绍一下。"

里屋站着一个身穿西装的男人,章亚邵不认识这个人,那个人被这么一暴露,挺尴尬地装得神色自如地走出来。阿普列索夫坐回到桌子后。

"谁是无产阶级,我们好像谈够了。现在来看看谁代表谁吧。这位章亚邵同志说他受中国共产党派遣支持马仲英,这位陈立德同志说他受中国共产党派遣支持盛世才。你们不妨当面说个清楚。"

章亚邵看看这个叫陈立德的人,陈立德也正好在看他,两人马上掉开了目光。他们都很窘,也很气恼,却不知道该

沙漠与沙

向谁生气。

　　章亚邵转过身来:"如果阿普列索夫同志同意,我可以向你说明我接受谁的命令。"

　　"我也可以说明。"陈立德一招不让地接上。

　　"为什么你们互相不能当面说明?"阿普列索夫嘲弄地说,"互不信任嘛!连自己代表谁都没法说个清楚,叫苏联共产党和谁协商?"

　　阿普列索夫慢慢地点起他的烟斗,让两个中国人在尴尬的沉默中消磨最后一点自尊。

　　"为什么不干脆一点,你为马仲英说话,你为盛世才说话,派遣关系之类,早是旧案了。"阿普列索夫甩火柴的动作特别大,"你们的中央早就钻进了南方山沟里——我怕在那里也待不长了——不了解,也管不上新疆的情况。你们早就失去联系,无从请示,自行其是,借个号令各人自打天下。"

　　阿普列索夫把几乎有小手指粗的火柴使劲甩熄,抛到桌上的大烟灰缸里,然后又专心致志地吸烟。

　　"有时我甚至怀疑在每个中国军阀后面都有几个中国共产党员,以备不时之需,有时借你们的关系,有时借你们的脑壳。"阿普列索夫在脖子上做个砍的手势。这个笑话使他很得意,他一笑,呛了一口烟,猛咳起来。

　　"你们谁有中国水烟筒,不妨送我一个,肯定符合苏联利益,"阿普列索夫捶着自己的胸口,扭歪了脸,"听说润肺。"

第三章 南 梁

一

他说他马上就回,回来再聊。

对方说至于那么急吗?有什么了不起的事?——上次跟你说叶琳娜快到伊犁——听说你在莫斯科也追过俄罗斯姑娘——唉,女人哪,诱惑!怎么没再次点燃热情?——至今没结婚?我怕你还是处男吧!唉,你们中国同志!——太奇怪,新疆漂亮女人那么多,怎让人不动心!——你走得太急没准备,这几瓶酒还请带给小司令——一路顺风早日回来——或许我来看你。

在路上,章亚邵想起阿普列索夫告别时特别亲昵,可能是不祥之兆。自从上次摊牌之后,他们的对话又回到过去那种不阴不阳话中带话的方式。他继续留在伊犁,是想弄清苏联将用何种方式,援助盛世才到什么规模。就在此时,张培元告诉他苏联大批军火运到塔城、阿山一带,盛世才分军北上押运。张培元伊犁军最后一战的时候到了,再等下去无疑坐以待毙，他决定出兵截击盛世才军。

章亚邵看到局势急转直下，只能赶回部队研究对策。车顺着天山北路向东，一路上张培元的部队正源源开到塔城去。

已是岁末，白昼很短，夜里寒冷彻骨。章亚邵在乌苏以东玛纳斯河畔，追上了张培元的指挥部。微弱的月光照在冰寒的沙漠上，万里无声，只听见马群重浊的鼻息，间或有一两声嘶鸣。间或有风吹过沙丘，沙子滚动，发出像教堂的大风琴似的乐音，低沉而悠长，渐渐轻若无声。

当夜，他在一个帐篷里休息，睡得很实。

猛烈的枪声把他惊醒。他抬头看，天已经亮了，听枪声，却让他吃了一惊：来自西边，去伊犁的方向，枪声异常密集，炮声也响起来。灰色的雪原中，有火扑扑的闪光，照亮了压在地平线上的层云。

他跑出帐篷，想看个究竟，正碰上张培元的副官冲着他跑来，说司令有请。

张培元已是一身戎装穿得整整齐齐，正和几个军官在看地图。看见章亚邵，张培元说："老弟，从塔城进来的不只是武器，还有苏军两个团。我们昨天刚离开伊犁，苏军一个团就入侵伊犁，立即追袭我军。我早就怀疑盛世才是石敬瑭，割国土请外兵，果不其然！"

章亚邵吃了一惊，没想到苏联人会采取如此极端的方式支持盛世才，显然是担心张培元军与马仲英军夹击下，迪化会很快陷落。

"我军已陷入包围。这么大兵力，不只是冲着我来。我给你一个骑兵班，你赶快趁包围圈尚未合拢，往南冲。告诉小司令好自为之。"

章亚邵想问他自己的逃路，张培元却已转过身去，不再理睬他，明显叫他当机立断。他向这个老军人宁死不屈的背影敬了一个军礼，走出帐篷，骑兵班已在惨白的晨光中集合，他跳上马，绕开大路，朝迪化方向奔去。寒雾沉沉的原野，枪声越来越紧。

苏联人直接动手了！寒风吹到他脸上，他这才意识到阿普列索夫最后一句话"我来看你"是什么意思。

二

一直到他听见甘肃口音在喊"什么人"，同时传来拉枪栓的声音，章亚邵才放开一口气。心情过于紧张，松下后神经几乎粉粉脆裂。

黄昏渐浓时，才看到迪化北面的群山。在沙漠里狂驰了一整天，他的军大衣里面已全部湿透，水气却在他眉毛上凝成冰粒。这一路很不好走，幸亏这个向迪化西北方向警戒的侦察分队认识秘书长，带他从山间小道转到迪化之南的师指挥部。

章亚邵到达马仲英那里时,已经是第二天的深夜,过了几道岗哨,他下马走进屋里。不出所料,马仲英还没有休息,正在灯下翻一本什么书,嘴里念念有词,手指沾沾口水再往下翻。枪炮声有时突然密集,他似乎没听见。房间中央烧着一个暖暖的火炉,煤块在里面扑扑地炸响,一派平和的温馨,宁静而清淡。

看着这个好强的年轻人,章亚邵几乎有一种回家的感觉,好像自己是个兄长,家中弟妹成群而父亲早逝,整个家政落在他的肩上,而他外出经商,年关归家,不仅两手空空,而且还引回债主,要来拆他们的房子。他第一次发现,在逆境中承认自己的无力,竟然可以成为一种安慰。

马仲英发现是他站在门口,放下书,慢慢地站起来,一声不响地走到他前面。

章亚邵看到马仲英两眼似乎泪盈盈,一股酸楚冲上他的鼻子。他转过脸,看看这房间墙上挂的地图和兵器,一瞬间他几乎觉得这一切都不真实,只是一场噩梦,最好不去讲述,越讲就越具有实在性。

"回来就好,回来就好。"马仲英似乎明白他要说什么。

这句话提醒了他赶回来的目的。他尽可能平静地向马仲英说明局势的剧变,苏军二路侵入北疆,张培元被围于玛纳斯。

马仲英用一柄刺刀拨弄着火，有点心不在焉地听着，沉默着，最后他黯然说："其实我早明白，我早猜到，凭三十六师的伊斯兰底子，苏联人不会对我放心的。他们不会放心让苏联回教区隔壁有一个穆斯林掌权的省。再谈也没用。"

有个煤块炸开了，喷出一小柱烟灰和火星。马仲英很及时用手挡住了脸，他挥手把烟掸开，把煤火又重新集拢，说："你已经尽了努力，是我拖累了你们，你们这一班读书人，本来另有大出息。"

章亚邵觉得这话说得未免太功利，他还不能接受这种说法。正是读书人，不能这样实际，至少，必须拒绝从这个尺寸上衡量自己。只是此类事不必跟马仲英争论。

他说："必须从新疆撤出，保存实力。"

马仲英沉思地说："这问题我也再三想过。我们一直想等苏联援助，想与盛世才在苏联人面前讨好，点了头才能比个输赢，没出息。苏军装备重，没有几天时间到不了这里，盛世才军主力已北上打张培元，还得有几天才能回到迪化，而我们明天就有把握冲进迪化。打下迪化再跟苏联人谈。你不回来告诉我这些消息，明天我们一样开始总攻击。我看苏联人怎么把我从迪化赶出去！"

马仲英站起来送他："就像你跟我说过的太平天国，已经打到长江，就回不去了，光听口音就得挨一刀，不如打出个名堂。"

章亚邵站了起来,他不知说什么好。在这种时刻,他的决断力,向来比不上眼前这个愣头小子。他的教育,他的经验,他的认识水平,此时一概委于无用,或许这就是领袖与幕僚的差别。

马仲英说:"伍参谋长在这里,苏联军队的事,暂时不要声张。明天我们打进迪化后,再宣布还来得及——当然,跟参谋长商量商量。"他走到边上卫兵室的门口,轻轻推开薄板门,鼾声慷慨地涌出来。

"尕扬,起来送秘书长到参谋长那里去。"

突然,他想起一件事,很高兴:"前天我们占了迪化机场,三架飞机炸坏了两架,还有一架小的还能飞,飞行员也抓住了。我用枪押着飞行员到迪化上空溜一圈,往城里丢了几张伍参谋长写的传单,真过瘾!中国革命成功后,我想当空军司令,比骑兵司令强。"

章亚邵也被他说得高兴起来:"当然,只有你当,肯定是你当。"

"干脆让秘书处全部来写传单怎么样?秀才也有用嘛!"

三

一九三三年的最后一天，拂晓时，马仲英倾全师主力猛攻迪化。三十六师官兵年轻，不容易疲倦，马仲英本人也喜欢拂晓攻击，他亲自指挥争夺南郊制高点的战斗。

从望远镜中可看到，高地像墙一样横在迪化城的南面，险要处名副其实称为"一炮成功"。控制这座山，迪化就无险可守。山上布满了永久的工事和半永久性的机枪火力点。

地平线上还没露一线晨光，部队就开始结集。城南高地平缓的坡面前，是一平如展的荒漠，马仲英军从南面仰攻，虽有炮兵助攻，但火力不够，无法在相当宽的正面阵地上形成实质性威胁，主要进攻力量还是甘肃回军拿手的骑兵冲锋。

三个主力骑兵团，各按马的颜色分队：花马团，黑马团，枣骝马团，整整齐齐地列队。章亚邵和伍英奇虽然几乎一夜没睡，也赶到了结集地。声声马咴之中，部队在伏地做早祷，祝词悠扬地此起彼落。

然后，准备好的早餐抬了上来，晨风吹来浓厚的羊油腥膻味。章亚邵的食欲也被勾了起来，自加入西北战事起，他就习惯了清真食品。

他们回过头，朝司令部的集合地走去。忽然，正在大口吞食的士兵喧哗起来——在破晓的晨光中，一色白马的师侍卫队向部队正面驰来，领头的是马仲英高大的坐骑，紧跟着他的几个魁梧的贴身卫士，手里擎着三面大旗，白底黑字，在晨风中猎猎飘扬。白马队一百多骑，从延展二里的部队正面威风凛凛地驰过，士兵们高声欢呼起来，马匹也开始兴奋地刨蹶。

三面旗一色，上书五字：黑虎吸盛军。

"真有股邪劲！"伍英奇摇着头说。章亚邵知道这是马仲英的哥老会高参们的主意。在激励士气上，只有这些人才有办法。

冲锋号排山倒海吹响后，第一波骑兵就在几千人的狂吼中猛烈往高地冲锋。他们被机枪扫倒在山坡上时，第二波已经冲上山坡；第二波在更靠近阵地处倒下时，第三波已经冲上山梁。

传令兵来唤参谋长，他们跑步到指挥部，马仲英已经不在，带了师后备队投入进攻，留一句话：如果进攻再失败的话，由参谋长负责指挥。

"他疯了，"章亚邵说，"他今天一点余地都不想留。"

第三波骑兵在山梁顶冲杀的已经不多，朝南的坡面，已经铺满了尸体，空马满山野乱跑，被子弹吓得嘶叫。进攻的和防守的都乱了章法，失去冲力。就在这个纠缠乱斗的时刻，三十六师冲锋最凶猛的骑兵枣骝马团吼出一片杀声，满山遍野地撒开往上冲，马仲英本人领头冲锋。

伍英奇和章亚邵跳了起来。如此舍命的冲杀，盛世才不可能挡得住。看来城南已经得手，正面进攻部队已经在逐壕争夺阵地，下一步就是进入迪化了。

他们跳上马，步兵后续部队也已经到达山顶，正在向两翼扩展。

平缓的南坡道人马拥挤，坡上到处都是被打死的骑兵，有些士兵脸相很熟，虽然叫不出名字。有的地方死人和死马叠压在一起，死者之间没有一个舒服的距离，连绵成一片死亡区。他们从来没看到过三十六师牺牲如此惨重，几乎有上千人倒在向南的平缓山坡上，而且是马仲英最精华、跟他转战多年的部队。

他们虽然已是久经战阵的人，看到如此血流遍野的场面，也胆战心惊。吼喊凝结在死者张大的嘴上，但是此刻，他们看来很平静，好像河西的穆斯林子弟，本来就应该死在新疆的这片山坡上。只要是他们投入的战争，他们死在其中的战争，就必是值得死的。

整个战场已只剩下零零星星的枪声，反是左右翼的战斗还正打得火爆。盛世才的守城军主力被歼，其他地方也不会坚持太长久。马仲英正在向几个指挥官布置下一步攻城之战，士兵都在山梁上坐着休息。宽广的山顶平地，本来就被挖得千疮百孔，被手雷炸翻的火力点外面，双方的死者错杂地躺着，士兵们就坐在尸体之间休息。

看到他们跑上来，马仲英说："参谋长来得正好，这个阵地就交给你，想法把伤员抬下去，不，抬上来，晚上可以抬进城。"

整个迪化城像一幅摊开的地图铺展在面前，望远镜中可以看到城墙上人影在匆忙跑来跑去，这道城墙显然顶不住马军的冲击，北上攻张培元的盛军显然还没来得及赶回。

从城里探来的消息，说是迪化只能靠民团、商团、学生持长矛上阵，城里到处是谣言，说是马仲英将重行一九二八年在甘肃那样屠城，杀尽汉人。此刻回族和维族都在东躲西藏，整个迪化已如一座死城。

马仲英的七八门炮，已经在拖上山坡。

就在这时，他们听到北面的天空传来引擎的声音，好像是大队的汽车。但声音急速地变响，很快接近。从山梁上可以看到地平线上出现了几排黑点，像远行的候鸟。

"飞机！"伍英奇喊起来，"苏联的！"章亚邵正在想苏联现在给盛世才空运军火，来不及了，况且机场已经占领，飞机降落是自投罗网。他忽然明白，只有一个可能！从未想到，却是唯一能救盛世才的可能。

"是来轰炸我们的！"他对伍英奇喊道，引擎声已经很响，他得嚷着说话，"快去告诉马仲英，让部队隐蔽。"

他们奔到马仲英面前，急急忙忙说话。周围的军官们都惊奇地看着他们，完全无法明白。马仲英知道苏军入侵的事,却无法相信他们的话。

转眼间飞机已经临近,飞得很低,几十个引擎的轰鸣震耳欲聋。章亚邵被这个情景吓愣了,他还从来没看到过这么大群的飞机投入战场:几乎有三十架,分成三条横行,检阅一般整齐地飞扑过来。

梁顶的士兵们欢呼起来:"苏联!苏联!"他们已经听说很久,苏联正在支持他们,苏联人会给他们飞机坦克。他们从阵地上直跳起来,挥舞双手,兴奋地欢呼。

只有章亚邵和伍英奇在大喊:"隐蔽!隐蔽!"没人听得见他们的声音。第一波十架飞机马上就要擦过他们头顶,章亚邵清清楚楚看见机翼下挂着的炸弹脱开钩子,直往他们头上飞来,他恐怖地大叫起来,僵立住了。

这一瞬间,伍英奇把他和马仲英一推,他们三人滚进守军原来挖的战壕里,而重型炸弹一顺溜在山顶猛然炸开,震耳欲聋的爆炸连绵成一片,沉重地打击他们的头颅骨。

他们刚要抬头,第二波飞机已经越过头顶,又一批炸弹呼啸着直对着他们落下,有一颗就在离他们几米远的地方炸开,弹片横飞,越过他们耳边,沙土几乎把他们全身盖没。他们紧紧贴住战壕的地面,整座山在震摇,好像正碎垮坍裂。

他们听见满山痛苦的大叫,引擎轰鸣,但听不见炸弹声。他们抬头,看见第三波飞机正越过头顶,炸弹在机翼下沉沉欲坠,但没有落下,飞机掠过阵地,拔高飞了出去。

他们从泥沙中爬出来,看到眼前巨大的弹坑,周围散落着血淋淋的人和马的碎片,断肢,内脏。而整个山脊上,有几十个这样巨大的弹坑,每个周围躺着一圈人。土和血使满山躺着的活人死人无法区分。

马仲英又气又急,浑身发抖,冲着章亚邵吼叫起来:"你怎么没说苏联飞机!你怎么没说空军的事!"他跺着脚直嚷。章亚邵从来没有看到过马仲英如此激动,更从来没有看到过马仲英冲着他如此暴怒。

章亚邵气恼得说不出话来。这血腥的场面使他也暴躁起来,他嚷道:"这是警告!这是对我们警告!"

马仲英还没懂他的意思,伍英奇把话头岔开,说:"师长,撤吧。"

马仲英说:"还用你说。"山顶的队伍正在纷纷顺坡往后狂奔,有的人在拼命抓马,许多马匹失去骑者,自行朝山下一边狂奔,一边狂吼乱嘶。

飞机又转了一圈,回到阵地上空,章亚邵和伍英奇迅速跳回战壕,他们拉马仲英,马仲英推开他们,吼出一串怒骂,端起战壕边盛军弃下的机枪,对着天空扫射起来。飞机像是逗弄玩耍似的,在他们头上呼啸而过。单螺旋桨后面的驾驶座舱打开,飞行员探出头来查看这座满是尸首和弹坑的山丘,然后往前飞,把炸弹丢在正在退却的部队之中。爆炸和惊叫声中，已经躺满尸体的山坡，又堆上一大溜炸飞的人体碎片。

第四章 喀什噶尔

一

全体共产党员都参加了特别会议。大半年的苦战，党员人数没有减少，也没有增加，还是十五个。

迪化之战后，连续几天阴云密布，雨雪飘落，飞机没有再来。马仲英让各团随军阿訇分别给阵亡将士作祭奠追悼。士兵们很快克服了恐惧，祈祷坚定了他们圣洁的信念和必死之心。

在党员会上，章亚邵汇报了与苏联谈判失败的经过，分析了原因；伍英奇则报告军事势态——苏联军队已到达迪化以西，而马仲英决定继续围攻迪化，但主力西进，在昌吉一线抗击苏联军队。

接下来的讨论变成纷乱而痛苦的辩论，理论、引语、条文、原则，在这里组不成一个顺理成章的推论。章亚邵心里赞同多数人的意见：不管出现什么样的误会，受了多么大的委屈，绝对不能与苏联打仗，共产党怎么能打共产党？如果有什么地方出了差错,那是局部性质的问题。原则不可动摇,只有全世界无产者的联合,才能实现世界革命。

苏联人犯了错误,我们就不能抵制他们?有几个人意见正相反,伍英奇显然是这一派的,虽然他用词比较婉转。他的军人气质使他无法接受过于执着于理论的考虑。既然苏联并不把我们看作革命力量,全按所谓国家利益办事,他们背叛的不仅是中国革命,而且是世界革命。

连张培元都能在绝对绝望局势下奋起抗争,兵败后自杀殉国,我们热血革命青年,难道还比不上一个地方军阀?

不,不,不能这样用意气,用封建时代的概念考虑问题,他想说。但他不知道用什么语言才能说服自己。他意识到他心底里隐藏着的最深的恐惧,那是他十年前参加革命后一直害怕的东西:万一失去是非的仲裁,不得不自行解释行为的合理性,他将怎么办?他敢于在没有上级、远离领导的情况下为事业斗争,但不知道怎样在无法自圆其说时采取行动。主义应当是有包容性,能回答一切问题,解决一切疑惑的。一旦允许自己不必说清,按本能感觉行动,辉煌华美的大厦就会像沙塔一般崩坍。

那时候他将被迫孤独地面对世界,没有任何价值标准支持他的存在。那才是恐怖中的恐怖。

争论进行了几天几夜。三十六师备战的几天,他们都用在争论上了。双方都很激动,像每次路线斗争关键时刻,理论变成了情绪,情绪牵动论辩。最后主持会议的蔡协春建议作个决议:党工作组认为与苏联军队的任何作战行动都是违反无产阶级的国际主义原则的,但是鉴于目前的特殊情况,即介入新疆革命战争的这一支苏联部队在鉴别革命力量上犯了错误,党工作组不限制在三十六师工作的共产党员以个人身份参与三十六师与苏军特遣队之间的战事,只要求其目的是保存革命力量,提醒苏方部队他们所犯错误。

但当这个决议提付表决时,争论双方却没有一个人举手。有的人迟迟疑疑抬手,发现应者寥寥,也就放下了。大家这才明白,他们面临的,不是一个理论问题,而是一个决定命运的关键:不仅是三十六师,而且他们个人的政治生命,就此决定了。

章亚邵要求发言。他认为,某些同志建议的各行其便妥协方案,有机会主义危险,万一三十六师工作委员会这决议接受中国革命历史的审查,不管中国革命用哪一种方法取得胜利,这样的决议都会受到谴责。

"你说怎么办吧!"伍英奇有点着恼,他还没有受到过如此严厉的指责。

章亚邵说:"世界革命不可能没有苏联这个核心,中国革命更不可能,而新疆革命如果走到反苏这条路上,必沦落为取消主义。"

"那么我们只有退出三十六师。"伍英奇不高兴地说。

毕竟只有他和参谋部几个人是直接卷入，难以袖手旁观，其他人说这说那，都只是说说而已。但是简单的"退出三十六师"几个字，使大家悚然而静默。

退出这支部队，他们上哪儿去？不只是关山遥阻问题，即使在玉门关内，他们也无处可去。革命的胜利，当然也是革命者的胜利，但不靠实力，革命只不过是空谈。

"不退出，"章亚邵断然说，"退出就取消了我们的新疆革命纲领，更是机会主义投降主义。不退出，不参与。我们只是暂无能力制止这场战事。我们集体行动，集体负责。"

他的话说得条条在理，而且集体负责的确比个人行动令人安心得多。虽然有些同志还是不满意，等到付诸表决时，竟然全体举了手。

章亚邵到前线指挥所去见马仲英，马仲英正在忙着布置向迪化之西转进的战事。盛世才和苏军正形成两面夹击三十六师的势态，而马仲英正准备两面迎敌，主力西进，先挫败苏军的进攻主力。已经侦悉得知，进入新疆作战的是吉尔吉斯地方部队三个团，加上重新武装的阿尔泰白俄归化军一个团。白俄军现在为俄罗斯的光荣而战，原来的沙皇军官已悉数逮捕处决。马仲英认为虽然有苏联主力空军助战，有苏俄军官指挥，这三个团士兵的军事素质和作战决心，抵不上他的部队。

马仲英正在看地图，几个军官围着他，七嘴八舌在说话，马仲英没有理他们，歪着头专心地思考着。看见章亚邵，他点点头，又埋下眼看地图，只是嘴里说了一句："参谋长呢？我急等他帮我改编部队。有两个团要缩编成一个团，请他写命令。"

章亚邵请求给他五分钟谈话时间。整个房间静了下来，看着他和马仲英走到隔壁卫兵室把门关上。其实这薄板门，全是缝，挡不住任何声音。

马仲英叫章亚邵坐。房间里根本没有椅子，只有卫兵的两张床，门板搭在条凳上拼成的。他们拣条凳垫实的地方小心翼翼地坐下。

"三十六师内谁是共产党员，师长是知道的。"章亚邵说，既像个问题，又不像个问题。

马仲英却直截了当地回答："你们不也没有隐瞒嘛！"倒也是，他们这样一再开会，马仲英不可能不知道。

"那好，"章亚邵简短地说，"请把我们全部关起来。"

马仲英没有听懂，惊讶地看着章亚邵。章亚邵只好重复一遍："请师长把我们十五个共产党员全部关禁闭。"

马仲英皱皱眉头："哦，你生气了！在城南轰炸时，我又气又急，错怪了你。现在我向你道歉，行吗？"

章亚邵再次被马仲英真诚的语调感动。他感到自己真也像小孩吵架了。他说："好，我接受你的道歉。不过今天我来谈的事,与城南战斗没有关系。我来跟你谈的是,我们共产党员不能跟苏联军队作战。"

马仲英愣了一下,突然怒叫起来:"你们想在这个时候脱离三十六师?怎么那么会开溜儿!"

"不,我们就是不想脱离三十六师,才这样做,"章亚邵说,"关到与苏军的战事结束。"

马仲英一时想不清楚这群秀才曲里拐弯的逻辑,而且对自己发火失态感到有点内疚。他摇摇头,拉开房门走了出去,叫侍立在屋檐下的尕扬去箱子上拆一把锁来。

"给秘书长,让他们自己关住自己。"

一屋子的军官全都哄笑起来,有的人笑得弯下腰,透不过气来。章亚邵手里拿着锁,气得满脸通红,他没想到马仲英用这样直截了当的应允出他的丑。他突然想起在古城子审查反革命间谍的事,觉得马仲英的貌似忠厚、直来直去的办法,一直是在破坏他的精心计划。

"小心,别让狼叼了去!"

"记住放尿桶!"

章亚邵想把锁往地上扔,想想,又忍住了,他只能快步往外走。他觉得整个新疆革命,此刻变得极其可笑而且愚蠢,他怎么会跟这些无知少年宗教信徒一齐打天下。

他气恼得几乎要发狂。他走了好远,依然听见那些军官们的哄笑。三十六师遗在城南的上千具尸体,因为天寒地冻，挖坑掩埋太花力气，已由迪化慈善界人士组织掩埋队，用马车托运，扔进六道湾的废煤井里，又压上几车矿矸石。而背后这些当兵的，一点没想到落进那个几百层尸体叠起来的地方实在不很舒服，依然那么精神抖擞地大笑，并摩拳擦掌准备跟不信神者的军队作一死战。

二

他们没有把自己关起来，而是每天集合到一个房间学习马克思主义著作。书是大家凑集起来的，大部分是俄文本，有些中文本和英文本，留学苏联同志作讲述，各人轮流讲心得，而且尽可能不联系新疆革命的实际问题，只谈理论。

天很冷，房间中生了火，他们从早晨学到下午，不知不觉中，天已降了大雪。推开门，一片白茫茫的世界，旷野与远处的天山山脉全都融成一团模糊的灰白色。达坂后方基地离战场相当远，几乎听不见任何枪炮的轰鸣，只是偶然有飞机引擎的声音，从远处响起，似乎会越逼越近。可是不，飞机声不一会儿也消失了。

风大的时候，他们从里面把门拴起来。

路过此地的三十六师官兵，有时会走近院子看希奇。不知是马仲英的命令，还是这些人对书本文字的天然敬畏，他们默默地在窗口看着,搭讪地笑笑,然后就走了。他们似乎只是观看一群稀有的怪人,带着善意的好奇。个别人笑的声音比较大,搅乱了他们学习时的安宁。没有人去较这个真。冬天,门窗关得很严。

直到那天傍晚尕扬跑来。这小子看来是去执行什么命令,回来路过这里,也可能是有意绕了一点道,特意来看一看。

他与大家客气地打了一轮招呼之后,挤到伍英奇身边坐下,伸手烤火,似乎不经意地问:"伍参谋长,都听说你是正宗军人,在中国大地方,在苏联,上过军官大学!"

大家突然惊觉起来,伍英奇更没有搭腔。已经很久,三十六师上上下下没有一个人来跟他们谈话聊天。也不奇怪,大家都不知道说什么好。这个尕扬以胆大包天,专办各种危险的特别使命而闻名于全师,他一向看不起临阵畏缩的人,对任何人只用两个判别标准:武艺与勇敢。他的脸比马仲英更孩子气,但也更有无顾忌的蛮劲儿。

看见大家不说话,他咧开嘴朝全屋笑笑,一边朝伍英奇那边挤挤,一边扬声说:"跟这些拽文字的人在一起,怎么也不搭调儿!说不定你自己也是个细腿儿,不敢上阵的料?"

细腿儿是陕甘回族给潼关以东的汉人,尤其是读书人起的侮辱的外号。

路过的士兵不知听说了什么，涌进门来的人越来越多。也许只是天晚了，外面太冻人，挤进来暖和暖和，以前没进来只是没有人带头吧。

尕扬看见人多了，更说得兴起："怎么样？跟我上阵，见见坦克装甲车飞机大炮，看看会不会尿裤裆？大参谋长！"

他一边说，一边用屁股朝伍英奇那边拼命推挤。满屋的士兵为他的话起哄，似乎硬逼伍英奇回答。章亚邵越来越担心，进屋来的人，明显有一股敌意，但他一时不知道怎么办才好。伍英奇在对方一再侮辱挑战之下，身体僵直起来，在条凳上用住肌肉，不让尕扬把他挤下地去，他自己也不知道这样顶住是为了什么。

伍英奇求助的眼神看到了章亚邵，章亚邵向他歪歪嘴，眨了眨眼。伍英奇突然站起来，正在条凳上用力挤的尕扬一个大趴跌，整屋子的人，包括开会的人和挤进来的士兵，全都哄笑起来，有的士兵乐得直蹦跳。

尕扬从地上爬起来，拍拍身上的灰土，讪讪地和大家一齐笑，但他突然转身，一把抓住伍英奇的胸口，狠狠地说："好小子！你会闪空儿，你们都是些闪空儿的好汉！真是当兵的，就跟我出去，一刀一枪，别耍嘴皮子！"

伍英奇突然手起，把尕扬的手打开，周围的人马上围上来，把他们分开，士兵们激动地大叫大嚷，这边的人也在高喊"不许打人"，全屋乱成一团。

"步斗，骑斗，由你挑！"尕扬一边挣扎一边高叫，满脸涨得通红，"有种的，咱们斗马刀。"

一听说斗马刀，士兵们更激动了。有个军官模样的少年走上来。迪化围城之战，军官伤亡多，不少年轻士兵最近提拔为连长甚至营长，挎着军刀，趾高气扬。他把刀拔出鞘，郑重其事地捧给伍英奇，说："用我的刀，你放心，砍脑袋就像裁纸。你能砍了尕扬，我的刀，我负责。"而他的一个部下递了一把马刀给尕扬。

伍英奇怔怔地看着这群兵痞，没有接。

"细腿儿！细腿儿！"士兵们狂叫起来，那军官捧着刀，朝身后看，怪笑着。

"怎么样？共产党？"尕扬在众人围簇中高声叫道。

章亚邵脸都白了。他知道这是最直接的挑战了，这是对坐在这里的十五个人最直截了当的总结。他知道伍英奇已经没有退路。

果然，伍英奇沉默地伸手接过刀柄，刀尖朝下握在手里，似乎在掂分量。然后，在一片震耳欲聋的叫嚷声中，大步朝门外走。

蔡协春站了起来，他是这里年龄最长的人，这些士兵比他的儿子还年轻得多。他拦住路，举起手，大家都静默下来。

"军人以习武为本，比试一番是应当的，"他说，士兵们都高兴得鼓掌,"只是不能用武器。军人天职是保护自家兄弟。"

"军人天职是惩治逃兵!"有人叫了起来。大家都吃了一惊,朝说话的方向看过去。还是那个年轻营长,他说出憋了很久的话,脸通红。

孕扬也可能觉得这话过了分,一边嘟囔着"打死不要偿命",一边却把手里的马刀还给原主人。他霍地把上衣一剥。棉军衣上装里没有穿任何单衣,一脱就是光膀子,肌肉很结实。他大步推开众人,朝门外走。院子里路上已经踏得一片泥泞,但是大片的雪地依然是纯净的白色,踩在脚下,柔软得没有任何声音。孕扬甩开了架势走了两路拳。

章亚邵挤到伍英奇身边,说:"这太儿戏了!"

伍英奇已经脱掉棉袄,正在脱里面的衣服。

"政治儿戏!"他对章亚邵说。

屋子里很吵,很多人在吵嚷推搡。章亚邵还没明白伍英奇什么意思,伍英奇已把衬衣脱下,塞到他手里:"儿戏政治!"

章亚邵明白伍英奇在闹情绪,只是不知他的脾气是冲着谁来,也许冲着他,也许冲着每个人。在房间里争辩了几天,又关了几天,伍英奇和其他人一样,耐心已经快要耗尽。

伍英奇笑笑,像个老跑江湖,向围成一圈的人抱拳致意,然后向孕扬说:"小兄弟,见笑了。别一拳打死,分几拳打。"

大家都哄笑起来,章亚邵笑得特别响。尕扬不知如何回答才好,大吼一声,就冲了过来。伍英奇站着不动,看来是想睃个破绽后发制人。尕扬冲到前面时,突然一拱身,用侧背把伍英奇撞翻,又顺手拉过伍英奇的身体,一下子把伍英奇扛在背上,猛旋了半圈,准备往地下摔。

章亚邵惊喊起来。

伍英奇却在尕扬旋身立足不稳时,突然用手往尕扬头颈上一推,尕扬一闪身,失去平衡,摔倒在雪地上。

伍英奇压在他身上,却迅速地跳起来。周围一片吼叫,有的人喊好,有的在鼓噪。冰凉的雪看来让赤膊的尕扬很不舒服,他尖叫着在雪地上跌跌绊绊爬起来,样子相当可笑。他冲上来又想抓伍英奇,但章亚邵已经护住伍英奇,把他往屋里推。尕扬气得在后面大叫大嚷。

章亚邵手触到伍英奇的臂膊,伍英奇大叫一声,声音很惨,章亚邵吓了一跳,在灰黄的暮光中,伍英奇的脸色灰白。

"好像左下臂骨折了,"伍英奇痛得直咧嘴吸气,"这小子死沉,倒下去时我手臂没来得及抽出,被压了一下。"

士兵们也知道出事了,一个个静了下来,从院子门口溜了出去,尕扬也不见了踪影。不一会儿,整个院子只剩下踩得肮脏不堪的雪地,暮光阴冷,凄惨惨的寒光使整个雪原褪尽颜色。

达坂营地的军医赶来了,一边给伍英奇做夹板固定包扎,一边问:"伍参谋长青春几何了?"

伍英奇痛得没法回答。章亚邵代他说:"三十一。我们俩同龄。"

"而立之年!有为之年!"医生拿腔拿调地说,"不过别再去摔摔打打了。过了三十,骨骼开始发脆。"他卷起袖子,往绷带上涂石膏水,"你们怎么想起来跟小青年打架,这些人从小打出来的料,骨骼好。"

医生嘟嘟哝哝地站起来收拾东西。夜已深,土墙外传来低沉的狼吼,像啸耳的风声掠过尘野,或许本来就是风,把沙子吹到墙上、门上,哗哗喇喇,一阵接一阵,永远不会有疲倦的时刻。在这茫茫沙海中,或许他们将从此衰老下去,变成一枝枯干的柳树,折断在沙砾之中,天长日久,也变成几点尘土,永远在这天涯异乡被风吹来打去。

"中年人了。"医生说。他怎么到三十六师来的,在哪里学的医,甚至他的籍贯,也没人问起,没人追究。知道他是有用的人,大家都心里明白不把他卷入任何政治难题。这个与世无争的小老头,似乎是他们的前景最好的判断者:中年人了,折腾不起了。

章亚邵看着医生把门开一条小缝,挤身出去,然后把伍英奇的枕头被子掖好。疼痛稍稍过去,伍英奇脸色也好了一些。章亚邵把黑糊糊的煤油灯捻小一些，叫伍英奇好好休息。傍晚的事件使他们俩有点恢复到当年的亲近，毕竟借马仲英的势力进行西北革命，这整个事业是他们俩开创的。

伍英奇叫章亚邵别走，坐在他的床头，就像在泰安初遇的日子。那时他们曾充满了希望和憧憬，觉得在西北的沙天尘地中能闯出一番事业，建立中国尚未有过的稳固革命根据地，不像江西湖北那种易受围剿的四战之地。时机成熟，他们就有可能沿当年西北军的战途进取中原，中国革命的成败，中华民族的命运，甚至远东革命世界革命的前途，集于他们一身。

曾经，一切都是可能的，一切都是可以争取的，只要有远大的政治目光，只要有坚定的革命信仰。

而现在，他们竟然到了受无知士兵欺辱，在打架斗气中戕害身体的地步。在马仲英的部队里，他们的声望已经落到最低点，即使马仲英能够挡住苏军，攻入迪化，他们的革命宏图也已经彻底破碎，他们已经是三十六师上上下下的笑柄。

好像有耗子从屋角钻出来，吱吱地叫了几声，慌慌张张从地面上溜过。他俩在静默中对视，都知道对方在想着一样的心事：他们在新疆沙漠边缘窜来走去，究竟意义何在？不仅如此，他们在马仲英的部队中，还有什么颜面？马仲英留着他们，只不过是孟尝君养几个鸡鸣狗盗之徒。

也不需要跟苏联人谈判了,这仗也打得完全不需要参谋长。本来他们就是投奔马仲英麾下的各路好汉之一,应该多想想自身利益何在。一切革命主义原先就只是他们的幻觉,他们给生命寻找意义的幻想构筑而已。

"我去看一下同志们,"章亚邵说,"他们想必还在为你担心。"他站起来想走。

伍英奇抬起右手,示意他留下。章亚邵迟迟疑疑地坐定。伍英奇突然开口说:"这些人,这些陕西来的人,无所谓的,食客而已。"

章亚邵吃了一惊,虽然这是他们早就明白的事,大部分人是在三十六师混一口饭吃,借马仲英的势力落脚谋生。成了,事业做大了,他们是有用的干部。事不成,另找出路就是。

但是他们俩不一样,这场戏是他们开唱的,现在有被赶下台的危险,首先他们得设法给自己找戏唱,哪怕收场也得由他们来收。新疆革命全部交到马仲英手里,是他们二人的错,与这些后来的党员无关。

"没有我们,他们一样坐着看书,蔡协春管着他们不许吵架生事。"伍英奇补充说,"他们到盛世才那儿,也一样吃饭。"

章亚邵叹了一口气,事情被剥露到只剩真相时,头脑可以清晰一点。他点点头:"只有我们俩坐不下去,看来是我们想办法的时候了。"

必须纠正三十六师的政治方向，才能取得控制权。只有在以革命的名义行动时，他们才有用武之地。而在新疆目前的局势下，或许只有朝一个方向出其不意地伸展，一个唯一留给他们革的命。

早就应当想起邵雍对霸道政治的判语：天下将乱，则人必尚言也，尚言则诡谲之风行焉。

尚言，就要找一个言出能被听到的地方。

伍英奇说想方便一下。手臂上了石膏，重重地压在胸前，章亚邵帮助他坐起来。这几天他们的勤务兵也撤走了，也无所谓。只是寒夜屋外冷得脸上的皮肤几乎要剥落。这间房没有厕所，他们学习的那个院里有，但他们不愿回到那里去，他们此刻不想见人。

章亚邵扶着伍英奇走到后墙根，他自己也褪下裤子。突然，他觉得有什么尖的东西刺着他的下部，锐利得几乎割出血，他吓得猛然跳起，伍英奇却蹲在那儿笑了起来。他仔细在黑暗中辨认，才看出是自己的屎粪堆成一座冰锥，顶头很尖。而伍英奇早就往前挪了地方。

他们回到屋里，看见对方眉眼已是银白，结上了自己呵的气凝的冰霜。

但愿这是好笑的事。

三

一九三四年三月一日,马仲英军队撤出鏖战半个多月的昌吉战场,部队损失巨大,但主力没有耗尽。两天之内,队伍转入达坂基地。

阵地战加左右突击,对抗苏军与盛世才军的夹攻,使这从不知疲倦为何物的小司令也垮了。当他出现在章亚邵面前时,应是已经连续几夜没有睡眠。他形容憔悴,时不时剧烈咳嗽,胸腔像风箱一般呼哧直响。他吐出一口痰,章亚邵隐约看到痰里带着血。

"别看。"马仲英说,一边用脚把痰擦到灰土中。章亚邵看到他的马靴也磨破掉了漆面。三十六师的供应后勤至今没有很窘迫,只是马仲英忘记了他一向军容整洁的好习惯,顾不上了。

"仗没打赢,你们很高兴吧?!"马仲英劈头就是一句。

章亚邵一下子愣住了。马仲英虽以赤诚相见真情实意赢得幕僚忠心,却是很明白人人都有一点儿自尊,话只能说到一个分寸。心照不宣而不便说穿的事,他一向能隐忍不说。直接点出这种重大关节,或许是他们主客关系变化的信号。

章亚邵正色说:"三十六师的事业,就是我的事业。"

他倒希望马仲英听懂这句话的影射,或许大家清楚利益所在，反而不会互相抱怨。但马仲英只是重新脸上堆满了笑，说："那就好，那就好！"

屋子外面部队突然哗噪起来，哭声和叫声混成一片。从窗口可以看到有的人在大呼奔走，有的在抱头痛哭。马仲英呆呆地看着这情景，没有下令去禁止。章亚邵也明白这是后卫部队刚派人来报告的事已经被部队知道：苏军把抓到的三十六师俘虏五百多人，全部枪毙于阵前。

"这是有意激马仲英回身去继续作战，"章亚邵想，"他们不希望马仲英主力从钳形攻势中逃脱！"

他看见马仲英在窗前，已经泪流满面。他还没见到过这个胆敢豁出几万人命打一仗的回民小司令如此感情脆弱，不过也许是他自己的心硬了，也许是他作为一个职业革命家成熟了。

"师长，"他走到马仲英身边，心平气和地对他说话，像以前给马仲英教马克思主义理论一样耐心，"要找一个能掀波澜的地方，在甘肃新疆这种死胡同里，死绝了也没有人知道。全世界没有一个国家，包括中国，知道你在这里苦战。任何消息都是无法证实的混乱传闻。"

马仲英迅速用袖子擦了一把鼻眼，转过身来："你还是认为下南疆比回甘肃好？"

"南疆刚成立东土耳其斯坦共和国，这是天赐给我们的良机。莫斯科、迪化、南京，都想尽快打掉这个分裂国，不让中亚突厥区火势蔓延，但谁也够不着。苏联人可以从哈尔克山口直接进兵，只是怕喀什的英国领事馆大叫大嚷，搞成外交事件——苏联正想跟英国结盟对付德国。只有你能做这事。而且能借英国人之口弄得全世界知道。"

马仲英坐了下来，肘顶着膝盖，手撑着头，痛苦地思考。这种细腻的政治动作，对他来说太困难了一些。

"你们共产党不能打共产党，我们伊斯兰也不能打伊斯兰。"马仲英说。

章亚邵明白马仲英是拿他的话来戗他自己。但他只是说："那就回甘肃打马步芳，抢回河西张掖那块穷地方。"

马仲英微笑了。章亚邵喜欢这个已失去了天真纯朴的马仲英，现在他们说话方便多了。直来直去是很累人的说话方式。

"那些大阿訇，袍哥头，都是土包子，"马仲英感叹道，他站起来，热烈地握章亚邵的手，"我也是土包子一个。我怎么觉得你像个一言定三分的诸葛亮，我比阿斗还要笨。"

恍惚之间，章亚邵觉得自己依然像个兄长，面对鲁莽而诚恳的小弟弟。他立即警告自己：这个小子，干什么事都是诚恳的。诚恳是他驾驭人的资本。马仲英可能自己也不明白这一点，不自觉使他表演得更真实；而他，他是搞政治的，搞政治只有事事明白其中的利益所在，才不至于害己又害人。

如果苏联人想到他们一九二七年在北京、一九二八年在广州两次被袭,就会明白政治其实不需要创新。

"你记得盛世才用大西忠做的文章?"章亚邵问马仲英。他们正并肩走去开军事会议,讨论下一步的方针大计。这个年轻人比他几乎高半个头。

"这婊子养的盛世才是个痞子,怎么下流他就怎么来。"马仲英气鼓鼓地说,"缠上这种无赖,永远也说不清了。"

"你记得他手中还有一个什么土耳其中将凯末尔?"

"怎么说?"马仲英停了下来。去年六月他一时心软,放了这些人,他很不喜欢听别人提起这件事。

"放心,这次我们会学乖一点。"章亚邵说。

早春三月,新疆却依然到处见到雪,只是没有像冬天那么整洁。路面被人马踩得泥泞不堪,光秃的树枝在寒风中抖索,而天空依然是那么阴暗。

"这事你交给我,不用在会上讨论。"他对马仲英说。

如果你盛世才会耍流氓手腕,那就让我们看看谁更流氓。

四

一九三四年三月六日拂晓,盛世才军在苏联军配合下,向达坂马仲英的大本营施行总攻击。飞机十五架以迪化为基地,由晨至午向马仲英军阵地穿梭轰炸近百架次,几乎把达坂阵地夷成平地。但是盛军冲锋时,依然受到马仲英军的顽强抵抗,双方在达坂一带相持了几天。

此后,飞机侦察报告,说是在达坂的只是少部马军,大部分部队沿东疆哈密大道向甘肃撤退。盛世才对马仲英撤出新疆毫无必要反对,他只是不明白马军为什么要在达坂如此不顾牺牲顽强抵抗,好像只是在证明马仲英的败军犹足以击败盛世才军。

几天后盛世才接到报告,才明白东撤甘肃的只是三十六师的伤病员、文职人员、编余人员,马仲英的主力以骑兵部队为先导,越过觉罗塔格山,直奔南疆焉耆、库车、疏勒,离达坂已有上千里之遥。盛世才这才明白他已经无法从迪化一带出发,赶上马仲英。

南疆的东干回族,已经起事迎接马仲英,而大批维吾尔族、蒙古族、印度族难民,正向"东土耳其斯坦"首府喀什涌去。

章亚邵只要一个连的兵力跟他行动,其余部队,由尕黑鹰团长带领,半夜后再出发。

这一夜月明星稀,好天气终于来到新疆。夜里虽然还是冷寒彻骨,但月光照得地面比白天还亲切些——白天,这无穷无尽的荒漠之路,铮铮发亮,刺得人眼睛疼痛。月光底下,远处的雪山浩浩荡荡,有如银色的象群,狂奔腾跃,却无声无息,只听得见马蹄打在地上愤怒的节奏。融雪季节已经开始,但喀什噶尔河床还没有被春水灌满,正好让他们能沿砾石铺满的河滩疾驰,避开大路上各种各样的军队或土匪。

尽管如此,他们在路上还是遇到几次截击,骑兵已经倒下十多人。章亚邵命令一概不予置理,开枪也不还手,直冲过去,冲不过去就绕道。实在绕不过,就留下一个分组吸引火方,掩护核心组前行。

天明时,他们到达喀什城郊,只剩下二十多人,远远少于他需要的人数。

"怎么样?"他问尕扬。他特地向马仲英要了尕扬来帮助组织这次行动,不仅是因为这小伙子敏捷机灵,勇猛无畏——谁都知道尕扬只要一进入战斗,就精神抖擞——而且因为尕扬最钦佩敢于采取行动的人,不管是什么行动,不管是跟谁打仗。尕扬现在就很佩服他:一个汉族读书人,竟敢想出这样大胆惊险的计划,并亲自上马实施。

"秘书长说行,就肯定行!"尕扬兴高采烈地说。

章亚邵知道没有退回去另来一次的可能,围攻喀什的大部队已经开拔,沿着他们刚奔过的道路疾驰而来。

"每组减少两人,重新分组。"章亚邵看着在晨曦中渐渐像岛群一样浮现出来的喀什城,下了决心。

当阳光从塔克拉玛干沙漠上直射入他们的眼睛时,队员们已经在伏地祈祷。章亚邵觉得这次不宜站着旁观,也和他们一起跪下，这使队员们很感动。他嘴里也念念有词，虽然没有像大家一样吟哦成调。

只是，他不知道该向哪个神明请求佑助。家族已经离他而去，祖宗的灵魂缺乏足够的神性，面临不可预测时，他的焦虑，需要一个上帝注视。但是，能安慰他的一切形而上精神，能抚平尘世烦恼的一切超验存在，都被他的唯物主义赶跑了。

他第一次感到谦卑的必要。先前，哪怕在最困难的日子，在伊犁被困于大西忠间谍案，或是城南被轰炸之时，他总认为挫折是暂时的，成功是可争取的，现在他才明白人事的最根本的规律是不可为。他周围的这些年轻人有福了，从小有上帝注视，在上帝面前，他们能心安理得地承认自己的卑微。而他已经太晚了，他太成熟的头脑已经无法接纳一个超越理性认识之外的存在。"掌握了历史进步规律的无产者，是无所畏惧的。"而他现在才明白，能畏惧，能承认自己软弱，这才是至高无上的慰藉，人生苦难之中最重要的享受。不然，就得像他现在这样，孤独地走向不可知的下一刻。

他感到很悲哀。而半个太阳已经在遥遥抖动的半弧地平线上飘起，一层层地翻卷奇幻色彩，整个漠地像孩童搭玩具的沙地，在沉沉阳光下随建随灭。喀什城内上百个清真寺响起了悠悠钟声，似乎他能听到几千人早祷的声音，从辉煌的艾提尕尔清真寺升起。

他们用早已准备好的服装换了妆,还没长胡子的少年罩上了面纱,很快他们就混在进出城门的男女人群之中。

守城的维吾尔士兵端着上了刺刀的步枪,在一个个检查进城的人。他们有一半人怀里藏着手提机关枪,太大,很容易被看出来。章亚邵正在紧张得不知怎么办才好时,尕扬把他前面受盘查的大胖妇女一推,正好推到士兵的刺刀尖上,那女人捂着胸口大叫起来,士兵惊惶地拔出刺刀。刺得不很深,但血喷了一身。女人倒在地上,城门口登时大乱,人群乱跑乱叫。在城门台上值班的军官赶过来,好不容易整顿了秩序,几个士兵把受伤的女人抬走,另外几个士兵把犯过的军士缴了枪押走。

等城门口恢复秩序,他们已经全部进了城。

英国领事馆很容易找——唯一的维多利亚式洋楼,花园里郁郁葱葱,在这平顶土屋的城市,气派十足。门口站着两个红布裹头的锡克族士兵。章亚邵在上海大学接受最早的革命训练时,对英租界的印度警察很熟悉。他们很忠诚,但从来不必有主见,好对付。

他让尕扬带第二组在西侧先开始进攻,翻过带金漆矛尖的围墙,冲进花园,留一半人在墙外狙击。

机枪猛地像狼嚎一般吼起来,宁静的英国领事馆突然乱成一团。卫兵端着枪从屋子里冲出,朝受攻击的西侧花园狂奔,楼里传出英语的怒吼声。守门士兵急急忙忙想把虚掩着的大门打上栓，此时章亚邵带的第一组从街后跃出，迅速击毙了守门士兵，推开正门直冲进领事馆。

已经被机枪火力压制在花园草坪上的卫队看到正门被冲开，才知道上了当。他们跳起来想往屋内撤退，但领事馆里的人已经把屋门紧紧关住。攀在树上的孕扬枪法奇准，无路可逃的卫兵像狂风吹折枯枝倒在门前。

楼房的窗口向外猛烈射击，但突击队已经冲到窗下，很快就用手雷清除了几个房间，从容不迫地攀了进去。第二组冲入楼房后，马上守住了窗口，把领事馆变成碉堡。守城军被城内突然而起的密集枪声打懵了，到此时才发现是英国领事馆被袭，潮水般的士兵从各条街狂冲过来。可能是怕误伤英国人，几乎无火力支持，许多士兵被机枪扫倒在街上。

第一组在逐房间消灭抵抗，而章亚邵带着核心组冲进二楼的领事办公室。出奇宽大的办公室里没有一个人。孕扬冲进一旁的卧室，在床后面找到发抖的领事夫人，一把抓住头发揪了出来。她刚要挣扎，就被孕扬的尖刀吓住了。尖刀顺着她的头颈划到她雪白的肩膀和胸口，孕扬禁不住在她的乳沟中浅浅地划了一道，她马上狂叫起来。

领事这才不知从什么地方走了出来，正正堂堂地走到二楼围廊上，一清二楚下了命令，叫领事馆内的人停止抵抗，全部缴械。

而在这同时，章亚邵找到了机要室，踢开门冲了进去。

有个人正在烧档案,章亚邵一把把他推开,用马靴踩灭了火,把文件搂了出来。他转身发现里间的电报室还在嘟嘟地响,正在发电报的报务员停止工作,举起双手站起。章亚邵命令他继续发报。

"发什么?"电报员战战兢兢地问。

"说中国军队第三十六师突袭喀什英国领事馆,绑架了领事和夫人,正在杀人。"章亚邵用英文说。

"不敢。"电报员迷惑不解。

"叫你发你就发,"章亚邵吼起来,"不断重复,不许停!"

来救英国领事馆的喀什军队已经在翻墙,掩护火力把窗玻璃打得砰砰直掉。围墙铁尖上挂满了尸体,军队已经冲进花园。手榴弹爆炸震得屋子直摇晃。眼看领事馆守不住了。

"奴才!"章亚邵鄙夷地想,"用这么大兵力救英国主子,喀什城还要不要?"

尕扬奔了过来,章亚邵朝他点了点头,他冲到窗口,朝空中连打三颗信号弹,过了五秒钟又打三颗,再过五秒钟又打三颗。立即,喀什城枪声一片,迫击炮弹在城头爆炸,烟尘腾起。进攻领事馆的军队犹豫了一阵,继续打了一阵枪,就停止了进攻,留下一院子散散乱乱三个方面混杂的士兵尸体。

章亚邵走到依然呆坐着的领事身边,告诉他可以开始救护伤员了。

领事愤愤然站起来:"国王陛下政府原先还想邀请马仲英将军到印度暂住,现在看来不必了。"

章亚邵客气地说非常感激。他真的很感谢,他原想借这次冒险同时达到几个目的,现在收获竟然更多!

五

章亚邵集合部队时,才发现这支别动队只剩下不到十个还能站起来的人,只是因为在各房间单独战斗,才没让英国人看出虚实。

没有尕扬。他冲到机要室,看见尕扬躺在窗台上,身体仰翻,姿势很不舒服,头部和胸部中了十几颗子弹,全打烂了,一个血糊糊的眼球挂了出来。肯定是在发信号弹时,他成了对方火力的明显目标。这个打仗像狼一样狠的青年,原是宁夏马鸿逵军校中的小学员,遇到路过的马仲英兄弟,觉得他们的冒险事业很过瘾,就跟了上来。如此英雄的死法,他不会抱怨。

那时章亚邵正在忙着,根本没看到他是怎么被打死的。他只知道信号弹如数发射出去了,就没有再朝窗口看一眼。

喀什陷落,英国领事馆被中国军队袭击,领事夫人以及四名外交官受伤的消息，上午就由印度总督府报告给伦敦，路透社刚派到喀什的记者首先把这轰动性消息发给伦敦舰队街各报纸，当天半夜报纸上就印了出来。英国外交部发言人在记者诘问下，先表示无可奉告，第二天下午就确认有其事。英国政府向南京政府提出严重抗议。

但当中国驻英大使被召到英国外交部时，大使提出了反抗议，指责英国策动南疆维吾尔族独立，分裂中国领土。

他的根据是奉中央命攻占喀什的中国陆军第三十六师秘书长章亚邵向路透社记者发表的谈话。在谈话中，章亚邵先生出示缴获的英国领事馆机密文件两份：一份是一九三三年十一月二日英国外交部致和阗土王沙比提大毛拉的密电，保证一旦东土耳其斯坦共和国成立，英国即从印度拉达克给予军火物资援助；另一份是一九三三年十一月五日英国领事馆收到迪化城内土耳其中将凯末尔的密报，谓与新疆督军盛世才已取得协议，盛以在南疆军事合作对付马仲英为条件，承认沙比提大毛拉在喀什噶尔的自治权。

章秘书长对发生在英国领事馆的冲突表示遗憾，并说明三十六师不得不先突袭英国领事馆再行攻城，不然就取不到档案，无法揭穿帝国主义阴谋，为此，中国军队付出了巨大牺牲。

路透社记者仔细察看了章秘书长出示的若干文件，大部分有焦烤烟熏痕迹。

喀什的一系列事件立即在西方各主要报刊、天津《益世报》、上海《申报》、上海《密勒氏评论报》以头版显著标题刊出，莫斯科《真理报》和《消息报》也转载了消息。一时国内外惊骇，苏联要求英国说明对新疆的态度，英国外交部不得不发表声明，明确表示国王陛下政府不会用任何方式鼓励任何人分裂中国领土，绝对尊重中国在新疆的主权，并指令印度总督调查是否有人在新疆背着议会进行政治活动。

喀什流血事件，一时成为重大外交风波，无路可走的马仲英，突然成为各方面注目的反帝民族英雄。攻入新疆的苏联军队，发现追剿马仲英已既无必要，又不再可行。

只有被指责为与英帝勾结的盛世才，派遣重兵尾追进入南疆。一九三四年四、五两个月，马仲英以喀什为基地，与盛世才和东土耳其斯坦残军对抗，在沙漠中，在敌对居民中进行反游击战，非常艰苦。马仲英军在巴楚一带屡遭伏击，损失惨重。马仲英从昌吉之战以来一直没有恢复健康，几次对章亚邵说这仗打不下去，怀疑他们想在南疆站住脚是否可能。章亚邵鼓励他耐心一些，再坚持几天——布置在喀什苏联领事馆对面的暗探已经报告若干活动迹象，报告有人员往来。

终于，一九三四年六月三日，苏联驻喀什领事馆通知三十六师司令部，第二天上午接见三十六师代表。

章亚邵还是坐了吉普车前往。和前两次一样，他一夜没能睡着,半夜起来心里翻来覆去默念俄文说词。

闻讯从巴楚前线赶回来的伍英奇,留在喀什的蔡协春,和他商量了与苏方会谈的各种可能性。仍然留在三十六师的共产党员就剩下他们三个人了,其余人全都选择从甘肃回到关内去,他们在河西被马步芳缴械后遭资解散,结束了他们一生中这段与新疆的并不愉快的瓜葛,像沙漠中落的几滴雨一样永远消失了。

当他们三个人坐下来商量的时候,章亚邵明白,他们已经不是在为中国革命奋斗,也不是在为一批革命同志找有福同享的前程,好像也不是在报效马仲英的知遇之恩,也不是在为三十六师这个团体争立足之地。甚至,章亚邵觉得,他也不像是在为自己个人的前途作一番奋斗,他觉得自己好像是个被催眠的斗士,不打到你死我活醒不过来。即使这样,他们的认真劲儿,他们逐字逐句考虑辩词下的苦功夫,也与以前为主义、为革命而争的时候一样,而他此刻,也一样激动得无法入睡。

而当他走上苏联领事馆洁白如玉的大理石台阶时,一点不用吃惊地看见在门口迎接他的就是阿普列索夫。他只是装出惊奇,在拥抱的热烈中添一分喜气。

他早知道阿普列索夫在莫斯科作最后决策,不知他什么时候来到喀什的。他们的军队天天守着喀什城,也没有能阻止苏联人在天山南北像在自己家后院一样乱闯。

"太上皇就是太上皇,"他高兴地想,"这事应当由太上皇自己来谈。"

他们俩走进办公室,关上门,这一年来他们已经重逢三度,看来是渐入佳境。他们坐下来,谈密室里的话。

"我在此通告你苏共中亚事务特别委员会的决议,"阿普列索夫一脸严肃地说,"我想你明白,这不是供谈判的条款,而是决议。我们已经通告了盛世才将军,他已经表示接受。"

章亚邵淡淡地说他明白。

"第一,特委同意三十六师驻扎于莎车、叶城、和阗。"

章亚邵心中一阵狂喜:赢了!赢了!他的全盘精心策划,就是为了从对手那里逼出一个和局。

"第二,特委邀请马仲英访问苏联,并进军官学校深造。"

连这也没出乎他的意料之外,苏联人完全知道在玩什么游戏。

"第三,特委建议伍英奇继续担任三十六师参谋长,蔡协春陪同马仲英到苏联学习。"

阿普列索夫说完就站了起来。

章亚邵问:"还有呢?"

"没有了。三十六师应在三日内提交实施方案。"

"我呢?"章亚邵惶惑地问。

沙漠与沙

阿普列索夫脸上似乎飘过一丝笑影:"你不会认为苏共领导必须考虑你的地位吧?"

"当然不。"章亚邵明白他真正刺伤了对面这个人,苏联人不想容他存在。他干脆利索地与阿普列索夫握手道别,他没有必要再忍受一次肮脏的熊式拥抱亲吻。

但是阿普列索夫抓住他的肩膀,在他耳边悄悄说:"老同学,我个人,很佩服你。"

他鼻子突然一酸,泪水冲上眼睛。他转身匆匆走下台阶,坐上吉普车。

天山的雪冠已经缩得很小,露出黑黝黝肮脏的山体。但往远处看,雪冠相叠,层层起伏,依然庄重而宁静。

第五章 迪 化

一

第三次接近迪化,他才最终走了进去,而进去后就没想再走出来。

他是在一个漆黑的无月之夜进入迪化的,什么也看不清,吉普车灯光只照出前面的一小截路面,余下的只是一大团黑影。从迪化的街道走进迪化的监狱,一样的接近纯净的黑色。

他早就明白他无法保守任何秘密。他不是受不起刑，而是没有必要对任何人忠诚——没有一个政治集团需要他的忠诚，更妙的是，没有一个人需要他的忠诚。

他在迪化的对手们不了解他已被纯化为孩童般的心灵，误认为他是新疆沙漠上最危险的狐狸。

一九三四年六月七日，紫泥泉子之战后整整一年，他们在图噜噶尔特山口送走马仲英一行，此后章亚邵就病倒了。军医说不出是什么病，撤离喀什前，在英国医生那里也检查过，一长嘟噜拉丁词，都是没有中文对译的，或许中国人根本没有这些病。

伍英奇现在是公务繁忙的人了，他是苏联人钦封的参谋长，整个三十六师的移防与重建工作，全落在他身上。几个团沿南疆最南端，在塔克拉玛干沙漠与昆仑山之间，一线撒开。

南疆南缘本是条死胡同，从于阗向东两千里，没有任何道路，也没有居民，大山悬崖如刀砍的北缘直接连着大漠，没留下任何余地可让人通过。敌军在喀什到莎车之间把住任何一个山口，就稳稳地扎住了袋口，三十六师这条受伤的狼就此进入了可以养一养伤的陷阱。

师部在和阗安顿下来后，章亚邵开始静静地养病。名义上他还是秘书长，却没有任何工作给他做，他也不想做任何工作。整个秘书处已经没有一个人，跟苏联人的联系已不再经过他，他也没有任何兴致去听有关的会议。岁月沿着昆仑山的峰缘宁静地滑过，雪线越画越低，迅速盖满脚下，又渐渐退走，慢慢升了上去，而雪墙上，整齐的阳光被高山的峰峦切割成碎片。

当喀拉喀什河又重新流淌着昆仑山的雪水时，章亚邵的体力渐渐恢复，有时甚至能骑上马到附近走走。哪怕在这群山纠结的不毛之地，也有绵羊在远离毡房的坡地出没，长久不动地在啃噬石块间细弱的几根草。这地方比他们出发的河西强到哪里？流了多少血到此地立足竟要感恩戴德？兵营里的士兵突然欢腾起来，说是马仲英从苏联来信了。信是喀什苏联领事馆的外交邮袋寄来的，大致上每个月都会有一封。没有其他途径来信，章亚邵不知道信中有多少是马仲英自己的话。当初马不解鞍的河西回族少年们，现在都是老兵了。伍英奇把他们绊在操场上，名为练兵，实为不让他们惹是生非。亏得有马仲英信件的帮助，至今还没有军心不稳的迹象。

每天傍晚时分，伍英奇总要来看他。有一次，伍英奇问他，是否想回到江南去。章亚邵苦笑地摇摇头，说谁能从这死胡同跑出去？伍英奇拿着望远镜看了半天南边的雪山，若有所思地说："听说喀喇昆仑山口夏天能够穿过去，十多天可以进入克什米尔，大部队虽然难走，用一个骑兵班，穿过大红柳滩，能找到通路。这是条好退路，万一。"

"那就把万一留给你们吧。"章亚邵说。

明显，盛世才是个做事极为耐心，到可下手时绝不手软的人。新疆王的位置缺和阗这一角，他是坐不安稳的。目前三十六师在南疆驻扎，是苏联人的庇护，他只能忍受，哪天苏联人眼神顾不过来，盛世才就会不客气地吞掉这囊中物。

不过三十六师的前途现在不需要他考虑。他心里想的是盛世才将如何跟他算账，苏联人将如何跟他算账，他们有分账，有合账，他们对付他这个没有任何武力后盾的人，完全不必有任何顾忌。

他不相信他能跑得了。而且，他自己也觉得奇怪，他没有跑的想法：回到内地，回到江南？那绿树芳草像上一世的回忆，淡漠而遥远，海市蜃楼缺乏吸引力。他内心的注视投于这个舞台，他称之为使命。这出好戏，他还刚摸到戏理，远远没有进入终幕。

"我想在这里就有人奉命监视着我。"他冷不丁说。

伍英奇把脸转开去，说起其他事，没有回他的话。他心里咯噔一声，回声悠远地响。

"总有办法瞒过去，"伍英奇在继续说，"说你跑入大山，不知下落，就行了。"伍英奇的口气似乎是真诚的。

他不想让朋友们为难。他等着锣鼓重新响起，催他上场。

果然,一天上午,伍英奇来到他的房前,他和往常一样,躺在帆布椅上,戴着墨镜,对着辽远的群山,思想一片空白。伍英奇坐到围廊栏杆上,一声不响。

"来请我了?"章亚邵说,头也没抬。

伍英奇叹口气:"迪化来人,调干部去参加盛世才的六大政策学习班,点名要你去受训。"

章亚邵拉开身上盖的线毯,站了起来:"我这就去准备。"

"我不能看着让你入虎口,"伍英奇说,"阿普列索夫帮盛世才成立了政治保卫局,新疆契卡,这一去凶多吉少。"

章亚邵没有应声。他回到房子中去整理自己的东西去了。

他们没有走天山南路。汽车从喀什往西进入苏联,从伏龙芝绕阿拉木图,转个大圈子,走了好几天,最后从伊犁回到新疆。显然这是为了安全,怕在天山南路被人劫走。

没有人会来搭救他。

汽车又驶进了砾石奇崛的河床,玛纳斯河像一年前那样浅平而湍急,车轮在水流中一颠一晃,更看不清楚河水怎样消失在广漠无边的古尔班通古特大漠之中。对于车,河在流;对于河,大漠在走;对于大漠,谁也没有动一步,它是唯一绝对的尺度。

押送他的军官和士兵,都是高鼻深目皮肤黝黑的中亚面孔,相互之间说的是一种章亚邵不懂的语言。但当他们在黑夜里驶进迪化时,那个军官突然用汉话说:"对不起。"

他手里有个黑布条,章亚邵一点不觉得惊奇。

他顺从地让他们扎上眼罩。黑夜,黑眼罩,再加上闭着眼睛,他一点不带光亮地进了征战多年想走进的城市。

他被引着走过好多道门,一道道门在他身后关上,铁锁咣啷啷直响,进房和走廊似乎很宽广。最后一道铁门猛然关上后,他的腿马上碰上了砖砌的床。

他伸手拉下捆在头上的黑布,一样,这狱房是漆黑的。

他安心地躺下来,马上就睡着了。他很久没有如此好睡,连梦也不做一个。

这本是他该来的地方。

二

他似乎又回到伊犁和喀什两次准备接见的等待之中。他知道这次等待的时间会更长一些,但他没想到在这次等待中竟然把时间本身给丢失了。他想了很久如何迎接老朋友的话头,等得时间太长,重复次数过多,竟然不想再说。

很长时间,没有一个人来看他,甚至狱卒也从未出现过。

狱房只有一方小小的窗，开在比手伸起还高得多的地方。他爬上床，踮起脚尖攀到窗台，才看到肮脏的玻璃外边是一个窄窄的胡同，不到三尺宽，对面却是一幢灰黑的高墙，从窗口完全看不到边缘，不知是监狱的边墙，还是另一座监狱。

他的小窗玻璃前有铁栅，即使他能贴附在墙上，拆掉铁栅，打碎玻璃，他也没有爬出去的可能：窗洞太小，石墙太厚，他的身体不可能通得过去。

水泥砌的石缝极为厚实，没有工具绝对无法挖动任何一块。他抓破了指甲，几乎没留下任何痕迹。

况且，他并没有越狱的愿望。他考察一下，为的是绝了逃跑的冲动。

狱室内简单到人能想象的最简单的程度：床是砖砌的，只比地面略高，上面铺了几条木板。一床单薄的被子，已经睡得皮革般硬，气味比生皮还难闻。便池就砌在床的一头，像猪圈一样，通过一条窄缝接到下面臭气熏人的粪池。他小便的时候，听得见尿流曲折拐弯地流向一个叮咚响的地方。

他曾经长时间地把头贴在肮脏的粪池边，倾听共用这个粪坑的人类的声音。他等了很久很久，耳朵几乎胶在粪汁淋漓的石块上。

没有任何其他声音，连他的排泄物也是孤独地在发酵，发出单独的恶臭。

他并不想与任何人有任何交往,他只是为了断绝自己交往的冲动。

狱房是长方形的,一大半是床连粪坑,一小半是伸腿的地方,没有桌子,没有任何走动的余地。墙却非常厚实。他拍打过墙,没有任何回音,似乎这狱房是个洞穴,墙有整座山那么厚。

隔一段时间,他猜想是每一天,会送一杯水,一碗饭,上面盖着一些菜,这是唯一的时间标志。他的自然时间,他的饥饿,他的思睡,不久都混淆了。狱门靠底上有个活门,只能从外边打开,空盘得事先放在活门口,铁门发出巨大的金属声,震得他耳膜跳动。但是他很欢迎这声音,这是世界尚存在,尚在运转的唯一迹象,人们还记得他的唯一指认。

狱房永远在黑暗之中,窗子只能透一点微光进来。他曾在窗子的光线中看到自己长得很长的手指甲和脚趾甲,没有写字和走路的必要,这些也成了无所谓的事。

他也曾用指甲在墙上划道,来记住时间,但不久就是冬天,雪把小窗堵得严严实实的,狱房就整日整夜没有一点光线,他只好放弃了日子这么小的时间观念,至少季节和年月这样的间隔依然存在。

他醒来时,发现饭盘已经换过了。他诅咒自己怎么误了时间,误了唯一的外界活动的踪迹。那个送饭的人几乎没有脚步声,绝对没有脚步声,送饭是突如其来的事,取盘放盘的动作极快。往往,他听到门咣当一响,立即冲到门口,铁盖却已经关上,把他愤怒的吼叫拦在房里。任他怎么叫骂,那个人是绝不会还口,或表现出任何情绪。

这唯一的存在者对他如此吝啬,一度把他气得几乎发疯。他躺在门洞口冰凉的石地上,抓住门洞开启的一瞬间,立即像狼一般扑上去,一抓,才发现手是假的,非人的黑色,长着一层冰冷的黑皮。

那手飕地抽了回去,他也再没有了去等着抓那个手的愿望。

可是那个人竟然没有脚——他从来没有听见那人走来时的声音,甚至换了盘子后他马上耳朵贴到铁门上,也听不见此人走掉的声音。无法想象的绝对的无,似乎此人根本不用脚走路,或者,更有可能,门外根本不是走廊,而是一个纯粹的虚无,他才是虚无中唯一的有。

他遇到流氓中的流氓了:争辩、毒刑、拷问、逼供、枪毙,全没有,什么都没有。最恶之中的最恶,就是一干二净地忘了他,根本不存在,无价值,不值得一顾,不值得分神,不值得挥刀,不值得一发子弹,甚至不值得让他知道他什么也不值得。他惊恐地发现他的对手对他的弱点比他自己更了解:最可怕的不是变成一粒沙,变成千万粒沙中的一粒,而是落到沙漠尽头之外的沙漠之中,消失在一切注视之外。

做个人是挺不容易的事,要怜悯自己。

不需要怜悯,人就不需要社会,不需要理智,甚至不需要活下去,只消静静地落入忘却。在他长披肩膀的发须后面,生命凝固住了。

或许他已经被关了一年,或许只是几个月,或许已有几年,或许他一生就被关在这里,根本没有接触过别的世界。

只有一次,在他关押的若干年月中,只有一次,他突然听见一声叫唤,一个女人的尖叫,不知为了什么,不知带什么情绪,也不知对着谁,叫给谁听。他狂喜地跳起来,扑到窗前。但声音没有继续,而且从此再也没有听到过,没有上下文,也没有回应。

这一声孤立的叫喊,使他痛楚了好多天,使他无梦的睡眠又充满苦恼的形象,而且几次大汗淋漓地醒来,只见到周围永远打不破的黑暗,比睡眠更黑。

从此以后,他不想知道任何人的存在。

天地有始终吗?邵雍说:"既有消长,岂无始终?"既然一切对他都是无消无长,那么他在这黑臭之狱,也将无始无终。

而他在暗黑中已得到另一次生命:他的血管中流的不再是血。

门是怎么打开的,他是怎么样被半抬半扶进入一个房间的,他全无感觉。只有当一个大灯对着他照来时,他痛得哇的一声大叫，眼睛马上什么也看不见了。他双手捂住眼，眼泪突涌喷了满面。

屋里有人把电灯转开去。

然后他听到一个声音响起。一个人声，是的，人的声音。说的什么他没有听懂，这已经足够使他狂喜了。

那声音又重复了一遍，显然是要他说话。于是，他说话了，他说的什么，他自己都听不清，那不像人的声音。但是这么一应一答也是狂喜，也是神启。

那声音忽然狂吼起来。

"好极了！好极了！"他心里也喊叫起来。说话的激动使他几乎要瘫倒，他扶住椅子背，继续吐出语言，就像蜘蛛能吐出丝一样。他兴奋地看到他吐出的音节自行联成条理分明的意义，结成一串串能让人坐不住的词句。他半辈子都在寻找，都在学习正确的表达真理的词句，现在他才明白真理在于强迫人倾听。

三

今天我们代表新疆政治监察保卫局审问你的反革命罪行。

我知罪，我坦白。我组织了阴谋集团。

什么？

四一二反苏大阴谋暴动集团。

什么？

四一二集团。

对话突然停下了，对面的人似乎不知怎么问下去。一阵慌乱的脚步，人们匆匆地走进走出。他没有必要跟着慌乱。他只是闭着眼睛，除了手指尖和脚尖尖有点发麻，除了心跳略为快一些，他没有什么不适的感觉。他只求这些人继续让他说下去，继续有人听他说。这个目的是能达到的，他们现在已不敢让他停下来。

不知过了多少时间。他早就不会计算时间了。不必算，有人在计算，有人在着急，有人在生气，那就够了。

然后桌子边的灯移开了，他终于看见，桌子后坐着一个人，苏联人，不认识。

你为什么目的组织阴谋集团？

在新疆暴动，杀苏联人，夺取新疆。

灯又啪地一下打开了，目的是让他闭上眼睛。门打开又关上。每次门打开时，他能听到只字半句的俄文，好像有几个人在争吵，而且吵得很凶。

又过了很长时间。

有人在他背后说了一句："你可以休息了。"

他的身体突然抽紧。难道又要回到那个绝然无语的黑暗中去？像有人扼住喉咙，他猛然哑叫起来。但后面那个人很亲切很关怀地说："你好好休息，我们过几天再谈。"

布条重新给他包上。其实不用，他已经疲倦地闭上眼睛。他被扶着走进汽车，过了许多街道，最后到了一个地方。布条解下时，他看到他到了一个很奢华的房间，有点像莫斯科阿尔巴特街上的豪华旅馆，只是厚重的蓝天鹅窗帘把窗遮得严严实实。房间门口站着两个卫兵，苏联人，徒手，好像没有武器。

屋子之宽大，家具之精华，使他突然明白他全身很臭，已经很长时间没有沾到过水。

来了两个人，先把他带到浴室里，给他仔细理发，剪下一地板的长须长发。他看到有一大半是白的，灰黄的。他在镜子中看到一张似曾相识的脸，摸到一脸松弛的皮肤，他不觉得这皮肉与自己有多大关系。

来了两个人，端上牛奶和刚烤好的金黄的面包。

又来了两个人，医生和护士，检查他的身体，把他来回翻动，弄得他很痛。他几次大声呻吟起来。这一天的事情太多太杂，他受不了。最具威胁的是那两个卫兵，一直盯住他，连他上厕所也紧盯着，打开门看着他。

而且床太软，睡下去身体就埋得看不见了。他不知道这样的床怎么能睡觉。

他梦见一个女人。他多年来第一次梦见女人,自从他投入西北军旅以来。那女人轻声轻气地唱着一首很温柔的歌,熟悉的俄文歌,在那田野的小路上,等着你的姑娘。歌很纯洁,那女人做的事不纯洁,与歌完全两样。不仅不纯洁,而且很下流。他躲到狱房的黑暗中,他躲在恶臭的屎坑边上。可是没用,这个女人是他从来没有想到的下流,她的头发披散在他肚子上,痒痒的。

他叫了起来,推开那个女人。

房间里灯半明半暗,他的腿缠在柔软的被子上,刚换上的衬裤湿了。房间里只剩下一个卫兵,面无表情地看着他。他想上厕所,这卫兵又跟了上来,他愤怒地叫起来:"不许跟着我!"从门口奔进穿白大褂的医生和另一个卫兵。

"做噩梦了?"医生说的是俄文。

他没有回答。医生按了一下他的脉搏,把灯捻大一些观察了一下,推开他护住下部的手。医生笑着说了一句不清不楚的话,就离开了。而他,羞耻地闭着眼睛,全身发抖。

他又躺下了,但再也睡不着。全身的记忆正很不舒服地爬回来,他突然想起他已经几年没想起母亲,母亲柔软的乡音携带着的一切羞愧和苦恼。他第一次想知道母亲是否还活着。

他开始感到害怕,他不能再闭上眼睛。床旁边有个收

音机。他伸手打开旋钮。卫兵看了他一眼,却没有走过来阻止他。一个俄文的声音突然大声响起,吓了他一跳:

以维辛斯基为首的苏联大审判团今日在莫斯科庄严宣判——

四

过了几天,他又被叫去问话。虽然又蒙上眼,他知道就在同一幢房子里。

一点不意外,桌子后面坐着满脸笑容的阿普列索夫,另外还有一个中国军官,脸色阴沉没有丝毫表情,长着两撇小胡子,他立即明白那是盛世才,终于有了个三方聚首的机会。

阿普列索夫没有站起来,只是挥挥手说:"你好哇,瓦西里,你一点没变。"他似乎挺高兴。

他微笑了一下,点点头。这个阿普列索夫真是一点没变,好像比先前还年轻了一些,脸上坑坑凹凹的地方似乎平滑了一部分,或许是开始发福了。

盛世才没有表情,阴着脸,叫人为他难过。

章亚邵坐下后,阿普列索夫亲切地说:"听说你组织了一个阴谋集团。"他的口气很随意,像劝小孩把事情讲出来的母亲。

"绝对没错,反苏暴动集团,叫作四-二。"

"谁委任你的?"

"列昂·托洛茨基同志。"

阿普列索夫语气非常惊奇:"托洛茨基主义阴谋集团?!"

他立即纠正此人的俄文形容词。此人正在暗示诱供,他明白这次他打中要害了。

"不是托洛茨基主义的,而是托洛茨基亲自委托组织的。"

那人愣了一下,只好接下去问:"什么时候?在什么地方?受委托的还有谁?"

"这个问题我只能向盛世才督办或斯大林同志本人讲,不能说给其他人听。"

阿普列索夫脸一下子变成铁青,几乎要骂出声来。

"可怜。"他悲伤地想,"塔妮娅,我们的塔妮娅小美人,现在想必也变成个胖胖的俄国妇人了,手臂伸出来像个发酵的面团。"

阿普列索夫终于吼了出来:"你还在搞阴谋!"

他没有回答。盛世才却站了起来,沉默地走出去。阿普列索夫停止了咆哮,想想,也跟着走了出去,出门前狠狠地朝他瞥了一眼。

他坐在那里,闭着眼。他很高兴他和老同学有了个清账的机会。他料想他们不会再见面了。他们已经互相太了解，了解到不可能再站到同一条战壕里，他们只可能是你死我活的关系。应当说，阿普列索夫是他真正的政治老师，革命事业上的兄弟。他们的告别是悲哀的，也许一切的起端就种下了悲剧之籽。

他又被带走，这次是带到一个中式的小院：高高的厅堂，雕花的栋檐，精镂细刻的红木床架，嵌格的窗子。一切都那么宁静、平和，不像俄式大房间那种金碧辉煌的喧闹。书架上装满了书。线装的中文书，有一股沉着的幽香。来搭脉问诊的是中医。卫兵还是两个，不过换了两个沉默寡言的汉人。最使他吃惊的是有好几份报纸每天送来，迪化本地的《新疆日报》，上面用花边框出盛督办训语。原来这已经是一九三七年四月。

而且报纸在欢呼新疆革命的又一伟大胜利，看来他错过了一段热闹好戏，落幕前的又一段全武行。马仲英残匪在南疆又掀起叛乱，被省军彻底消灭，除少数匪魁投奔帝国主义外，全部就歼。

送进来刚沏的茶，他揭开盖，轻轻地吹开正在伸展的叶子。龙井！可不是！就是龙井。他细心地观察香气馥郁的叶子。伍英奇在不在那逃窜的少数匪魁之列？报上没说。只有一处："少数人穿过大红柳滩之南的昆仑山口，逃入英属印度喀什米尔。"他长长地吹了一口气。就留着他一个人在新疆唱完这场戏。

宽大的书桌上放了一架俄文打字机。他坐下就打起来，一点不需要思索。

他已经看到新疆在兴奋起来，激昂起来。学校腾空做临时监狱，操场却成了永久刑场。马背驮来洁净的黄沙，铺一薄层就能盖住血迹。被捕的人双手反剪捆在马背上，日以继夜地押解到迪化来，而各地机关部队人民团体纷纷开会，一致拥护，热烈支持肃清反革命阴谋集团。

他并不是在为任何人做打手，不管是盛世才，还是哪个苏联人，恰恰相反，他觉得他们是在给他做刽子手。既然他没法改变这棋局规则，他就把规则推演到最极限，胜者，败者，外加裁判，看最后还有谁能笑得出声音。

他明白人类不会被他这么一捣就此大彻大悟。自从世界堕入霸道，人人必须做无赖才能生存，像虫子一样扭打成一团，翻起也是过瘾，压倒也是过瘾。

直到沙变成沙。

后 记

小说之后

本篇中所有有名有姓的人物,历史上确有其人,虽然不同的记载对他们的介绍几乎完全不同,令人对历史的粗枝大叶草菅人命颇感愤怒。

盛世才的生平记载似乎应比较详实。他请苏联人来,又借斯大林之手杀苏联人,请中共来又杀中共,请国民党来又杀国民党,请民主人士来又杀民主人士,使这个名字成为中国现代史上一个叫人恐怖的黑影。盛世才于一九四五年被迫放弃新疆,此后就一直遭各界受害者控告。二十世纪五十年代在台湾出版自传《牧边琐记》,试图自辩,虽是一面之词,至少是对杀人魔王说的一种平衡。例如盛世才强调,自一九三七年肃清四一二阴谋集团之后,新疆取得了前所未有的安定,实施了两个三年计划,经济文化建设成就确是史无前例,有数字为证。盛世才应是现代安定政治学的前驱人物。

盛世才对现代中国政治作出的最大贡献,应是阴谋集团法。在这之前,中国自然从未断过集体迫害,阴谋集团法却能把毫不相干的人物,所有掌权者觉得碍事或无所谓的人一扫而空:不用啰唆查究"罪行",只消有人"发展"过你就立即入网。此法后经发扬光大,屡试屡灵。

马仲英的记载极其零散。维军首领尧乐博斯在台湾《传记文学》上发表的回忆录连载,把马仲英描写成传奇英雄,颇有西北民族的史诗风度。另外两个重要文件,发表在大陆《文史资料选辑》上:韩定山的《马仲英与河湟事变》和杨波清的《马仲英入新随军见闻》。后一文件至今视马仲英为日本帝国主义走狗,可见历史对犯幼稚病的人最不愿宽容。

关于马仲英的结局,不仅各种书面材料出入过大,而且几乎都列出"一说"又"一说",似乎连把一个故事说到底的勇气都没有。

其中一个说法是盛世才在其自传中提供的。据他说,一九三七年初,斯大林计划让马仲英回中国,建立甘、青、新回族抗日联军,阿普列索夫奉命来与盛世才商量,盛世才断然拒绝。此后,马仲英闲居莫斯科郊区,生活阔绰,挥霍从新疆带出的珠宝黄金,引起克格勃特务的嫉恨,在他食物中下毒。马仲英侥幸未死,从此心灰意懒,最后斯大林批准"对马氏及其随员们一律处死"。

笔者掂量再三,觉得此说不无道理,它至少解释了盛世才为何发动清肃,并且冒风险把阿普列索夫列为托派集团首脑。当然也可能是事过多年后向国民党作的解释。

另一说见于王俯民编《民国军人志》:一九三五年,苏联专家与马仲英旅苏班子建立联合参谋处,研究西北局势,研究让三十六师主力重入河西走廊，声援刚到陕北的红军，不料驻南疆的三十六师竟拒绝从命。

可以猜想，苏联人到后来或许明白了，他们不惜大动干戈支持盛世才，迅速击败逼走马仲英，是太短视了——如果红四方面军进入河西走廊时，马仲英从新疆赶回河州三十六师老家接应，西路军不会全军覆没，"打通国际路线"的大战略就会成功，那么整部中国现代史就得重写，而本书主人公们一生命运就很不相同。但历史已经合上，马仲英失去实力后，不再受苏联方面重视。

此书认为马仲英很可能坠机失事而死，乃是采用很普遍的传闻：马仲英到苏联后，进入空军学校学习驾驶飞机，最后死于演习特技动作。此说很符合马仲英奔放无羁的性格，对进步思想、先进技术的偏好，死在战斗机座舱里似乎比死在马上现代一些，写小说不妨用此结尾。

苏联自内战之后，逐步巩固东方。三十年代初在新疆逐鹿者之中选定盛世才，并且不惜陆空军全面入侵扶植之，在此决策中起了重大作用的，是情报部门特工格尔金·阿·阿普列索夫，显然他的意见压倒了职业外交官们的意见。笔者觉得此决策中有相当重要的因素是阿普列索夫本人的性格，他在好弄权术上似乎与盛世才颇为投合。为此事，阿普列索夫立功受奖，被任命为驻迪化总领事，一时俨然是新疆太上皇。不料竟然落入圈套，被盛世才封为四一二头目。

阿普列索夫于一九三七年四月底奉命解职返国，他自知不免，只是身在新疆逃脱无计。据后来任新疆省副主席的鲍尔汉回忆，阿普列索夫经玛纳斯到乌苏，二人告别时阿普列索夫流下眼泪，回苏联一个月后，阿普列索夫被枪决。

苏联大肃反固然惊心动魄，没有人注意到一个明显的事实：斯大林弄死的人多半是政治人物。政治的第一金律是不可能人人得遂其志，大部分人本来就得痛苦地咬下失败之果。

本文中的小人物，如于华亭、凯末尔，甚至联络参谋尕扬，都实有其人，虽然其事不彰，只是碰上了什么恶煞而被抓进事件之流中。

而主人公章亚邵与他的朋友伍英奇，不得不以虚构的名字出现，这真是遗憾的事。他们原名张雅韶与吴应祺，他们承担的叙述任务过重，使他们竟然难以负起历史人格的责任。

参谋长吴应祺在一九三六年被马仲英召到莫斯科面授机宜，其结果是三十六师在南疆重新采取军事行动，与盛世才对抗，使苏联再度入疆作战。究竟马仲英唆使叛乱，还是马仲英召吴应祺此事激起叛乱，诸说各异。总之，此后三十六师部队覆没、番号取消，而吴应祺不知下落，有人说在印度孟买做珠宝生意。

秘书长张雅韶的确是一九三五年新疆政治保卫局肃反

的要案人员，但张雅韶如何落到盛世才手中，却是说法各异。有材料提及，张雅韶五六十年代在兰州大学俄语系执教。据说最终未能逃脱"文化革命群众专政法庭"之手，因历史过于复杂而屡经拷问毒打，自杀于"牛棚"。盛世才在自传中曾愤愤然反驳新疆受害者永无至休的指责，说如果他真的杀人那么多，就不会有这些人活下来到处信口雌黄。此妙言用不到张雅韶身上，他从来对此段历史讳莫如深，从无诉冤、写控告、写回忆录、写文史资料之类的事。这段历史最善言的声音，竟自行封口，一字不露。

见过历史真面目的人，哪怕活下来，也无语。

因此，笔者现在写下这段历史，并不是因为知之甚详，恰恰相反，是因为知之甚少。历史如地壳，缺口缘缝而生，才会愤怒地呼号。或者更准确地说，所知不多者，才有胆量为历史代言，试图在厚实的疤痂上叩诊。本来笔者准备等读到新疆或甘肃公安厅保存旧档公开之日，再来写这段历史，近来听说由于无保管条件，六十年代旧案已纸片碎裂，三十年代粗纸稿则已变色霉烂，纸张粘连，无法揭开。由此，历史从大堆档案中解脱出来。

一九九二年，笔者有机会经过莫斯科，曾到卢比扬卡广场前克格勃总部。阴森的大楼那时已经开放，笔者要求翻阅三十年代中期新疆问题档案，竟是一问三不知，似乎苏联情报机构从来不卷入此类活动。接待人员，一个漂亮又和蔼的俄国女人，确是很称职。笔者失去追问耐心，莫斯科夏日万花怒放，宫殿绚丽辉煌，街上满是诱人享乐的广告，笔者顿时觉得自己多年追寻这段历史，其实甚为无聊。这一点小感觉，竟然使本文的写作再次一拖几年。

小说之前

三十六师局处张掖那两年，章亚邵很看不惯秘书处一些共产党员同志耽于下围棋废寝忘食。他几乎要在会上正式提出指责，说这些人革命意志消沉，玩物丧志。但他想想，止住了自己，他也的确没有什么工作给这些同志做，马仲英也不需要那么多马列主义教师。章亚邵其实会下围棋。在江南士族之家，这是世代相传的清雅玩艺，这些北方书呆子根本不是他的对手。他很快重温了棋艺，把所有的棋迷打得落花流水，而且一边围杀一边毫不容情地嘲笑他们。两三个月之内，他的加入式示诫法就起了作用，围棋变得兴味索然，整个秘书处从此根绝了棋患。

"竟然会想起此类小得意！"他不禁对自己摇头苦笑。

原版后记

每次听到有人问我"你怎么会写小说",总觉得挺逗。这问题大有问题。应当问:"你怎么不早写小说?"此话无人问过,是我常问自己。回答却一样不容易,三两句说不清的事。有时我幽它一默:"小姑嫁错郎。"

一想,也不对,像事业不顺心者把责任全推到毕业志愿指导教师身上。我从无福气得到一点这方面的指点,只有在煤矿挖煤的七十年代将结束时,我准备考研究生,一位矿部主任对我说:"党叫干啥就干啥。"他拍拍我肩膀,减轻此警告的冲击力。对此我很领情,但研究生还是要考的。

即使当时有高人指点:"别急着去做学问,何妨试试创作。"我会写小说吗?不会。原因简单而颇为实际:太慢,浪费十年之后我已等不及,况且工棚紧挤的双层床之间没有一张桌子。

那位矿部主任果然实践他的警告,用许多大红公章阻止我"自谋出路"读研究生。能溜出煤矿已得念佛,还想别的?

学问做得不怎么样,只是十年无书读之后,读什么都可以。一九八一年,我得到了富布赖特学者研究奖,跑遍了美国的图书馆和文学档案库,翻检二十世纪初美国一二三流诗人关于中国诗的通信投稿等等。无聊题目已做得自得其乐。

一九八三年,在北京参加中美比较文学第一次会议,在筹备会上钱锺书先生用一连串惊天动地的俏皮话和宏经僻典的引证说明了他的观点之后,突然说:"在座的青年朋友,不要做'学'忘了'文'。"当时我一惊,马上又镇静了:世上能有几个钱锺书呢?

此后又因为非常偶然的原因,到加州大学伯克利分校去读了四年书,四年忙着写报告哄教授,忙着教书赚学费,忙着拿高分抢奖学金,连学都不做。

我心里着急了。我已赔不起时间。早早读完,打起包裹,把我买的上千册书运回我尚无寸地之房的北京,完全没有留在国外的想法。最后一次去图书馆还书时,路上遇到导师白之先生。他说:"伦敦大学东方学院打电话来,说要招聘教师,你何不去一次?"

免费玩一次欧洲,何乐不为?这一路遇,却把我朝学术方向又推了一把,此后就没有走回头路的机会。

因此,对虚拟的问题"你怎么不早写小说"只有一个简短的回答:"从来就没有机会。"命运的鞭子催着我在学术之路上颠簸,从来没有尝试另一种选择的可能。

不过回过头来问,如果有选择,我会早十年或十五年成为一个小说家吗?这当然又是虚拟的问题,但从规律来看,似乎不太可能:凡是学问能玩几下子的人,创作总不太行——古人才高,《沧浪诗话》远比《沧浪集》写得漂亮;《笠翁十种曲》怎么也比不上《闲情偶寄》的戏剧理论;写论文都"笔底常带感情"的梁启超,小说写得像讲义;而胡适"尝试"用创作说明其理论,只给现代文学添了几分窘。

自然,例外也是有的——茅盾作为理论家和小说家都领袖群伦;意大利符号学家艾柯几部长篇巨制让人叹服;英国文学理论家戴维·洛奇写小说讽刺理论界入木三分;美国女批评家苏珊·桑塔格写小说一样才气横溢。

说到底,这些都只是例外,在庞大的文人队伍中,这样的例外不形成统计学上有意义的数字。学术,创作,哪一行都得穷毕生之力,能做出点成绩已算侥幸中之侥幸。尤其是我这一代,浪费掉的岁月最多,被命运播弄得最惨,"文革"前入学,六七届到七〇届毕业的大学生,看着前面几年受完高等教育者,在八十年代成为功力深厚的学科带头人;

再看后生几年的所谓老三届，没有半生不熟的专业教育束缚，在广阔天地里又少了点管束，多了一点心灵自由，新时期崭头露角的艺术家多出于此辈。自此以后，一代比一代机伶聪明，让人看得目瞪口呆。以五年一个学术代来计，我们这个"文革代"，可以说是共和国旗帜下长大的最呆笨、最没出息、最少才气的一代，在任何行当都是人才出得最少，留在西方的职业人士也最少。我们只有半生可用，能入一行就算不错了，何复艺术？

既然如此，我怎么会在近三年写起小说来？说起来可能不信，写小说是我的怕挤恐惧症逼出来的。我从小怕挤，情愿步行也不去用肘子功夺公共汽车之门；曾经想入团，那推搡劲儿把我吓坏了；入了学术圈，发现同行轧挤得更惨。记得在"搞"外国文学时，一位前辈说："上面老头儿还没去，你们下面又挤上来了。"可能是酒后真情，那股怨艾，听得我毛骨悚然。我心想，研究莎士比亚，怎么不到英国学界去挤？中国莎学界怎么嫌人多？

想到此，心里不是滋味，立即决定离开外国文学研究界，转向翻译；不久遇挤如故，转向现代文论；不久遇挤如故，转向比较文学；不久又如故，转向诗论诗学；不久又如故，转向叙述学。至今算来，平均每三年改一次学术方向，而今可以对每一辆公共汽车门前的拥挤者说："其实上面挺空的，不过你们放心，我不上这个车。"

为怕招人嫌，如此躲法，也算煞费苦心了吧。即使这样，当我三年前试图在北京找个大学，希望能回国任教时，惊奇地发现首都几乎每所大学的外国文学、中国文学、文学理论、比较文学教研室都挤。平时开会时有说有笑的同行，直接或间接地劝我别来跟他们加塞抢房子，抢职称，抢博导。这令我大吃一惊。不是说什么学术危机吗？怎么学界依然全天候拥挤。与其撸起袖子来干一番自我证明，不如高悬免战牌退避三舍。

由此，三年前我才面临进入学术界十五年后的真正危机，才真正遇到一个选择机会：我可以写诗，写小说。我不必让同行们觉得我会去挤他们。请放心，朋友们，我心不在学问上，只想做些创作小玩意儿。戏台宽得很，况且我还能唱些别的戏目，唱得不好看官们会包涵。

虽然这三年中我的研究还在继续，论文也在合集，著作也在出版，那基本上是惯性，是职业的最低要求。我若想回北京，就得有所不为。要证明我放弃"洋铁饭碗"高薪长俸，只是为了乡愁，不是容易事。

最近有批评界同行问我，为什么开会的晚上不跟他们一起喝酒谈学问，却跟一群作家诗人出去瞎混，我只能回答说："女作家女诗人，一般说平均说有很多例外地说，比女学者漂亮，舞也跳得好。"

新版后记

人生苦短，能用一辈子的时间做好一件事，已经很不容易。打一九七八年允许读书之后，先师卞之琳就指导我找到形式论作为我的终身事业，至今四十年，不敢懈怠。从新批评到布拉格学派，从符号学到符号叙述学，再到哲学符号学，一步步都是晚点者，在暮色到来前赶路，很少有机会放纵自己，在山阴道上停下，哪怕是为了欣赏目不暇接的美景。

不过，目标清楚，不等于步骤合理。形式论是入世的，各种表意体裁存在于世，都依靠形式，但明显并不全靠形式。形式论不是一种主义，只不过是一种抽象，却是在具体中抽象。兰色姆把诗歌文本称为"世界的肉体"，看来理论家们自己很清楚，形式论只是行之有效的观察方法，不能代替艺术本身。

这就是为什么我在一九九三年前后写了这么一批小说——那时我已经不是手痒一试才技的少年，也不是读名著后跃跃欲试的大学生，当然更不是野心勃勃欲与名家一笔高下的专业写作者，而只是个"形式实验者"。那时我从事形式论研究教学已经十五年，知道自己一生无法耽误，但我很想自己作一个测试：既然讲了那么多符号叙述学，何不自己来实践一次，免得让自己或旁人怀疑做理论只是二流人才眼高手低。换句话说，我是想证明符号叙述学描述的花样百出的可能性并非空谈，确实可以对写作有益。

为证明所言不虚，可以有两种方式，一种是在广泛评论中发现别人的佳作，另一种是干脆自己动手。自己动手需要时间，我一生最痛苦的就是时不我待，若有人强要我花时间做无意义之事，读低智商的文字，无异于谋财害命。但是不试一下自己的理论，更会落入自我怀疑，于是决心破坏自律，自己动手。那是一九九二年的冬天，北大西洋的阴寒让我更为专心。当时电脑中文打字程序非常笨拙，只能手写，其实更有感觉。于是有了这批小说。

用小说创作说明符号叙述学理论？读者可能觉得这有些太过分，就像一个魔术家演示自己的机关手法，让人明白后演出顿时索然无味，远不如停留在炫目的兴奋之中。花招隐而不露，化有术于无形，读者希望停留在迷惑之中。这也就是为什么形式论让有些文学教师不舒服，用神秘解神秘更能让学生佩服。所以我点到即止,只是指出其实每篇后面都有个符号叙述学原理——凡是读过一点形式论的读者,很容易看出,我多嘴点明,是不尊重他们的智商。若不了解符号叙述学,那么讲出原理也无益。

先师卞之琳的诗作,每一首都有一种特别的形式感,让读者沉醉。中国三千年诗歌帝国,他是唯一能无愧地立于诗人群中的现代诗人。这种形式美,是克制的,低调的,有一种古典主义的优雅。他取得的这种形式美,是任何体裁的艺术都难以企及,却应当追求的品格。有了形式,艺术才能成为艺术。

那么除了形式实验,这些小说没有其他写作冲动呢?当然有,而且或许比我的清醒目的更为重要,不然这些文字就不是文学作品,成了命题作文。第一个冲动是如何写出梦幻。半明半灭的朦胧气氛,会与所谓的经验认知互相转换,合起来调成一味既幻又真的鸡尾酒。梦本身就是一种叙述体裁,有的理论家认为梦是经验,不是媒介化的文本,我认为梦是非常典型的叙述文本,这是人类百万年进化没有淘汰头脑中这个"无用之物"的原因:我们睡着,意识却依然存在于世,因为我们能用梦追求意义。

另一个冲动更让我难于启齿——我其实是个历史迷。也许我本应当走上历史学的路,但那样就无法兼为形式剖析者。历史充满焦虑和苦恼,历史的大数据规律,不能代替历史女神的创作即兴。过去事件并无必然，正如未来事件的预言没有偶然，偶然是历史之所以为历史的最迷人的表情。而认真事业的失败者，往往让我特别感动，他们是历史的偶然性的牺牲品，实际上是历史运动重荷的地基。他们不会成为历史叙述的"行动素"，至多是一条言而不详鲜为人知的注脚，几乎从未存在过。于是他们潜入我的小说。

如果我还有机会拿起创作之笔，恐怕写出的依然会是这样一种文字，至多故事不同。我很高兴有机会让朋友们看到这个集子：如此快乐的因缘遇合，一生只有一次，永远不会再来。

赵毅衡

二〇二〇年七月十二日